小读客 经典童书馆

童年阅读经典 一生受益无穷

没有超能力的超级英雄 2

（上）

［英］格雷格·詹姆斯／克里斯·史密斯　文
［西］艾丽卡·萨尔塞多　图
王甜甜　译

KID NORMAL
二十一世纪出版社集团
21st Century Publishing Group

KID NORMAL AND THE ROGUE HEROES
Text copyright © Greg Milward and Chris Smith 2018
Illustrations copyright © Erica Salcedo 2018
This translation of KID NORMAL is published by Dook Media Group Limited by arrangement with
Bloomsbury Publishing Inc. All rights reserved.

中文版权 © 2021 读客文化股份有限公司
经授权，读客文化股份有限公司拥有本书的中文（简体）版权
版权合同登记号：14-2021-0072

图书在版编目（CIP）数据

没有超能力的超级英雄 . 2 /（英）格雷格·詹姆斯，
（英）克里斯·史密斯文；(西) 艾丽卡·萨尔塞多图；
王甜甜译 . — 南昌：二十一世纪出版社集团，2021.6
ISBN 978-7-5568-5683-1

Ⅰ. ①没⋯ Ⅱ. ①格⋯ ②克⋯ ③艾⋯ ④王⋯ Ⅲ.
①儿童故事 – 图画故事 – 英国 – 现代 Ⅳ. ①I561.85

中国版本图书馆 CIP 数据核字（2021）第 042504 号

没有超能力的超级英雄 2 MEIYOU CHAONENGLI DE CHAOJI YINGXIONG 2
［英］格雷格·詹姆斯 / 克里斯·史密斯 文　　［西］艾丽卡·萨尔塞多 图　　王甜甜 译

出 版 人	刘凯军	开　　本	880 mm × 1230 mm　1 / 32
责任编辑	陈　沁	印　　张	11.5
特约编辑	黄昭颖　张　迪	字　　数	200 千字
装帧设计	向　静　陈宇婕	版　　次	2021 年 6 月第 1 版
出版发行	二十一世纪出版社集团	印　　次	2021 年 6 月第 1 次印刷
	（江西省南昌市子安路 75 号　330025）	印　　数	1 ~ 9000
网　　址	www.21cccc.com	书　　号	978-7-5568-5683-1
承　　印	三河市龙大印装有限公司	定　　价	56.00 元

赣版权登字 -04-2021-256　版权所有，侵权必究
如有印刷、装订质量问题，请致电 010-87681002（免费更换，邮寄到付）

献给真正的英雄西尔维亚·布谢尔（1920—2017）。

墨菲·库珀（代号：普通小子、臭脸怪、刷子队长）

超能力：无（除非你认为自信也是一种超能力）。

经典台词：大家都靠过来，我想我知道该怎么办了。

玛丽·珀金斯（代号：金丝雀玛丽）

超能力：飞行（只要她撑着她信赖的黄色雨伞）。

经典台词：你要为自己的超能力感到骄傲才行，这才是真实的你。

内莉·李（代号：雨影）

超能力：控制风暴云。

经典台词：无（如果她说了一句完整的话，那一定是惊天动地的一句话）。

比利·塔尔博特（代号：气球仔）

超能力：让东西像气球一样膨胀（甚至包括自己身体的某个部位）。

经典台词：我们都要——死——了，所有人！

希尔达·贝克（代号：小马妞）

超能力：召唤两匹小马驹。

经典台词：那现在为什么连像样的超级英雄都看不到了？

喜鹊

超能力：盗取别人的超能力。

经典台词：带那个普通小子来见我！

一是悲伤，
二是快乐。
三是女孩，
四是男孩。
五是银子，
六是金子。
七是秘密，
没说出口。

目 录

上 册

1　阿玛西斯的财宝　　001
2　福莱士先生的情感小羚羊　　022
3　老兵日　　031
4　A　组　　048
5　高级能力培训中心　　060
6　战栗之沙　　078
7　盗匪长廊　　087
8　一是悲伤　　097
9　内莉的秘密　　113
10　时髦公子的惊心大冒险　　127
11　安娜贝尔的冒险　　140
12　喜鹊和黄鼠狼　　158
13　斯卡斯代尔事件　　166

下 册

14　纪念碑　　　　　　　　　　189
15　破解密码　　　　　　　　　199
16　没有彩排的巴松管演奏会　　213
17　从未说出口的秘密　　　　　224
18　封　　锁　　　　　　　　　233
19　派对时间到　　　　　　　　250
20　一段痛苦的回忆　　　　　　272
21　蓝色幽灵背水一战　　　　　284
22　瀑布之后　　　　　　　　　298
23　冬季工程　　　　　　　　　309
24　冰与闪电　　　　　　　　　321
25　飞行员　　　　　　　　　　343

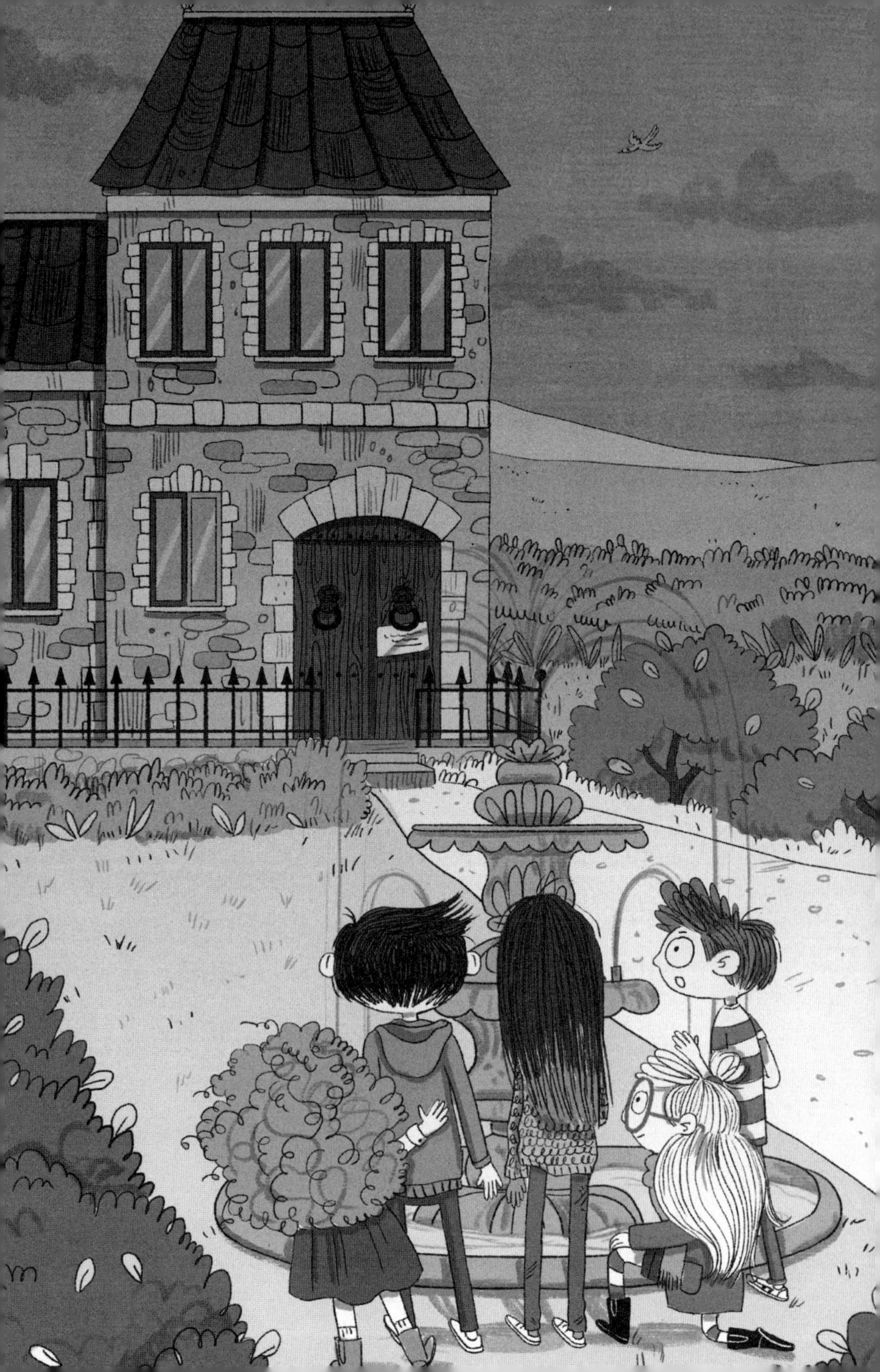

1

阿玛西斯的财宝

带领一支超级英雄队伍除暴安良，可不是件容易的事儿，更何况你还得瞒着你妈。

墨菲·库珀看了一眼手表，心想：难上加难的是，还必须在晚上八点半之前回到家。

今天是暑假的最后一天，妈妈特意叫了份外卖大餐。墨菲向妈妈保证一定会按时回家，可眼看已经七点四十分了，行动还没开始。

"时间到了，"墨菲转过身对他的队员们说，"开始行动。"

超级零蛋队的五名队员踩着嘎吱嘎吱响的碎石子车道前进。矗立在车道尽头的是一幢让人过目难忘的石头房子。房子大门紧闭，门口的铜把手上挂着一块大大的告示牌。

牌子上写着：**博物馆闭馆**。

墨菲示意队员们向小路一侧靠拢。他们俯下身，蹲在一个装饰性的大喷泉后面。

"就是这里。"墨菲说话的声音比叮叮咚咚的水声大不了多少。

"这次的任务是什么?"玛丽问,傍晚的太阳照在她的黄色雨衣上,明晃晃的,"我觉得我们还是别对哈罗机抱太大希望,它提供的信息总是不太靠谱。"

墨菲从口袋里掏出一个手机模样的东西,在泛着绿光的屏幕上点了几下。屏幕顶部闪现出一排字:

打劫进行中……拦截。

字的下方是一张标有博物馆方位的地图,上面的光标一直在闪,光标旁有个带着小翅膀的字母Z,显示着他们现在所处的位置。这个手机模样的装置就是他们所说的哈罗机,它是超级零蛋队联络英雄联盟的唯一通信工具。几个月前,在他们加入名气很大的神秘组织——英雄联盟,成为联盟中年纪最小的超级英雄的那天,联盟首领弗林特小姐亲手把它交给了墨菲。

墨菲又想起了那天的情形。他们谁都不知道接下来会怎样。当你真的成为超级英雄后,会发生什么事情呢?有没有指定的商店可以让你买制服?会不会有人给你发那种关键时刻能派上用场的酷酷的腰带和小工具?你家会不会多出一个精明干瘦的小老头管家,在你为联盟工作感到心烦意乱的时候，给你意见和建议？

现在，墨菲已经知道了所有这些问题的答案，那就是——回答顺序不分先后——不会，不会，不会。

事实上，他看得出来，自打几十年前的"黄金时代"结束之后，英雄世界已经发生了巨大的变化。为了不暴露自己，英雄们选择躲在暗处，仅靠从联盟那儿得来的基本信息偷偷开展行动，以免因为自己的与众不同或是某些常人难以理解的事情，使人群恐慌。再也没有崇拜的人群围观了，报纸的头版头条也不会出现他们的名字，而且绝大多数情况下，他们都不会穿那种夸张、醒目的英雄制服。不过即便如此，今年夏天，有那么几次，当看到哈罗机发出小小的绿光的时候，墨菲的心仍然会猛地收紧，仿佛凭空蹦出一只小羊，把他吓了一跳。

"这上面只说有人在打劫。"他望着紧闭的大门，对玛丽说，"不过，我们不能从这儿进——这太容易暴露了。"

空气很潮湿，墨菲扯了扯汗湿后贴在背上的T恤，四下张望，搜寻其他入口。在一面淡黄色的石头墙上，有扇窗户开了一条缝。窗户很高，下面有个宽宽的窗台，还挂着一个闪着红光的监控摄像头。

"内莉，"墨菲小声说，"我们得把那个监控摄像头干掉。"

一个人影从队伍末尾默默地走出来，冲他比了个拇指。今天有点儿热，但内莉和往常一样，依旧穿着她那条满是窟窿的牛仔裤和那件松松垮垮的套头衫。她从喷泉后面冲出来，飞快地在灌木丛中穿梭，以躲过摄像头的监控，然后一口气冲到墙边，高举手臂，手掌朝天。

博物馆上空的云开始变暗，隆隆的雷声响起，眨眼间，一道闪电从空中劈下来，击中了那个摄像头。在一串四溅的火花中，摄像头掉落在地。紧接着，另一个小一点儿的霹雳划破云层，落在内莉掌中，然后就消失了，只留下一小簇跳跃的蓝色火苗。

内莉像演哑剧一样，举起她那只还闪着蓝光的手，快速而有力地向下挥去，以无声的动作向朋友们传递信号："摄像头搞定。"光看文字，你可能不明白这是个什么手势，但是只要伸出手模仿着做一次，你就明白啦。

"干得漂亮，内莉。"墨菲说道，其他队员纷纷跑过去，站在她身边。"好了，

内莉·李
代号：雨影

超能力：
操控天气
（呼唤风暴云。）

进屋吧。"墨菲转头对玛丽说,"你能帮我一把吗?"

玛丽点点头,从雨衣的口袋里掏出一把小的黄色折叠伞,按下伞把上的按钮。

"抓稳了!"她说。

"噢,不,怎么回事?为什么要抓那儿?"比利又咋咋呼呼地叫了起来,仿佛世界末日到了一样。

玛丽生气地瞪了他一眼。"没事,抓紧就行。你只需要抓住……"她耐着性子给他解释。

和往常一样,比利冲她撇了撇嘴,意思是说"啊哦,对不起了"。

他们五个人握住伞把,缓缓升起,就像……坦白说,还真说不出像什么。他们看上去就像一串会飞的葡萄,又像是挂在鱼钩上的五条人形小鱼。其实,他们就是挂在一把伞上随风飘荡的五个小孩。

玛丽带着大家向窗台飘去。

上升过程中,墨菲问道:"对了,你们觉得他们来这儿是为了偷什么?"对他而言,

玛丽·珀金斯
代号:金丝雀玛丽

超能力:
飞行

(虽然没有伞她也能飞,但她本人更喜欢撑伞飞行。你是不是也觉得这样更酷?)

这座城市还很陌生,直到刚刚他才知道城里还有座博物馆。

"这里最珍贵的藏品是什么?"

其他人纷纷耸肩。

"我听说这里正在举办一个奶酪刨丝器之类的展览。"比利小声说。

"我爸说木管乐器展厅超赞。"最后一名超级零蛋队的队员希尔达说,她的红色卷发蹭得墨菲的鼻子直痒痒。"你们知道吗?整个地区最古老的巴松管就被收藏在这里。"她又兴奋地补充了一句。

墨菲做了个鬼脸。"我觉得没有人会想偷那玩意儿吧。"他辩驳说,"要真有人把它偷走了,也算是帮了所有人一个大忙。无所谓了,反正要进去,到时就知道了。"

他们五个人挤在窗台上,一个接一个地从那扇打开的窗户跳了进去。房间里光线昏暗,一排排摆放整齐的玻璃柜子里,陈列着各式各样的帽子。

没错,偌大一个博物馆,而且这里还正在举办一个奶酪刨丝器的展览,可他们竟然直接闯进了整个博物馆或者说这个世界上最无聊的房间——帽子展厅。真是倒霉到家了!

"这是我看过的最没劲儿的展览。"墨菲看着距离他最近的一个展柜上的标签,幽幽说道。

> 托马斯·温坡爵士曾戴着这顶帽子参加了他远房堂兄的女儿与第十四代卡莱尔公爵的婚礼。这顶帽子由上乘的加拿大水獭皮缝制而成,镶嵌着鼠毛装饰,完美地展示了摄政时期的帽子风格。拜托,墨菲,你竟然还有时间看这些可笑的帽子标签?

墨菲猛然意识到最后那句话并没有写在标签上,那是玛丽凑到他耳边说的话。

"对不起。"他说,"可是,如果不是脑袋进了水,谁会来这个博物馆偷东西?"

"小偷们来这儿肯定不是为了偷帽子——"玛丽答道。

"那是当然。再说了,现在这种鬼天气,谁会戴帽子?"比利打断她的话,"那不会热得一头汗吗?"

"不,我的意思是,帽子是不值得偷,可——"玛丽想接着把话说完。

"那这顶呢?它太漂亮了!"希尔达大声叫道。她凑在另一个大柜子前,鼻子都贴到了玻璃上。"你们看,它简直美翻了!一顶出自二十世纪二十年代的、真正给马戴的帽子！它上面还留了两个小洞，好让马把耳朵伸出来。"比利和内莉闻声向希尔达那边走去，就连玛丽都被她说得有点儿动心了。

站在一旁的墨菲心想，带领一支超级英雄队伍除暴安良的另一个难点就在于，还得想办法不让他们被奇怪的帽子分心。

"拜托，你们能想点儿正经事吗？"他咬着牙，愤愤地说，"玛丽肯定是发现了什么，想告诉我们。"

"噢，对！我想说的是，来这儿偷东西的人一定是……为了那个。"她指着展厅门口处张贴的一张花里胡哨的海报说道。

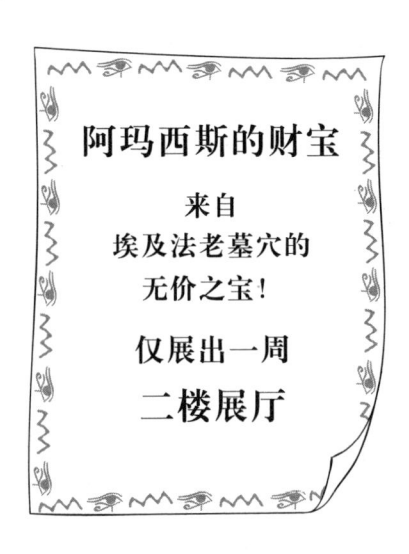

> **阿玛西斯的财宝**
>
> 来自
> 埃及法老墓穴的
> 无价之宝！
>
> 仅展出一周
> **二楼展厅**

超级零蛋队队员们望着彼此，不约而同地扬起眉毛，一副恍然大悟的表情，然后齐刷刷地发出一声长长的"哦——"。玛丽有些得意地点点头。

五个人蹑手蹑脚地穿过大门。离开前，希尔达还回头看了那顶马帽一眼。

走廊里一片漆黑，走廊尽头是一段很宽的石头楼梯，通向二楼。楼下隐约有些动静，还有很轻微的脚步声——一听就是那种有人正偷偷摸摸干坏事的声音。

墨菲看到墙上有个报警器，原本闪烁的红光突然变成了绿色，同时显示：**报警系统禁用**。

墨菲示意队员们下楼。他们五个人伸长脖子，探着头向栏杆下面张望，除了窸窸窣窣的声音，他们还看到了晃动的手电筒光束。这时，他们听到有个女人用嗲嗲的声音低声说："我的宝贝儿们，快到姨姨这儿来……"

墨菲不由得打了个冷战，就像有人突然往他的后背塞了个巧克力脆皮冰激凌一样。怎么会有这么诡异的盗匪，竟然自称"姨姨"？

他将食指压在嘴唇上，示意大家不要出声，然后带着队员们顺着漆黑的楼梯向下走去……

佩内洛普·特拉维斯收藏的古埃及文物在全国都是数

一数二的,只不过,从法律意义上来说,她并非它们的真正所有者,因为大多数藏品都是她偷来的。不管怎样,她的大房子里的确收藏了大量埃及古董。今晚,她打算给自己的收藏再添几样宝贝。

这个放肆的盗贼在博物馆里摇摇摆摆地踱着步子,瞪大的双眼放出贪婪的目光,打量着展柜里那些闪闪发光的展品。"雨果,警报器关了吗?"她厉声问道。

"搞定,姨姨。"一个穿着时髦的小伙子一脸谄媚地回答道,他正忙着捣鼓墙上的报警器,"我们马上就能嗨翻全场了。"

"不要用那种可笑的字眼。"佩内洛普竖起一根肥嘟嘟的戴着戒指的手指,冲那个小伙子摆了摆,尖声说道,"好了,我另一个可爱的侄儿在哪里?快过来,你这个笨手笨脚的大块头。"

展厅中出现了第三个人的身影。此人体形粗壮,又矮又胖,肥硕的肚腩把T恤绷得紧紧的,随时都有破"茧"而出的可能。

"你带袋子了吗,鲁伯特?"她问道。

"带了。"他答道,不敢有丝毫的马虎。

"好啦,是时候给我那个小宝库增加几样宝贝了。"佩内洛普吸了一口气,说道,"依我看,就从这些淘气的小猫开始吧。"

说罢,她整个人趴在房间中央一根断了的石柱上,那上面立着一座金光闪闪的猫雕像,猫的眼眶里还嵌着宝石,泛着幽幽绿光。"快到姨姨怀里来!"她像哄孩子一样冲着雕像说道,同时伸出她那黏糊糊的手,想把它一把搂进怀里。

可就在这时,一个奇怪的声音引起了她的注意。虽然这似乎有些不可思议,但那声音听上去的确像是马蹄发出的嗒嗒声。这个偷猫贼侧过头,向身后望去,黑暗中,她一无所获。

当她转过头时,那只黄金猫不见了。

"它去哪儿了?"佩内洛普扯着嗓子尖叫道,然后疯了似的在那个基座上摸来摸去,一双眼睛四处搜寻,就好像那件宝贝活了,溜到附近的某个地方,正悠闲地舔着爪子一样。

她瞥到房间深处有个黄色的影子闪过,她立刻眯起眼睛。那里有人。"鲁——伯特!抓住他们!"

"瞧我的,姨姨。"鲁伯特嘟囔了一句,然后就拖着笨重的身体冲向展厅的一侧。那里立着一座巨大的黄金石棺,旁边的标签上写着:

法老阿玛西斯的木乃伊
请勿触摸

"姨姨,这里没有人,只有一个木乃伊。"鲁伯特说。

"那就找到他们!"陈列室的另一侧传来佩内洛普蛮横的声音,"他们一定藏起来了!"

鲁伯特挪着步子,缓缓走向那座直立的石棺。他伸出手,想打开盖子看看里面是不是藏着人。

"木乃伊,到爸爸这儿来吧。"他自顾自地嘟囔着。结果证明,他实在不适合这种开玩笑式的说话风格。

就在这时,石棺的盖子突然弹开,破旧的裹尸绷带如同派对上四射的彩带一般飞出来。阿玛西斯法老的尸体就像一个刚打好气的气球,砰的一声弹出石棺,向鲁伯特扑过来,吓得他连声尖叫。

他转过身，拼命地往回跑，一把推开他的姨姨，冲出房间，跑下楼去。

站在石棺后面的比利将目光投向墨菲。这位正躲在附近一座斯芬克斯像阴影中的队长，冲着他竖起了大拇指，表示嘉许。

眼看自己的大块头兄弟像丢了魂一样逃出博物馆，佩内洛普的另一个侄子雨果吓得脸色发白，正打算脚底抹油，溜之大吉，却被他的姨姨一把拦住。

"走那么快干吗？"她凶巴巴地说道，"**拿不到宝贝我是不会走的。你去给我弄点儿亮闪闪的东西来！快去！**"

看着胀鼓鼓的木乃伊，雨果吓得全身哆嗦，可是他更怕自己这位尖叫的姨姨。他试探性地向前蹭了蹭，希望能找到点儿什么，交差后赶紧离开这里。他的目光扫到了一个被擦得锃亮的金属水壶，它被单独放在一个陈列柜上。他想把它拿过来，可就在他伸手去够的时候，另一只手同时从柜子后面伸出来，放到了水壶上。金属水壶的表面顿时泛起一层细小的蓝色电花。雨果瞬间被内莉的闪电击中，全身抽搐，不

比利·塔尔博特
代号：气球仔

超能力：
令物体膨胀
（能让自己身体的某个部位或附近的某件物体像气球一样鼓起来——有时是无意识的。）

自觉地抖动着。他飞快地抽回手,像一阵风一样冲下楼梯,追随他的兄弟而去。

"没用的家伙,"佩内洛普轻蔑地哼了一声,挺了挺肩膀,"好吧,还是老话说得好,亲力亲为才能心想事成。"

她扭着身子走向最近的展柜,那里面摆着一排动物雕像——鳄鱼、猫、蛇……摆在最前面的是两匹小马。

"**住手,不许动!**"背后传来一个声音,佩内洛普随即转身。

只见门口站着一个人,他双手叉在腰上,摆出一个全世界的英雄都爱用的亮相姿势。那是个男孩,顶着一头乱蓬蓬的头发,身上穿的牛仔裤也破破烂烂的,但是他凝视她的目光却是自信而坚定的。

"**你是何方神圣?小矮人吗?**"佩内洛普不屑地问道。

"我不知道你说的是什么。"墨菲说,"不过,你的此次购物之旅恐怕得结束了。"

"哦,我可不这么认为。"佩内洛普想拖延时间,耍花招,"事实上,我正打算挑几座古代雕像,然后再大摇大摆地从这儿走出去。而你,什么也做不了。"

说完,她突然把手伸进展柜,抓住那两匹小马,飞快地冲出展厅。

跑到楼梯口的时候,她决定停下来,奚落一下对手。现在，她已经知道先前的种种状况全都是这个小屁孩搞出来的，因此她很有信心，自己能带着这两匹古埃及小马雕像毫发无损地离开，按时回家喝茶。

"快跑啊，我的小马儿。"她把其中一座雕像举到自己面前，得意扬扬地说道，"让我们一路小跑，快快离开这个搞笑的小男孩吧。"

佩内洛普瞟了一眼手中的雕像，心里啧啧赞叹：这也太逼真了吧！谁知就在这时，小马突然冲向她，狠狠地咬住了她的鼻子。她大叫一声，一把将小马丢了出去。

希尔达·贝克
代号：小马妞

超能力：
能力超乎寻常，无法归类
（她能凭空召唤出两匹小马。）

"当心！"书架后传来一个声音。

希尔达冲出来，奔向那匹被扔在石头地板上的小马。

"阿泰克斯，你没事吧？"她柔声问道。小马发出了一声令人欣慰的嘶鸣声。希尔达怒目圆睁，望着佩内洛普，一字一顿地说道：**"没人能伤害我的小马！"**

直到这时，佩内洛普才意识到自己手里还抓着另一匹小

马。只见它干净利落地做了一个脚尖旋转的芭蕾舞动作,跷起的后蹄,不偏不倚,正中她的下巴,踢得她一个趔趄,挥舞着双臂从楼梯上滚了下去。她那肥嘟嘟的脸蛋如同放在运转中的洗衣机上的果冻一般,一直颤悠悠地晃动着。

超级零蛋队的五名队员纷纷走上来,站在楼梯口,望着下面那个已经不省人事的盗匪。

"干得漂亮,希尔达。"从天花板上缓缓飘落的玛丽说。她一只手握着伞把,另一只手则抓着那只黄金猫雕像。"比利,你让木乃伊爆炸的那招简直太酷了。"

比利微微一笑。"那都是墨菲的主意。"他坦承。

"他的鬼主意最多了。"玛丽说。大家将目光一齐投向他们的队长。

墨菲脸红了。他把哈罗机举到嘴边:"报告英雄联盟,这里是超级零蛋队。疑犯落网,请通知CAMU[1]。"汇报完毕后,带着圆满完成任务后的满足感,墨菲扫了一眼身边的朋友。

墨菲·库珀 代号:普通小子
超能力: 无 (超级零蛋队队长。)

"超级零蛋队,收到。"对话机里传来一个沉稳的声音,"警察马上就到。清理好现场,即刻撤退。干得好。"

看着屏幕变黑后,墨菲望了一眼手表:8点25分。

"哎呀,我要赶不上晚饭了!"

玛丽不由得笑了,冲他晃了晃手中的雨伞:"想搭顺风车回家吗?"

---

1 能力监管部门(Capability Awareness and Managment Unit),它的英文首字母缩写词是CAMU。

博物馆外，佩内洛普被推上了一辆警车。

"可是，那里面还有孩子呢。"她喋喋不休地念叨，"至少有两个。其中一个可能带电，还有一个带着马！小马！我还被其中一匹马给咬了！"

"好的，没问题，我们会进去看的，亲爱的女士。"警察揶揄她。此刻这个警察并不知道，几个星期后，他将会因为抓住了全国臭名昭著的盗猫贼而荣获一枚勋章。"放心吧，我们会把这个小马侦探记录在案的。现在，你就乖乖地进车厢后面待着吧。"

他将还在那儿抱怨个没完的佩内洛普推进车厢，并没有留意到某个高高的窗台上有个黄色的影子。不久后，那抹黄色就消失在了低矮的云层之中。

墨菲和玛丽挥手驱散面前的云雾，向城市另一边飞去。墨菲注意到玛丽的头发和羊毛围巾上都缀满了晶莹剔透的小露珠。她的一只手始终紧紧握着伞把，另一只手搂着墨菲的腰。西沉的落日从天空滑落，在云边留下了一抹淡淡的粉红，团团簇簇的云朵看上去就像是盛在一个巨大的盘子里的土豆泥，边上还浇了一圈草莓口味的糖霜——这听起来似乎有点儿恶心，但看上去真的很美。

尽管美景当前，但墨菲却有些不自在。自从几个月前他命悬一线，玛丽抓住他，带他腾空飞起，救了他一命之后，每当他俩单独相处时，墨菲就会觉得尴尬，而且时间越久，尴尬指数越高。此时此刻，在镶着红边的云朵棉球之上，他俩就这么静静地飘着，墨菲觉得自己的尴尬指数大有爆表的危险。

为了打破尴尬，他问道："嗯，那个，你这把新伞用得还顺手吧？我记得你好像说过，你已经可以不用靠伞来帮助飞行了。"

"哦，这个啊，我还是觉得有伞飞起来轻松点儿。伞可以帮我集中精神，这样说你是不是更容易理解？"玛丽轻松地答道。

墨菲觉得并没有区别，但是能够打破沉默已经让他很开心了，所以他没来由地傻笑了起来。

玛丽心领神会地望着他："好了，别没话找话了。你今天真的要迟到了。"说着，他俩就开始下降，坠入淡粉色的云团之中。

刚到八点半，墨菲的妈妈就大步冲到门口，怒气冲冲地朝街上望去。

"**墨菲！**"她朝着傍晚的空气大叫一声。

"干吗？"她背后传来一个听上去很无辜的声音。她转过身，正好看到小儿子如无忧无虑的小精灵一般，一蹦一跳地从楼梯上走下来，那架势看上去似乎已经回家好几个小时了。

"呃……没什么。你回来了怎么也不出声？"她满脸困惑地说，"好了——过来吧。暑假最后一天的外卖大餐到了。快来吃吧，不然，你哥就把虾片吃光了。"

"留点儿给我，安迪，你个贪吃的馋嘴象！"墨菲大叫着冲进厨房。

他心想，今晚还算顺利——制止了一场抢劫案，而且还能准时回家吃香酥柠檬鸡。说起来，当英雄也许并不是一件特别复杂的事情。

如果他真这么认为，那可就大错特错了。

在很远很远的地方，一个身穿黑衣的男子坐在牢房里冰凉的石头地板上，聆听着。

他抬起头，闭着眼睛，像收音机调频那样，调动他无比灵敏的听力，扫描着位于他上方的世界。他倾听数千米以外的人说出的话，然后像淘金一样对这些话进行层层淘筛，冷静地搜寻有助于他构建逃亡大计的金矿石。

多年来，他一直在听，却没听到任何有利用价值的话。

可是现在，在长时间的聆听后，事情终于有了转机。就像腥咸的空气中隐约飘来了远方浪潮的气息，此刻的他闻到了机会的气味。

时间到了。是时候做点儿什么了。

黑衣男子睁开双眼，目露凶光。他伸出一只苍白而纤弱的手，抓住一块小石头。

他弓起腰，开始用石头在花岗岩地板上写字，看上去就像一只老得不能再老的老鸟披着一件破破烂烂的黑衣服，佝偻着身躯，趴在地上找东西。摩擦声尖厉刺耳——反正也没人听得见，三十年来，从没有人走进过这间牢房。

不过，情况很快就会改变。

等他周围的地板上都写满了字——大大的、不规则的、白色的字，他这才停了下来。

他听到摄像机聚焦时发出的刺啦声，它会把拍摄到的信息传到上面那个世界的某个地方。

地板上写的是：

我想说话了。

带那个普通小子来见我。

2
福莱士先生的情感小羚羊

新学期第一天,早上五点,伊恩·福莱士先生就被卧室窗外枝头上一只毛茸茸的小鹩哥的叫声吵醒了。可爱的小鸟轻声啁啾,打算用美妙的歌声来开启全新的一天。

"闭——嘴!"福莱士先生冲着这只无辜的小鸟大吼一声。

小鹩哥吓呆了,扑通一声掉到地上。(不过,我们必须告诉所有爱鸟之人,小家伙安然无恙。)

福莱士先生气鼓鼓地走向床铺,用脚尖踩住一个硕大的哑铃。他望着镜子里的自己,拿起一把特制的胡须梳,开始梳理他那又长又密的姜黄色胡须。梳完胡子,他开始晨练。他先做了五十个俯卧撑和五十个原地开合跳,做完后就噔噔噔一路跑下楼,准备晨跑。

他砰的一声甩上大门,怒气冲冲地斜着眼睛看了一眼初升的太阳,就好像太阳是存心和他作对,才照得他睁不开眼

一样。随后,他全速冲上街道,转眼就不见了踪影,只留下一团飞扬的尘土。

　　福莱士先生是墨菲所在学校的一位老师。事实上,他也是墨菲最不喜欢的老师,因为他从不放过任何一个打压墨菲的机会。毕竟,在墨菲无意中闯入的这个秘密世界里,除了他,人人都有特异功能——或者说超能力。在今日的晨跑中,福莱士先生已经淋漓尽致地展示了自己的超能力:快如闪电的速度。

五分钟后,福莱士先生再次出现在自家大门口,他大汗淋漓,一张脸红得堪比甜菜根。

那只小鹩哥站在房子的拐角处,紧张兮兮地望着福莱士先生。可怜的小家伙现在已经感觉好多了,却依旧不敢吱声,直到那位老师走进屋,它才轻轻地叫了一声"啾"——幸好你听不懂鹩哥语,要知道对鹩哥而言,"啾"可是一句相当粗鲁的脏话呢。就算你听懂了,也千万别在家说这个字,不然你的麻烦可就大了——你会被你爸妈揪住,整晚都不得安宁。

屋子里,福莱士先生正踩着重重的步子,在一尘不染的厨房里东翻西找,准备制作他的超大份蛋白质奶昔。这份奶昔的配料表如下:

> 福莱士先生的早餐奶昔配料:
>
> 五个生鸡蛋
> 八根香蕉
> 一大瓶牛奶
> 一把亚麻籽(他还给亚麻籽起了个专属的爱称:福莱士籽)
> 两百克剁碎的生牛排
> 一个洋葱
> 半个牛油果

我们必须提醒你,千万不要尝试这个食谱——这东西的味道极其恶心,可福莱士先生却将它一饮而尽。喝完后,他用手背一抹嘴,打了个大大的饱嗝。听那打嗝的声音,再加上从他嘴里喷出的味道,你的脑海里立刻会浮现出一头年轻的公象。

福莱士先生对新学期的第一天充满期待。这学期,他教的是能力训练课,简称"CT[1]"。他的任务就是提升学生的超能力,同时提高他们对超能力的控制力。通常来说,这当中自然少不了要冲着学生大吼大叫——这正是他钟情于这项工作的原因。

入学一年后,学生会被分成两个班。福莱士先生接手的就是被他骄傲地称为"A组"的那个班——这个班里的学生都拥有强大且实用的超能力,说不定哪天就能加入英雄联盟。他将几片面包丢进面包机,随手按下烧水壶的开关。一想到自己不用去教另一个班——他把那个班叫作"剩下的人"——他就很开心,喜不自禁地捏了捏自己的姜黄色胡须。

至于那些拥有莫名其妙的超能力的孩子,留着他们简直就是浪费学校的空间!什么变出小马驹来,让自己的手肿得

---

[1] 能力训练(Capability Training),它的英文首字母缩写词是CT。

像气球,哼!

福莱士先生开始在大托盘上摆餐具,与此同时,他的脑海里闪过了几个最不招他待见的学生的名字。即使我们不说你大概也已经猜到了,他们就是墨菲和他的超级零蛋队队员们。去年,一个名叫内克达的黄蜂人对学校展开疯狂进攻,当大家不是被抓就是被控制了意识的时候,是墨菲和他的朋友们挺身而出,扭转了败局。然而,福莱士先生只要一想起这事儿,心就像针扎一样疼,更别提对他们几个心存感激了。事实上,福莱士先生对这几个孩子的态度离感激差得可不止十万八千里,那简直就是天堂和地狱之间的距离。

让福莱士先生更加无法忍受的是,超级零蛋队因为在这次事件中表现不凡,居然被纳入了英雄联盟——这可是一项至高无上的荣誉啊!

简直就是无稽之谈!他们到底是怎么想的?强压着满腔的怒火,福莱士先生给自己倒了一杯茶。这世上,连倒杯茶都能倒出这么大火气的人屈指可数,福莱士先生是其中之一。

摆好早餐盘后,他三步并作两步冲出屋子。此刻,那只小鹌鹑正凑在草坪边的一朵花旁闻花香。

"**走开,你这个棕色的小……小母鸡**,我管你是什么呢,滚!"福莱士先生扯着嗓子冲它吼道。

他冲上去,一把摘下那朵花,小心翼翼地把它拿进厨房,插到餐盘上的一个小花瓶里。小鹨鹩面带讽刺地扬起眉毛,拍拍翅膀飞走了。

"伊恩!早饭?!"楼上突然传来一个刺耳的尖叫声。

"马上就好,妈妈!"说完,福莱士先生哼了一声,似乎在宣泄他对超级零蛋队的不满,然后就端起餐盘,快步走上楼。

八点整,福莱士先生准时出现在学校前的空地上。三分钟前,他还站在位于十三千米以外的家门口。今天,他不仅打破了自己陆地奔跑的最快纪录,而且没有引起任何路人的注意。他看到校长苏博曼先生正站在学校大门外等他,这让他感到有些意外。苏博曼先生今天穿了一件机车夹克,笑容看起来似乎有些勉强。

"早上好,福莱士先生。"苏博曼先生说道。他的牙齿和油亮的头发都闪耀着英雄特有的光辉。

"你在这儿干吗?"福莱士先生不客气地答道。

校长脸上的笑容显得更勉强了。如果离得够近,你一定会听到笑容变僵时发出的咔咔声。

"呃,"校长转过身,打了个手势,示意福莱士先生往空无一人的院子这边走,边走边说,"我就是想在开学前和你聊聊。没什么要紧的事,你别担心。"

写到这儿,我们必须给你一些日后肯定用得上的职场建议。当你的老板跟你说"别担心"的时候,你可千万别相信他,而且还得做好心理准备,接受你马上就要完蛋的事实。福莱士先生显然深谙此道,校长的话顿时引起了他的警觉,就像微风拂过非洲大草原时,羚羊闻到了饥肠辘辘的狮子的气味后,立刻进入全副戒备的状态。

"在过去的一年里,你的教学给我留下了非常非常深刻的印象……"苏博曼先生接着说道。

当你的老板先叫你不要担心,接着又对你大加赞赏的时候,他的言外之意就已经显而易见:你要大难临头了。

"正是考虑到这一点,"校长继续说,"学校打算做一点儿小小的调整。"

听到这话,福莱士先生顿时觉得自己就像草原上的那只羚羊,身后有八头饥肠辘辘的狮子正紧追不舍,可偏偏在这时它的一只脚陷进了泥坑里。

"那……我还教能力训练课吗?"他气势汹汹地问,他的那两撇胡须因为激动而随着话语起伏着。

"哦,是的,是的,那是当然。"苏博曼先生安抚他说,"是的,是的,那是必须的啊。"这时,苏博曼先生的反复强调反而有点儿欲盖弥彰之嫌。"我想跟你说的是你教的那个班,A组。"

福莱士先生真切地感受到狮子的尖牙已经扎进了那只羚羊的屁股,狠狠地咬下了第一口。他对A组学生有一种超强的保护欲,对任何想横刀夺爱的人都恨得咬牙切齿。现在,他已经知道苏博曼先生接下来要说什么了。

"我知道,一直以来,你都——喀,喀——坚持由你来挑选A组的学生,挑选依据就是P-CAT测试。"校长继续说道,他刚才提到的P-CAT测试的全称为"能力实际运用水平测试[1]"。对刚入校的一年级新生而言,这是一个令人望而生畏且备受打击的测试,但它也是福莱士先生在这一年里最看重的一项测试。"不过,我认为上学期发生的那件事已经表明,并不是只有那些通过了P-CAT测试的学生才具备加入英雄联盟的潜质。毕竟,超级零蛋队已经是联盟史上最年轻的学生成员,要不是因为——呃——那只大黄蜂打断了测试,他们几个人的P-CAT成绩恐怕只能用惨不忍睹来形容……"

福莱士先生发出了一种咕噜噜的声音,听上去就像是塞满了起泡奶油的吸尘器被人不小心按下开关后发出的嗡鸣。

"他们?"他轻蔑地呸了一声,"就那几个……啊……那几个半……半吊子的小毛孩?他们永远都成不了

---

[1] 能力实际运用水平测试(Pratical Capability Aptitude Test),它的英文首字母缩写词是P-CAT。

029

英雄！他们……"

"他们已经是英雄了。"苏博曼先生打断了他的话，"联盟的决定与我们无关，由不得我们来质疑。"

看起来，福莱士先生倒是很想质疑一下——连带着精装修的办公室、网站及其他能带来的一切。然而，校长先生高高扬起眉毛，向他发出了警告，他这才把满腔愤怒之词生生吞回到肚子里。他的整个脑袋也因此憋得通红，对照比色卡，那颜色应该是"暗红火焰"。

"今年，超级零蛋队将会被分到A组，**这是校方的最终决定**。"话音刚落，苏博曼先生就以一种管理者的姿态，快步穿过教学楼前的对开门，消失在昏暗的楼道中。

福莱士先生握紧拳头，重重地砸在墙上。此刻，他知道那只羚羊正被一群秃鹫啄食，方圆二十米内到处都是它的皮毛、骨头和血肉残渣。开学第一天，再也没有比这更糟的了。

3
老兵日

新学年就像刚刚冲上轨道的过山车，一旦上了轨道，所有事情都会以非常快的速度向前运行。上一秒，穿着短袖T恤的你还顶着灿烂的阳光，随着车厢冲上轨道的最高点，膝盖上可能还沾着夏日的草渍；下一秒，你就已经一个猛子俯冲下来，将南瓜灯和转轮烟火抛在了身后，肚子里的太妃苹果糖甚至还没消化完，你就已经开始放慢速度，缓缓走向圣诞节，这时候的你会突然觉得自己的鼻子都快要被冻掉了。

墨菲沿着街道，快步走向学校，他忽然发现自己竟对今年这趟过山车之行充满了期待。今天是他在这所学校就读的第二年的第一天，此时此刻，他的肚子里除了春卷和鸡肉炒面，还揣着激动和兴奋。

不一样的学年就要开始了，他想。

一年前，作为学校里唯一没有超能力的孩子，他不止一次受到众人的嘲笑。现在，他是英雄联盟最年轻的成员之一。如果这还不足以证明他和他们一样有资格留在这所学校，那他也只能认栽。他知道一直有人在背后议论他，嘲笑他，他已经忍耐了这么久，也许，现在是时候拿回一点儿原本就属于他的尊重了。

"嘿！快一点儿，你这个没用的懒虫。别……像条……蛆那样拱来拱去！"一阵震耳欲聋的咆哮声传来，那声音在墨菲听来简直再熟悉不过了。

福莱士先生决定用高质量的咆哮来安抚他受伤的自尊心，说来也巧，最不受他待见的那个学生偏偏在这个时候出现在他眼前。墨菲飞快地摆动双臂，让自己看起来好像跑得飞快，但其实他的速度并不比走路快多少。

"快点儿！到这儿来！好了，普通小子到了，派对可以开始了！"福莱士先生低吼道，一路假跑过来的墨菲正好从他身边经过。"只不过，我怎么也想不明白，你来这儿能干吗？"福莱士先生假装和墨菲说悄悄话，但实际上，他的声音大得方圆十米内的所有人都听得一清二楚。

墨菲跟着人群走进学校大厅，福莱士先生的冷嘲热讽始终在他耳边回荡，挥之不去，就像只不怀好意的幽灵蛛，耷拉着它的大长腿，不断地撩拨他刚刚建立的自信，使他原本高涨的情绪渐渐泄了气。很快，他就发现大家都在盯着他，其中不乏等着看热闹的目光，也有疑惑和不解的眼神，还有一两个高年级的男孩，他们的眼中甚至充满敌意。众目睽睽之下，墨菲觉得很不自在。他马上意识到，英雄的身份根本无法确保他可以自动赢得大家的尊重，相反，它还会带来更多的怀疑和猜忌。直到希尔达走到他身边，他紧绷的神经才稍稍放松。

"看看这些新来的小孩，"看着被堵在走廊上的那群一年级新生瞪大眼睛四下张望的样子，她说道，"真不敢相信，我们一年前也那样。现在，我们都成长了。我们长大了，成了英雄！"

希尔达一直都很向往英雄的世界。对于英雄联盟成员这一身份，她心中的那份自豪感一直都比其他队员来得更加强烈，只不过，联盟不允许他们穿醒目的制服，这让她有些失望。墨菲怀疑她早就秘密设计好了制服，只等找个合适的借口穿出来而已（偷偷告诉你：他猜对了）。

大厅里挤满了人，墨菲看到站在后排的比利和玛丽正朝他们挥手。比利用他的充气大手掌给他俩占了座位。

"记得给内莉留个地儿。"他们坐下时，玛丽提醒道，"有谁见到内莉了吗？"

他们在人群中搜寻内莉的身影，其他年级的孩子们在他们身边推搡着挤来挤去。高年级学生自信满满地互相打

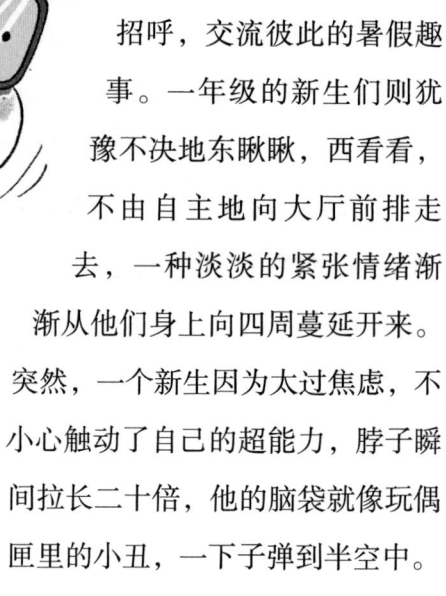

招呼，交流彼此的暑假趣事。一年级的新生们则犹豫不决地东瞅瞅，西看看，不由自主地向大厅前排走去，一种淡淡的紧张情绪渐渐从他们身上向四周蔓延开来。突然，一个新生因为太过焦虑，不小心触动了自己的超能力，脖子瞬间拉长二十倍，他的脑袋就像玩偶匣里的小丑，一下子弹到半空中。

"对不起！我不是故意的！"那个脑袋在吊灯间弹来弹去，让他的话听起来嘎吱嘎吱响。大厅里顿时爆发出一阵大笑。比利抬起头，无比同情地望着那个脑袋。因为自己那不可预测的超能力，他也没少被人嘲笑，这种感觉他太熟悉了。

"哦，天哪，"玛丽笑着说，"可怜的小家伙，希望他能在苏博曼先生出现之前把脖子缩回去。"

长脖子男孩做到了，在图书馆管

理员弗莱彻夫人出现的前一秒钟，他成功地将自己变回了普通人能接受的样子。弗莱彻夫人用她独树一帜的方式让大家安静下来：

"呜呜呜呜呜呜呜呜呜呜！"

弗莱彻夫人的超能力是把自己的脑袋变成一个巨大的雾角。

随着最后几个孩子嗖嗖地跑进来，飞快地就近坐下后，整个大厅瞬间安静下来。内莉跟着最后几个孩子闪进大厅，像条害羞的蛇一样溜向后排的一个角落。在墨菲身边轻轻坐下后，她把手在裤子上擦了擦。看起来她手上似乎沾了不少油渍。

"你跑哪儿去了？"墨菲轻声问她。内莉知道现在不是说话的时候，因此她只是微微摇了摇头，一头长发轻轻摇晃，绿色的发尾随之飘了起来。

就在这时，苏博曼先生煞有介事地大踏步走了进来，虽然没有必要，但他还是挥了挥手，示意大家安静。（其实，他的手也并非一无是处——他早就发现了它的日常功能。只不过，眼下这个挥手的动作是真的没必要，因为弗莱彻夫人早已让整个房间安静下来了。好吧，关于这一点，我们也没必要再多说，就到此为止吧！）

苏博曼先生走上大厅前方的台阶，转过身面向学生。

"欢送大家。"他刚一开口就意识到自己说错了话，马上纠正道，"欢迎大家……回到这里，欢迎返校。早上好。"

只要一发表公开演讲，苏博曼先生就会紧张，时不时出点儿错，看起来今天也不例外。不过，他很勇敢地纠正了自己的错误，并且用一种听上去有点儿装腔作势的低沉语调继续说道："今天是新学年的第一天。"

墨菲心想，为什么大人总爱用这种显而易见的事情来做开场白呢？其实，他还不如站起来说："好啦，大家都到了，都坐好吧。"

苏博曼先生顿了顿，似乎是在寻找合适的字眼继续他的讲话。"好啦，大家都到了。"斟酌一番后，他再次开口说道，"都坐好吧。不过，对一年级新生来说，这里的一切都还有点儿陌生，可能会觉得不知所措。所以，我希望我说的话能让你们稍微放松一点点。你们之所以会被这所学校录取，就是因为你们很……特别。"

苏博曼先生殷切地望着大厅里那些最稚嫩的脸蛋，继续说道：**"对于我们来说，这是一个危机四伏的世界。**不过，在这所学校里，你们将学会如何控制自己的超能力，从而更好地隐藏自己的能力，安全地生活下去。"

墨菲听到坐在墙边那排凳子上的福莱士先生很不屑地哼

了一声。

"当然，如果你技能超群，出类拔萃，"校长接着说，"你就要担负起英雄的职责，而我们也会为你提供所需的工具。你本人也会升到……顶部，就像奶油，这所学校就是杯子里的牛奶——不，等一下，学校应该是那个杯子，我们把牛奶倒进去——你们就是牛奶。不过，你们中的有些人……将会成为漂在最上面的那团奶油。至于我——从某种程度上来说，我就是那头奶牛。"

说到这儿，他又停住了，皱起了眉头，看起来，他一公开演讲就紧张的毛病又犯了。

"他到底在说什么？"玛丽小声嘀咕道。

"好了——不说牛奶了，刚才跑题了。"苏博曼先生说。

"接——着说？"比利接过话茬儿，但他的声音显然比他以为的要大多了。

"什么？"校长望着他们，问道。

比利一下子慌了神，他的右脚顿时充足气鼓了起来，脚上的鞋瞬间被弹飞，撞到墙上后又弹回来，正好落在福莱士先生脚边。这位能力训练课的老师朝他们这边恶狠狠地瞪了一眼。

"就像我刚才说的，"校长继续说道，"你们当中的佼佼者将有机会宣读这份誓言。"

他指的正是刻在台阶旁那块极其醒目的石板上的誓言：

英雄誓言

我发誓，拯救苍生，不问荣耀，
　　帮助众人，不求回报，
　　奋力斗争，不惧艰险。
我发誓，严守秘密，恪守诺言，
　　追寻成为真正英雄的意义所在。

"噢，每次念这个都会让我全身起鸡皮疙瘩。"希尔达兴奋地说，这时，她发现几乎所有人都往他们这边看过来，顿时满脸通红。原来，苏博曼先生正指着他们说话。

"今年春天，我们学校的五名学生就站在这里，成为有史以来最年轻的誓言宣读者，而且……"苏博曼先生又开始拿腔拿调，可就在这时，福莱士先生的鼻腔里传出一声响亮的"哼"，听起来像是河马打了个大喷嚏。这个声音不仅打断了校长的话，还将校长先生那眼看就要飘上天的情绪给一巴掌拍了下来。

"是的，没错，"苏博曼先生一字一顿地说道，"我并不希望你们中的任何一个人过于关注此事。这是一起特殊事件，也是……一起极小概率事件。当然，我们希望，如此戏剧化的场景今年就别再出现了。"

听到这儿，墨菲脑海里的那只幽灵蛛似乎再次现身，它带来的丝丝缕缕的疑虑使墨菲更泄气了——很显然，比利也和他一样，哪怕他的那只脚已经恢复正常。

"不过，不管怎么样，"苏博曼先生继续说道，"我们都会在新学年的第一天告诉所有人，在这里你可以达到的高度。好了，我不废话了，让我们一起来迎接'老兵日'——在这一天，我们会邀请英雄联盟的前特工们走进校园，走进你们的课堂。你们大多数人一定记得，去年，我们无比幸运地邀请到了火球伯爵夫人和她的搭档——多米尼克·斯莱奇汉默。"

墨菲转身，一脸惊讶地望着玛丽，一对眉毛扬得老高，几乎彻底消失在耷拉下来的头发后面。这对他而言可是个惊天大新闻。去年，他入学的时间比其他同学晚了几个礼拜，从没有人跟他提过老兵日，他更不知道在这一天还能见到真正的英雄。

"哦，那个啊，没错，火球伯爵夫人的确很酷。"玛丽的声音很小，"不过，她的搭档有点儿怪怪的。他一直在打烂东西，还一直叫着什么'汉默时刻'！"

墨菲垂下一条眉毛，另一条依旧高高扬起。这时，他已经感觉到左脸因为长时间的紧绷开始有些不太舒服,所以他迫不及待地想结束这种高低眉的奇怪表情。

然而,他恐怕还得再坚持一小会儿,因为苏博曼先生张开双臂,大声宣布:"现在,有请我们今年老兵日的特别嘉宾,**前超能力委员会**!"

说完,他故意留出很长的停顿时间,很快,走廊上就传来了一连串丁零当啷的金属声,不一会儿,一阵飕飕的风声飘进了大厅。

所有人都伸长脖子,想看看到底是怎么回事——就连苏博曼先生也不例外,此刻的他似乎格外想和自己的学生打成一片。

就在所有人都望眼欲穿的时候,走廊上滑过来一辆银光闪闪的轮椅,上面坐着一个满头白发的男人。这个男人长了一张睿智儒雅的脸,目光敏锐,一把胡子修剪得十分整齐。他穿了一件帅气的灰色夹克,脖子上还围了一条红色的真丝围巾。他以流畅的动作滑着轮椅穿过大厅,停在了讲台前的台阶下。

现在,大厅里所有人都将目光投向苏博曼先生,他就站在位于台阶之上的讲台后面。接着,大家把目光转向了坐在轮椅上的男人。随后,大家的目光重新落回苏博曼先生的身上,然后又转向轮椅,就好像他们正在观看有史以来最奇怪的网球赛。

起初，没有人敢轻易打破这一沉默，直到一个一年级新生没忍住，尖声叫了一句："他怎么爬台阶呢？"话音未落，他身边就已经嘘声一片。

"这位有着田鼠般的嗓音，说起话来脆生生的小朋友提了个特别棒的问题！"轮椅上的男人微微一笑，他吐字清晰，言语中带着一种上流社会特有的口音，"一定要敢于提问。现在，我就来回答你的问题。"说罢，他伸出右手手指，在扶手上的小控制面板上按了几下。

只听到咔嗒一声，接着是一阵低沉的嗡嗡声，转眼间，那辆轮椅就不声不响地腾空而起。

"啊——"几乎所有人都发出了惊呼。

"**这的确值得'啊'。**"轮椅上的男人笑眯眯地说。他就像朵奇怪的、逗趣的云，在大厅上空飘来飘去——坐在一辆会飞的轮椅上，还戴着围巾。

轮椅飞到大厅后方上空时，恰好从超级零蛋队队员们的头上掠过。墨菲瞥到轮椅下有一个亮闪闪的、类似金属风扇的东西呼啦啦地转个不停，可是他并没有感到有向下的气流拂过。这奇怪的现象使他打消了收回脸上那副疑惑表情的打算，此刻，他的左脸已经拧巴得快要失去知觉了。

就在这时，墨菲听到一个熟悉的窃笑声，他顺着声音向大厅后面望去——学校的校工卡尔正靠在后墙上，饶有兴趣地望着那辆在空中飞行的轮椅。

那个男人又在控制面板上按了几下，轮椅立刻向讲台滑翔而去，然后在空中掉了个头，稳稳地落在苏博曼先生身旁。这位校长早已举起双手，轮椅一落地就开始鼓掌。渐渐地，所有人都跟着鼓起掌来。

就在这场令人瞩目的轮椅飞行表演进行的同时，另外三个人以一种不那么吸引眼球的方式陆续走进大厅，站到了讲台上。其中有两位苗条的老太太，她们都长着一张精明睿智的脸，都留着又长又直的银发，一看便知是对双胞胎。跟她们一同走进来的是一位身材高大、面色红润的老爷爷，他手里拄着一根拐杖，脖颈粗壮，头上光溜溜的，一根头发也没有。事实上，他看上去像极了福莱士先生——只要你刮掉这人的胡子，再耐心地等上个四十年。

等掌声渐渐平息后，苏博曼先生开始介绍他的嘉宾，他首先介绍的就是那位坐在神奇轮椅上的男人。

"今天，我们非常荣幸地邀请到了贾斯珀·朗特里爵士，"他大声宣布，"也就是我们大家所熟知的'科技骑士'。"

"哦，是的，科技骑士，"贾斯珀爵士礼节性地低了低头，以示对校长这番致辞的谢意，"已经很久没人这么叫我了。不过在过去,机械电子的确是我的超能力——我可以用意念来控制电子设备。"

"接下来让我们欢迎双子姐妹。"苏博曼先生说道,同时伸出一只手,指向那对双胞胎。

"我们是玛丽亚和薇薇安,"那对双胞胎中的一个说道,"这位就是玛丽亚。"

"我和薇薇安都是变形人。"另一个补充道。

"就算缝再小,我们也能钻过去。"她的姐姐薇薇安接着她的话说道,"在我们那个年代,这可是一种相当管用的超能力。"

"那是当然。"台上的最后一名成员拄着拐杖上前几步,他一边说着,一边将拐杖重重地砸在木地板上,咚咚直响,"我和这两位女士曾多次并肩作战。我就是重铅头——汤米·比格斯,乐意为您效劳。"他挥舞着手中的拐杖,和台下的学生打招呼。不少学生都觉得照他这样说下去,讲台的地板很快就会被他砸穿。

飞翔的轮椅进入大厅时,学生们的惊叹声此起彼伏,当这最初的骚动平息之后,大家渐渐意识到前超能力委员会这个名称代表的意义时,惊叹转眼就变成了疑惑。

"他们不再是英雄了!他们现在连超能力都没有!"墨菲听到有人大喊道,语气中满是挖苦和不屑。他探着头,

看到了蒂莫西，此人是他的同班同学，也是福莱士先生的得意门生之一。此刻，他身体靠在椅背上，双臂交叉抱在胸前，脸上流露出一副鄙夷的神情。

"台上的这几位嘉宾，"苏博曼先生提高音调，大声说道——失望的情绪就像坏了的鸡蛋三明治发出的奇怪气味，在大厅上空渐渐弥漫开来，苏博曼先生说话的同时摆了摆手，似乎是想以此来驱散这股消极情绪，"都是英雄联盟的创始人，能够邀请到他们是我们莫大的荣幸。没错，他们的确不再拥有超能力，但是他们都身经百战，有各种实用

的建议和诀窍……呃，还有回忆……可以和你们分享。我相信，他们一定非常乐意走进你们的教室，和大家分享这些有趣的事情。女士们，先生们，让我们热烈欢迎前超能力委员会！"说完，他带头鼓起掌来，可台下的掌声始终稀稀拉拉，远不如嘉宾入场时那么热烈。

借着掌声的掩护，希尔达转身，皱着眉头望向其他超级零蛋队队员，她压低音调问了一个问题，紧张之情溢于言表，仿佛她说的是这世上最可怕的事情。

"我们真的会失去超能力吗？"

在很远很远的地方，一个身穿黑衣的男子坐在牢房里冰凉的石头地板上，聆听着。

　　他在聆听来自遥远的上方世界的声音。他从数以千万化作嗡嗡声的对话中挑出了一个特别的声音，一个只对他窃窃私语的声音。那个声音说："主人……您能听到我说话吗？我回来了。"

　　"**欢迎回来，我的朋友。**"黑衣男子轻声应道，因为几乎从不说话，他的声音略显沙哑，"你找到我想要的所有东西了吗？"

　　"实验室一应俱全，主人，就像您预测的那样。"那个来自上方世界的声音说，"至今还没有人来干预——一切进展顺利。"

　　黑衣男子冲着黑暗微微一笑，他的笑容里没有任何感情，令人胆寒。

　　"太棒了，"他喃喃道，"**一切都在我的计划之中。**"

　　"快了，主人。"那个声音小声说，"您很快就能恢复自由了。"

　　黑衣男子扫了一眼自己的牢房。他脸上的笑容如同一张燃烧的纸,渐渐变皱,扭曲,最后变成了一副充满怨恨和敌意的狰狞面孔。

"没错,"他吸了一口气,"快了。"

4

A　组

"他们不算学习榜样吧?"

"这几个人也太奇怪了!"

"我还以为今天能在学校里见到几个真正的英雄呢。"

"如果他们连超能力都没有了,我们还去找他们聊天干吗?"

散会后,墨菲和班里的其他同学一起向教室走去,可大家谈论的焦点依旧是大厅里的那几位来访者。大多数同学见到他们后的反应,似乎和去年凯蒂·约翰逊在英语课上突然呕吐后大家的反应如出一辙——当时,整个教室里都弥漫着一股令人作呕的臭味,有五个同学甚至因为受不了这味道也接连呕吐起来。"**这不能怪我,是我妈做的芦笋汤!**"凯蒂哀号道。和当初同学们的反应相比,这几位特别嘉宾带来的连锁反应似乎也没好到哪儿去。

"说不定,校长请他们来就是为了给普通小子做伴的。"蒂莫西嘲讽道。他的朋友们也附和着哄笑起来。

墨菲正琢磨着如何打一个漂亮的反击战——他这一击可能是针对蒂莫西头发的不怀好意的评论,也可能是别的。然而,教室里突然变得鸦雀无声,原来是苏博曼先生来了,福莱士先生紧随其后。

"坐下吧。"校长冲他们亲切地摆摆手,说道。他的这句话其实很多余,因为所有人都是坐着的。不过,同学们似乎都没留意到这点,因为当他们看到跟着两位老师走进来的那个人时,都惊呆了。

走进来的是个年轻女孩,留着一头黑色长发,上身穿一件带流苏边的皮夹克,下面穿的是紧身牛仔裤配长靴。德博拉·拉明顿去年刚从这所学校毕业,是学校尽人皆知的传奇人物。她是珀斯小队的成员之一,在超级零蛋队成立前,珀斯小队是当地唯一的现役英雄团队。德博拉拥有一项惊人的超能力——她能控制半空中的物体,这项能力让她变得不容小觑。而且如果用一到十分来评判一个人的冷静程度,那么,给她打九分都不算高。

"她超厉害的。"墨菲听到有人小声说,他强烈希望这话不是从自己嘴里说出来的。

"在你们开始上第二学年的第一节课前,我想简短地宣布一个人事任命通知。"苏博曼先生说道。他举起一只手，试图平息随之而来的质疑声。"正如大家都知道的，德伦彻先生不见了。换言之，由于德伦彻先生目前的状况……没人知道他在哪儿，所以这个学期他无法来给你们上课。"

可怜的校长，他这番话起到的唯一作用就是为台下的窃窃私语注入了更多让人兴奋的谈资。德伦彻先生个子不高，长得特别像鼹鼠，声音又尖又细。在英雄们还可以光明正大地执行任务的黄金时代，他曾是苏博曼先生的助手，代号"黄鼠狼"。最近几年，他在这所学校里任教，工作就是教那些超能力较弱的学生如何在公众面前隐藏和控制自己的超能力。不过，墨菲始终有种感觉，无论是作为英雄，还是当一名老师，这个小个子男人都不甘屈居第二。去年，黄蜂人内克达攻击学校时，德伦彻先生成为首批被他控制的人之一，在那次事件之后，他就不知所终了。加上苏博曼先生似乎总是刻意回避谈论这件事，他的神秘失踪也就成了校园里最热门的八卦话题之一。

校长先生没有被吓退，继续说道："不过，幸好有一位从本校毕业的学生愿意填补这一空缺，对此，我深表欣慰。你们大多数人对德博拉小姐一定都不陌生，我有信心，你们一定会喜欢这位新老师。"

德博拉微微一仰头，甩了甩她那头又黑又亮的长发，同时抬起一只手和大家打招呼。

"今年，德博拉小姐将会教你们能力训练这门课。"校长说道，"另外，你们当中有几名幸运儿将会加入由福莱士先生执教的A组。我知道你们现在一定迫不及待地想知道这些幸运儿是谁……"

校长的话还没说完，教室里就已经炸开了窝。墨菲看到蒂莫西的一个朋友胸有成竹地拍了拍他的肩膀。作为全校最野心勃勃的学生，蒂莫西一直都很渴望成为福莱士先生的学生，听他开设的特别课程。为了这一刻，同学们已经等了好几个月。

"不过，你们一定也都记得，上学期的能力实际运用水平测试期间发生了一个小插曲。"苏博曼先生用一种诚恳且充满谅解意味的语气提醒大家。

"什么？您是说学校被那个可怕的黄蜂人攻击，并且大家被俘虏的那次吗？"坐在第一排的一个叫艾莎的女孩问道。她的超能力是冰冻物体。

"就是您被您自己的学生打晕了，最后又被五个一年级新生救了的那次？"有人补充了一句。

"这五个人中还有一人压根儿就没有超能力，对吧？"蒂莫西故意又补了一刀，说完还别有深意地瞟了一眼墨菲和他的朋友们。

"蒂莫西，是一个人。"苏博曼先生纠正道，希望能凭借纠正这个小小的语法错误扳回一局。"是的，就是那次。"他轻描淡写地答道，"也正是在这个小插曲之后，我们认为，在评判你们是否具备成为英雄的潜质这件事上，P-CAT测试也许并不是最有效的方式。"

这时，站在校长身后的福莱士先生做了一件事——他原本是想小声地说句"垃圾"来泄愤，然后假装咳嗽掩饰过去。不幸的是，这位能力训练课老师极其不善于做这种微妙的事情，结果，在场所有人都听到了他用他那略带沙哑的嗓音说出的"垃圾"二字。

"福莱士先生，你有什么话想补充吗？"校长柔声问道。

"**不，不，不**……"福莱士先生一脸无辜地连声答道，"不，我没什么好补充的。我就是咳嗽一声。"

"那就是我听错了。"苏博曼先生说，"我明明听到你用略带沙哑的嗓音说了句'垃圾'。"他转身面对学生说道："好了，今年，我和福莱士先生一起精心挑选了几名学生，从今天开始，他们将会跟着他一起学习这门特殊的课程。福莱士先生？"说罢，他冲这位能力训练课老师招招手，示意他上前一步。

教室里的每个学生都不由自主地稍稍挺直了背。

"**是的。**"福莱士先生大声喊道，大大咧咧地走到苏博曼先生前面,叉开两腿,稳稳地站住,两只手叉在腰上上,"是时候区分小麦和山羊[1]了!"

"我想,应该是'绵羊'吧,福莱士先生?"校长绕过他,站到前面,用一种试探性的口吻小声问道。

"把小麦和绵羊区分开?"福莱士先生讥讽道,"请不要混淆概念。"

闻言,苏博曼先生回敬了他一个不易察觉的白眼。

"好啦,"福莱士先生在胸前拍了拍手,接着说,"谁拥有成为英雄的潜质?听到名字的同学请走到教室前面来。"

之后,他故意停顿了一下。

"**蒂莫西!**"

蒂莫西伸出手,朝空气挥了一拳,那姿势像极了蹩脚的网球手发球。他将凳子向后一推,昂首挺胸,连蹦带跳地跑到了教室前面。

"**艾莎!**"福莱士先生接着点名。

那个曾经把墨菲的蛋糕冻成冰块的女孩站到了福莱士先生身边。

"**娜塔莉!**"

---

[1] 福莱士先生本来想说的是绵羊和山羊,可是口误将绵羊说成了小麦。这句话的引申意义是区分能手和常人。

一个女孩甩了甩她那头又黑又直的长发，骄傲地向前走去。

"还有……**查理！**"福莱士先生话音刚落，一个长了一头金色卷发，鼻梁上的眼镜片厚得堪比酒瓶底的男孩，兴奋地大叫了一声"太好了"，然后走了过去。

"这四个人都具备英雄联盟所需要的那种英雄潜质。"福莱士先生大声说道，故意对站在他右侧某处的苏博曼先生发出的剧烈的咳嗽声毫无反应，"我会将他们培养成顶级人才，期待有朝一日他们能收到英雄联盟的召唤。"

与此同时，右边的咳嗽声的分贝也飙升到了让人无法忍受的程度，校长还用手重重地捅了他一下。

"至于你们这些剩下的人——别戳我！——祝你们好运。再见，哼！"

福莱士先生正准备带着他的宠儿们走出教室，却被苏博曼先生一把抓住上臂——当你被一个力大无穷的英雄抓住时，你就相当于被施了定身法。

"福莱士先生，你是不是忘了什么人？"校长用一种相当克制的声音低声问。

福莱士先生似乎特别想回敬他一句"没有"，可是抓住他胳膊的那只手丝毫没有松开的意思。他叹了口气。

"好吧，是还有，呃，几个——超级零蛋队。"他口齿不清地嘟囔了一句。

整个教室一片寂静。

"我觉得大家都没听清楚,福莱士先生。"苏博曼先生的话语中充满了威胁的意味。

"好吧,好吧。"这位能力训练课老师愤怒地丢出一句话。"超——级——"他故意把每个字都拉得老长,使他的话听起来讽刺意味十足,然后再咬牙切齿地吐出后面的字,"零蛋队,你们也入选A组了。即刻到ACDC报到,开始训练。"

说完最后一个字后,他费力地将胳膊从校长手里抽出来,然后一脚踢开大门,带着他的宠儿们,以最快的速度冲出教室。那可不是一般的快,毕竟他的超能力就是快得不同寻常的速度。

墨菲、玛丽、比利、内莉和希尔达坐在教室后面,全都一脸疑惑。尽管他们已经是英雄联盟的成员,但不知为何,他们谁都没想过自己能入选福莱士先生的精英班。

"那就走吧。"墨菲嘟囔了一句,推开凳子站起来,一手拿过自己的书包。

苏博曼先生望着超级零蛋队的五名队员,脸上堆满了和蔼的笑容。他们五个人陆续走出教室后,教室的大门砰的一声关上了。

走廊上一个人也没有。福莱士先生带着四个学生一路飞奔,早已拐过前面的拐角,消失了。很远的地方传来一个回声,听声音似乎是从右边对面的某个地方传来的,于是,超级零蛋队的队员们满怀希望地朝着那个方向走去。

他们几个一路小跑。"他刚才说要我们去哪儿报到?"墨菲问道,"ACDC?"

"我从没听说过这个地方。"玛丽冷冷地说,"这太不可思议了!谁都看得出来,他根本就不想让我们加入他那个班。你们看到他脸上的表情了吗?"

"他一定会让我们**完全、彻底、绝对生不如死**,每次上课就像上刑场,学校成了地狱。"走在最后的比利用一种实事求是的口吻说道。他走得最慢,一方面是因为内心的恐惧使他挪不动步子,另一方面则是因为焦虑使他的左大腿再度充气,迈不开步子。

走廊尽头是个T形路口。福莱士先生自然是不见踪影,倒是有两个人正从左边的走廊朝这边走来——刚才听到的声音就是他俩发出来的。其中一个穿着一件赏心悦目的粉色针织开衫,头上软蓬蓬的银发散发着巨大的亲和力,远远看上去就像一团大大的棉花糖。来人正是此时此刻他们最想见到的那个人。

没错,来人正是他们的朋友芙洛拉。

除了苏博曼先生的秘书这一身份外,芙洛拉还有一个秘密身份。事实上,这也是整个英雄世界最激动人心的秘密之一。芙洛拉就是神秘的传奇人物——蓝色幽灵。她的特长就是当大家都无计可施时,乘虚而入,攻其不备,反败为胜。

和她同行的正是坐在那辆神奇轮椅上的贾斯珀·朗特里爵士。两人正聊得热火朝天。

"嘿,大家好啊,瞧瞧,瞧瞧,这是谁啊?这几个莽撞的小家伙怎么不好好上课,在空荡荡的大厅里闲逛?这跟迷了路的小角马没两样嘛！一定是出了什么事，对吧，芙洛拉？"贾斯珀爵士说道，他的眼睛里闪烁着慈祥的光芒，看得人心头一暖。

"你可能真说对了。"芙洛拉注意到了墨菲脸上沮丧的表情，"我想，也许是开学开得不太顺利吧。贾斯珀，这就是墨菲·库珀和他的朋友们。也就是我们刚说的——"

"超级零蛋队！"贾斯珀接过了她的话。他瞪大眼睛望着他们，同时带着敬意微微点了点头。"如果我说久闻大名那就太含蓄了，事实上，就算我说你们几个的大名如雷贯耳都不为过。"他转动轮椅走到他们跟前，伸出手，和他们逐一握手，并认真地说道，"能够一次见到你们五个人，我真是太开心了。好了——除非是我的眼睛欺骗了我，不过，如果真是这样，我一定连晚饭都不吃就马上睡觉——我看得出来，一定发生了什么不好的事。我们能帮你们做点儿什么吗？"

"福莱士先生说，我们被分到了A组。"墨菲答道，"可是，他刚说完就消失了，我们现在连去哪儿上课都不知道。"

"他说的是哪儿？呃，ADDC？"希尔达似乎看到了希望，赶紧补充说，"还是DCAD？"

芙洛拉的两个眼球转了一圈。"伊恩还真是对缩写情有独钟啊，对不对？"她说，"是ACDC，就是高级能力培训中心[1]的缩写。地理教室旁的那个灰色大门就是了。"

"我知道在哪儿！"玛丽恍然大悟，"可是，我一直以为那是个壁橱。那里什么标志都没有。"

"哈！"贾斯珀爵士突然大叫一声，"**秘密地点**！一扇毫不起眼却通往冒险之旅的大门！推开那扇门，你们将迎来更新鲜离奇的一天！祝你们成功，我的朋友们！"

"哦，谢谢！"墨菲跟着大伙儿快步跑了起来，临走前他对贾斯珀爵士说，"很高兴见到你！"

"贾斯珀会在学校里待上几天，帮卡尔弄个项目。"在他们快要拐弯的时候，芙洛拉在他们身后喊道，"找一天我们一起喝杯茶，我们再给你们看那个项目。噢，对了，你们队里已经有人知道这件事了。"

芙洛拉的话勾起了墨菲的好奇心，但是现在，他们没时间久留，所以墨菲记住了芙洛拉的这句话，把它归入了大脑里的"待日后解决事项"。自从他来这所学校上学后，相较于大脑的其他工作栏，这一栏一直处于过度劳累的状态。如果真的要为它设立一个工作室，那里面的员工一定早就罢工了，又或者早就被逼疯，用棒球棒把工作电脑砸了个稀巴烂。

---

[1] 高级能力培训中心（Advanced Capability Development Centre），它的英文首字母缩写词是ACDC。

5
高级能力培训中心

即使是在普通学校，校园里也一定有几个你平日里绝不会去的地方，除非有特殊情况发生。例如，要不是你接到了一个重要的任务要用到荧光笔，你肯定不会去翻文具柜。同样地，你肯定不会轻易走进学校食堂后厨，相信我，这样做是为你好。当然，你更不可能会把头探进教职工休息室的大门，哪怕只露个鼻尖也不可能，事实上，就算你身上着火了都不会朝那儿跑。

在这所学校，高级能力培训中心就是集上述所有特质于一身，再乘以十倍后得到的这么一个地方。这个秘密基地先是被包裹在谜团里，经过油锅的烹炸后，再浇上用神秘逸事调成的酱汁，最后才端到大家面前。

玛丽终于停下了脚步，站在一扇门前，墨菲曾无数次从这里经过，却从没留意到这儿有扇门。门是灰色的，上面没有牌子，看上去很窄，根本不像个重要地点的入口。当玛丽小心翼翼地推开门后，出现在他们眼前的竟然是一段向下延伸的宽宽的水泥台阶，那台阶比门宽多了，台阶的尽头是一扇对开门。

"哦，是个地下室！当然是地下室，那种地方只能设在地下室里！"希尔达大叫道。在得知要加入A组学习后，她可能是他们五个中唯一一个感到有点儿开心的人。"所有最酷、最重要的事都发生在地下。"

"是吗？"墨菲问。

"是的！比如说兔子！"比利说，"还有獾。"

"不，比利，我说的是和英雄有关的最酷、最重要的事情。兔子和这没有半点儿关系。"希尔达一板一眼地说。她蹦蹦跳跳地踏上台阶，带着他们往下走去。

"鼹鼠也在地下活动。"墨菲跟在她身后，若有所思地说道。

"没错！"比利说，"玛丽，你还能想到别的吗？"

"呃……海鹦算吗？"

听到玛丽的回答，就连内莉都忍不住微微一笑。只要想到海鹦的样子，很难忍住不笑。然而，希尔达不高兴了，她跺着脚说："你们能不能别再说这些动物的名字了？动物不是英雄！"

"那……魔法精灵闪闪算不算？"墨菲笑着问道。就在这时，希尔达推开了台阶下的那扇对开门。

"哼！魔法精灵闪闪算哪门子英雄？"她大声地反驳道，结果一扭头，她发现门后面是一个宽敞明亮的房间，里面站满了人，所有人都在望着她。你懂的，就是当你说完一句话后，顷刻间，所有人都安静下来，齐刷刷地望向你的时候，那种感觉超级尴尬，对不对？没错，此时的希尔达正是如此。她不仅贸然闯进了安静的人群，而且嘴里还大叫着一个根本不存在的超级英雄的名字。

墨菲立刻用手捂住嘴，不让自己笑出声。然而，他只成功了一半，一些扑哧扑哧的喘气声透过指缝，飘了出来。

希尔达的脸红得和她奶奶家的沙发靠垫有一拼。当然，考虑到你可能从没去过希尔达的奶奶家，我们可以告诉你，那是一种很深很深的暗红色。

乍看起来，ACDC就是个放大版的学校运动馆，还是最传统的那种。墙面上钉着一排排的攀爬杆，蓝色的泡沫缓冲垫随处可见，天花板上还吊着许多绳子。这里还有体育馆特有的味道——那种混合了木地板抛光蜡和汗津津的臭袜子，再加上恐惧的味道。他们没有在人群里找到福莱士先生和那几个二年级学生的踪影，但是墨菲一眼就认出了站在门边那几个让人望而生畏的人。

在学校里，高年级的学生看上去总是显得很高大，也更

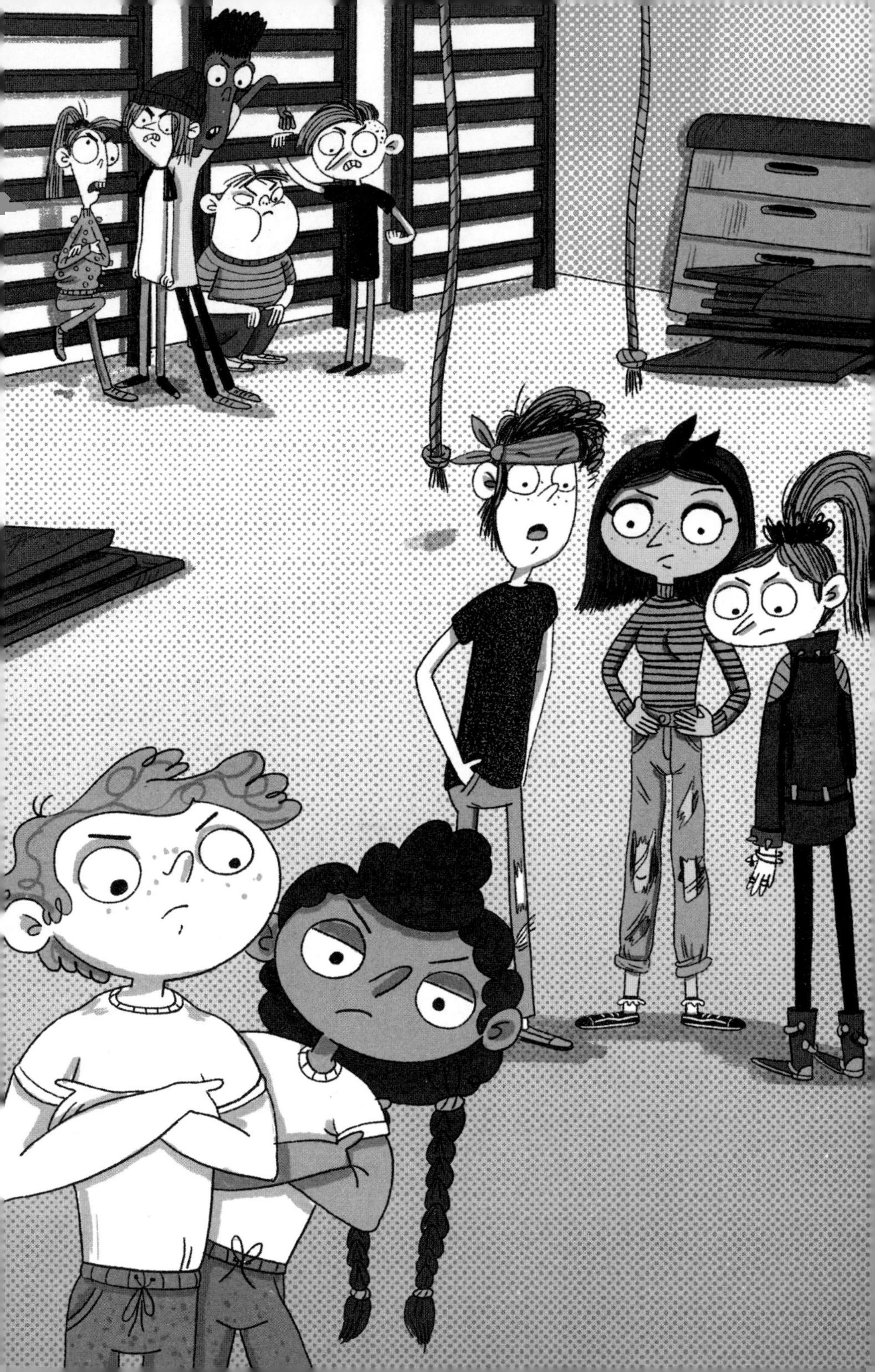

引人注目，这已经是公认的事实。然而，和超级零蛋队比起来，眼前这几个人已经不仅仅是高大或引人注目了——就算让超级零蛋队的队员们站在彼此的肩膀上，再穿上长袍假扮成大人也没对方高！

离墨菲最近的是两个毕业班的学生，他们身材魁梧，胳膊上的肱二头肌目测似乎比墨菲的脑袋还大。站在他们身后的是几个看起来年龄略小的少年，都穿着破洞牛仔裤和T恤，有点儿乐队范儿。不过，最可怕的还要数靠在房间一侧墙壁上，那几个显得格格不入的人，墨菲认出他们就是去年一直针对超级零蛋队的那伙坏蛋。

墨菲至今都不知道他们的真名——不过，他已经给他们每个人都起了代号：毛脸怪、科学怪人的大侄子、腌牛仔、疯眼杰迈玛，当然，还有那个让人过目难忘的臭猪肚！

这五个人死死地盯着超级零蛋队，目露凶光，就好像他们是几只想在烧烤派对中分一杯羹的小蚂蚁。

现场的气氛很诡异，让人浑身上下都不自在，那感觉好比刚剪完头发，脖子被碎发蜇得又痒又难受。

"噢，太好了，你们来了。"房间里突然响起福莱士先生的声音，他的惺惺作态简直溢于言表，一如牛排馆里的素食主义服务员念出今日推荐的菜品时，那看似礼貌实则不屑的口吻。他从体育馆的另一端向这边走来，身后跟着他精挑细选的那四个得意门生。"我正在给艾莎、查理、蒂莫西和娜塔莉宣读ACDC的主要规则。"

"那主要规则是什么呢,福莱士先生?"墨菲大声问道。他知道房间里的所有人都虎视眈眈地望着他和他的朋友们,将他们视作害群之马,但是他努力排除干扰,让自己看起来显得泰然自若。

"**ACDC守则第一条,**"福莱士先生答道,一双眼睛死死地盯着他们,仿佛要喷出火来,"你绝对不能向任何人透露ACDC,半个字都不许说,永远都不能说。"

墨菲的大脑开始飞速运转,他仔细琢磨福莱士先生的话,想看看是否能钻字面意思的空子,把ACDC的事儿告诉别人却无须为此负责。福莱士先生说的是不能透露半个字,那透露一个字、十个字、无数个字都不算违规吧?还没等他想清楚,福莱士先生就帮他彻底断了这个念想。

"**守则第二条,**"他扯着嗓子喊道,那声音听起来就像是一头得了支气管炎的公牛在咆哮,"如果你敢和任何人提起ACDC,我就会把你碾成面粉,然后做成司康饼!"

"这不就是在重复第一条……"玛丽刚开口就被勒令闭嘴。

"**守则第三条,**"福莱士先生分明是在吼叫了,"绝不能让这个房间以外的任何人知道ACDC。**守则第四条——**"

"难道ACDC是秘密吗？"希尔达猜测道。

福莱士先生满脸疑惑地望着她。"你怎么知道守则第四条的内容？"他低声吼道，迈着步子冲向她，嘴边的胡须被震得微微颤抖。

"运气好，猜中的。"希尔达怯生生地答道，不由自主地朝后面的墙退去。

"**最后一条，ACDC守则第五条，**"福莱士先生依旧死死地盯着希尔达，目露凶光，"不准谈论ACDC。"

"那我们能干吗？"玛丽一针见血地指出，"还不如就说'ACDC守则第一条，不准谈论ACDC'。"说完她立刻又补充了一句："'这就是守则的全部内容。'这不更酷吗？"

"**闭——嘴！**"福莱士先生的咆哮声如开闸的洪水冲向她。玛丽觉得自己仿佛正对着一根是普通摩托车排气管三倍甚至五倍粗的管子说话。"守则第一条不容更改——我才是守则的制定者！"

"我觉得守则第一条应该是，你绝对不能——"比利冒着极大的风险开口说道。

"**啊啊啊！**"福莱士先生彻底地爆发了，"**闭嘴！你们统统给我闭嘴！你们这些垃圾！没用的家伙！**我就知道，让你们这几个屁本事都没有的家伙加入是个错误！我们本来马上就要开始超级英雄训练，你们几个明明迟到了，却大摇大摆地走进来。现在，你们竟然还想告诉我守则应该怎么定？！"

"这么说可有点儿不公平。"墨菲想反驳，但此时此刻的福莱士先生已经变成了一个装着沸水的水壶，随时可以劈头盖脸地给他们浇上一壶热气腾腾的羞辱特饮。

"你们——"他冲着超级零蛋队摆了摆他那腊肠一般的手指，"不是英雄。在我这里绝对不是。"

墨菲快怏不乐，他想如果福莱士先生要写书，他的书名很可能就是《一个老师的故事：我恨死墨菲·库珀了》。福莱士先生还没说完："没错，理论上来说，你们的确成功混进了英雄联盟……"

"理论上来说？我们救了——"玛丽想反驳，但福莱士先生根本不打算给她开口的机会。

"……可是，你们糊弄不了其他人。我想说的是——自从当上……英雄以来，你们做了什么？英雄？"他极其不屑地喷出了他最不愿说的那两个字，"我敢打赌，你们从没执行过任何任务。他们根本就不相信你们。"

"我们不能把联盟下达的任务告诉你，这一点你也知道。"墨菲觉得自己受到了莫大的侮辱，毫不犹豫地反唇相讥。

"哦，说得可真好听！"福莱士先生怒吼道，"多好的借口啊！他们什么都没做过！"他转过身对他的得意门生说道，后者立刻附和着，给出了一个鄙夷的笑容。

"我们执行过任务！"希尔达生气地喊道，她的一双眼睛因为噙满了沮丧的眼泪而闪着光，"是真的！"

内莉跺了跺脚，墨菲真切地感受到了从她身上迸出来的愤怒的电火花带来的那种麻麻的刺痛感。

"是的！"比利赶紧帮腔，气昏了头的他已经忘了当初立下的保密誓言，"神秘的猫夫人那个案子就是我们解决的！"

听了他的话，不少学生立刻对他们刮目相看。"你们和猫女战斗过？"其中一个肌肉男问道，"太酷了！"

"呃，不，不是猫女，猫夫人，三个字，"比利纠正道，"是一个——"

"丢了猫的女人？"福莱士先生用讥讽的口吻问道。

"嗯，是的，"比利承认道，"可是……"然而，一切都太迟了。全班同学哄堂大笑，嘲笑声在ACDC上空回荡着。

听到这笑声，超级零蛋队的五名队员仿佛被人迎面扇了一巴掌，呆呆地站着，低下了头。

"哈哈哈哈哈！"福莱士先生笑得前仰后合，仿佛一只闪着金光、会魔法的知更鸟给他送来了一个由所有圣诞节浓缩而成的超级圣诞节，外带一棵附赠的圣诞树。"这真是我有生以来听过的最好听的故事！一只丢了的猫！哦，天哪，天哪！"说完，他还很戏剧化地抹了一把眼睛。

"你是不是傻？猫女是虚构出来的。"另一个肌肉男轻蔑地瞟了一眼他的同伴。

"你们可以接着编，但别在这儿说！"福莱士先生指着角落处的一扇门对超级零蛋队说，"去，把储藏室收拾整齐！那儿好久都没打扫过了。我们要继续进行英雄训练课程了。"

他们五个人拖着步子穿过ACDC，走向那扇门，所有人脸上都像发烧一样火辣辣的。

"又不是只有丢了的猫……"希尔达怒气冲冲地说，"他们对那场核事故一无所知，还有激光……"她还没说完，就看到墨菲把手指放在嘴唇上，示意她不要再说下去。

"希尔达，我们不能透露联盟的任务！"他提醒她，"就让他们笑去吧。"

"那苏门答腊的巨型老鼠也不能说？"希尔达走进储藏室，小声说，"要是他们知道……"

"那绝对超出了他们能接受的范围。"比利一脸严肃地说。

他们身后的门吱呀吱呀地关上了，就在门合上的那一瞬间,他们听到福莱士先生大吼道:"好了,准备波比跳!预备!双手着地!跳!跳、跳、跳——"

他们扫了一眼四周,储藏室很大,但乱七八糟。事实上,用"乱七八糟"来形容这个房间可能并不准确——就好比你用"潮湿"来形容大西洋一样。所有文件柜都被塞得满满当当,感觉随时都可能会被撑裂,各种纸张被胡乱塞在抽屉里。装满垃圾的硬纸盒随心所欲地堆在一排又一排的货架上。地板上到处都是一摞摞黄色的练习册,桌子上摊着落满了灰尘的老式复印纸,旁边的架子上摆着一台年代感十足的鼓肚子的电视机,旧打字机、破台灯以及各种过时的教学器材被杂乱无章地堆在一起。(看到这儿,如果你想问头顶上有没有投影仪,那我们可以给你两个选项:a. 有;b. 你一定是个成年人。暴露年龄的时候到了!不过,欢迎大家提问题。)

"哦,这也不错。"玛丽说道,但谁都听得出她说的是反语。她踮起脚,伸长脖子向架子那边探望,又在一个大板条箱里翻了翻,发现那里面全都是书本大小的黑色塑料盒。"这都是什么啊?"

"是什么有关系吗?"墨菲反问道,"就算我们把这里整理干净,他也不会看一眼。他只想对我们眼不见为净而已。"

说着,墨菲拍了拍一张蒙着灰的老式办公椅,将撂在上面的书一把划拉到地上,一屁股坐了下去。就在坐下的那一瞬间,他觉得自己太逊了。

当天晚上,墨菲到家时,妈妈正要出去见朋友。他俩在前院的花园里打了个照面。

她看起来很轻松,也很开心,手里还捧着一束花。相比之下,墨菲则仿佛顶了团乌云,焦虑凝结成的雨点正噼里啪啦地砸在他的脑袋上。

CT课结束后,福莱士先生甚至懒得通知墨菲和他的朋友们已经下课了。他们几个垂头丧气地坐在储藏室里,过了好久,他们才意识到外面那个房间里的跑跳声和叫喊声不知何时已经消失了——这时,玛丽看了一眼手表,这才发现课间休息时间都已经过半了。

放学时,早上那个自信而快乐的墨菲不见了,取而代之的是一个垂头丧气的墨菲,就像个被人揪掉了一条腿的泰迪熊,身体里的填充物漏了个精光。

"嘿,怎么了?"妈妈关切地问道,"早上去学校时不是挺精神的吗?今天过得不太好?"

今天过得岂止是"不太好",墨菲心想,在学校里度过了糟心的一天后,他决定用他常用的那招来应付妈妈。

"可能……是吧，我不知道。"

墨菲悻悻地冲着一块小石头踢了一脚，后者很识趣地弹了起来，掉进了花园中央的那口井里。通常来说，每次把石头成功踢进井里后，他都会用T恤蒙住头，一边围着井转圈，一边高声欢呼，可今天他却无动于衷。

"那好吧，如果你想找人聊聊，就跟我说。"妈妈揉了揉他的头发。家长最喜欢这样做，可谁也不知道他们为什么要这样。莫非他们认为，把你的头发弄得更乱，你的问题就全能迎刃而解了吗？

此时的墨菲迫切需要他人的建议——这也正是在秘密学校上学最难的一点。你妈连你是个超级英雄都不知道，又怎么能为你指点迷津呢？你该从哪儿说起呢？可是，墨菲的心情已经沮丧到了极点，所以他决心赌一把。

"嗯……"他有点儿迟疑。

妈妈顺势坐在井口边，拍了拍身旁的砖，示意墨菲挨着她坐下。母子俩坐在井边，她伸出胳膊搂住他的肩膀，一束傍晚的阳光正好照在他们身上。

"你知道这种感觉吗？就是当你觉得一切都进展顺利，而你也真的做得很好的时候，"墨菲说，"突然，你发现，怎么说呢？并不是每个人都这么觉得，至少你没有得到你应有的尊重和对待。"

"我太明白你的意思了。"妈妈点头说,"可是,你别忘了——只有一个人能决定你做得是好,还是不好。"

"你想说,只有我能决定,对不对?"墨菲勉强咧了咧嘴。

"当然啦!"她答道,"总会有人想打击你——他们这么做也总有自己的理由,但是,那是他们的事。别让自己因此而变得心烦意乱。更何况,我今晚要出门——所以,你一定要大事化小,小事化了,让自己好过一点儿。"

"那我点比萨饼吃?"墨菲说,说这话的时候他觉得自己似乎已经好受了一点点。

"对,点比萨饼。"妈妈答道。说完,她微笑着站起来,走开了。"我的卡在安迪那儿。记住,不论是什么事,都别让它影响你的心情。"说这话时,她都已经快走出车道了,突然,她转过身,脸上露出一种假装很无辜的表情,"除非……你不会是为了女孩的事心烦吧?"

墨菲心里的妈妈尴尬指数立刻直线飙升。"啊!不是!打住!"他立刻打断妈妈的话,从井边跳起来,朝大门跑去。

"我就是觉得……这个夏天,玛丽不是经常往我们家跑吗?"说完,妈妈露出一个大大的笑容。

"**啦啦啦啦啦啦!听不到!**"墨菲一边大叫着,一边冲妈妈吐舌头,然后砰的一声关上门,"快走吧!玩得开心!"他通过门上的信箱对外面的妈妈说,然后一溜烟上了楼,钻进自己的房间里。

他躺在床上,虽然妈妈给了他建议,可学校里发生的一切依旧像放电影一样,在他脑海里回放,只可惜放的都是他**最不想看的《福莱士先生教过的最差生》**,其他同学的笑声还在他脑海里回荡着——最糟糕的是,他清楚地记得超级零蛋队队员们那一张张受伤的脸。

墨菲心想,他们会不会因为跟我是一伙的而觉得尴尬呢？他们是不是也在心里暗自期盼和其他人一起参加能力训练，而不是和我一起被关在那个塞满垃圾的房间里呢？

外面的天气似乎也感应到了他的情绪，一阵疾风吹过树梢，一个黑影从窗边闪过。一秒钟后，墨菲口袋里的哈罗机突然发出一种他从没听过的噪声，声音不大但很刺耳。

他掏出哈罗机，看了一眼。机器顶部的那个小绿灯正闪烁着，屏幕上接连闪现出一串字：

普通小子……收到请回复。

"喀——喀——"墨菲清了清嗓子，迅速振作精神。英雄可不能这么蔫了吧唧地回复总部。"你好……"他有些犹豫。屏幕上的字马上变了：

去阳台。

"啊？什么？"墨菲惊讶得叫出了声，"为什么？"

无须理会原因……照做。

墨菲没有动。

马上。

"好吧，好吧。"他说道，一把将哈罗机塞回牛仔裤的口袋里，从床上一跃而起，三步并作两步，走向通往阳台的那扇对开门。

他推开门，直到这时他才发现外面的风简直大得离谱。排水沟里那些脏兮兮、湿乎乎的落叶被吹得漫天飞舞——

有一片甚至直接飞进了他微张的嘴巴里。"呸！呸！"他立刻一脸嫌弃地吐出了这份不请自来的秋日点心，谁知另一片叶子立刻粘在了他的右眼上，他伸手想抹掉它，直到这时他才察觉出异样。

抓稳了

就在他的正前方，一条绳梯从天而降，悬在半空中。墨菲立刻意识到这儿平时可没有梯子。

梯子上有一个字迹清晰的小牌子。

牌子上写着：**抓稳了**。

墨菲想都没想就照做了。他伸出两只手，紧紧抓住一节绳梯的同时抬起脚，踩住了下方的横挡。他刚一登上绳梯，就感到一股巨大的力量将他向上拉。墨菲眯着眼睛朝上方瞟了一眼，马上就明白了这莫名其妙的大风到底是从何而来的，那个一闪而过的黑影又是怎么回事。

一架巨大的黑色直升机正停在他家的上空，飞机上的螺旋桨转个不停，但奇怪的是，听不到任何声音。这个庞然大物的下方有一个舱口，此时此刻，被他牢牢抓在手里的那截绳梯正一点一点地被收进那个舱口里。几秒钟后，飞机里伸出几只大手，将他拉进机舱。

"成功抽身。"他听到一个短促但很严肃的声音说道。

舱口关闭，直升机悄无声息地急速上升，很快就消失在空中，坐在直升机里的墨菲感到有股巨大的地心引力将他向下拉扯。

6
战栗之沙

　　墨菲很快适应了地心引力的作用，渐渐回过神来，坐起身，开始打量四周。

　　机舱里没有任何多余的东西，两侧的舱壁上各有一排圆形的小窗户，窗户下放着几张黑色长凳。任何一位室内设计师看到这一幕，都会毫不犹豫地将其定义为"极简抽象派"，只不过在我们这个故事里，无论如何也不可能会凭空跳出个室内设计师来。

　　站在墨菲身边的那个人显然对室内设计不感兴趣，她双臂抱胸，一脸严肃地望着墨菲。身为英雄联盟的首领，她根本无暇顾及墙纸之类的小事。弗林特小姐身材高挑，为人严厉，就连发型都散发着一种不容置疑的气势。她身边站着一个膀大腰圆、面无表情、身穿黑色制服的男子。墨菲猛然意识到眼前这个男人应该就是传说中的"清道夫"。这是一个极其神秘的团体，其任务就是掩护英雄开展行动，不让世人发现任何踪迹。在确认墨菲没有受伤后，他立刻转身，走向位于机头的驾驶员座舱。

墨菲摇摇晃晃地站了起来。他瞟了一眼窗外，发现他们已经飞到了云层之上，而且飞得很快，但他依然听不到任何声音。电视里的直升机大都会发出巨大的嗡嗡声，就像……呃，就是直升机的那种声音。然而，这架直升机飞得很稳却没有任何声音。

"啊，"他对弗林特小姐说，"这架直升机可真不赖。"这是一种很礼貌的做法。如果别人有架相当不一般的直升机，出于礼貌，你一定要大加赞赏。

"这是电动的。"弗林特小姐回答说。

"怎么可能有电动直升机？"墨菲不假思索地脱口而出，等到他想闭嘴的时候，发现已经迟了。

"恭喜你，普通小子，你错了。不然，你现在怎么可能在三千米的高空之上呢？"弗林特小姐瞟了一眼窗外，"这下面可是大海——没遮没挡的。"

墨菲凝视着窗外飞速闪过的景象，确定他们正在飞越海岸线。透过云层缝隙，他偶尔能瞄到一眼沙滩，还有小码头。

他这才真正意识到他们的速度有多快——他生活的那座小城根本不靠海。夏天时，妈妈曾开车带他去海边，他记得那一次她开了好久的车。当她发现他们距离最近的海边还有三十多千米的时候，立刻变得怒不可遏，他和安迪还戏称要"随时戒备"，提防妈妈火山爆发。那一次，他们顶着炎炎烈日被堵在路上，目睹许多人被堵车磨光了耐心，直接掉头回家。

"对不起，乔恩蒂，可我真的受不了了！"一个热得满脸通红的男人大叫一声，然后就开着他那辆看起来很贵的车驶出车道，掉头走了。当时，他们三个被这一幕逗得哈哈大笑，妈妈的坏情绪也随之烟消云散。想到这儿，墨菲也笑了。

"很抱歉……这次召唤实在是……太突然了，"弗林特小姐坐在一张长凳上，示意墨菲也坐下，"希望我们没打乱你今晚的计划。你今晚有安排吗？"

"我今晚打算点个比萨饼……"墨菲答道，但他很快就意识到弗林特小姐其实并不在意他今晚到底有何安排。这是一个不需要回答的问题，提问者仅仅是出于礼貌才有此一问——如果非要给这种问题下个定义，这其实是一个自说自话，还会让人稍感不悦的问题。

"听我说，"她假装没听到墨菲的话，继续说道，"我遇到了一点儿小麻烦。"

她的话让墨菲惊讶地扬起了眉毛，在那一瞬间，墨菲忽然觉得自己是个举足轻重的大人物。也许，在福莱士先生眼中，他和他的朋友们是堆不值一提的垃圾，但是当英雄联盟的首领遇到麻烦时,她会去找谁呢?

想到这儿,他默默地说出了一个名字:

墨菲·库珀!

直升机在空中转了个弯,机身微微倾斜,弗林特小姐伸出手抓住长凳,墨菲在惯性的作用下顺着凳子滑出去一小截,好在他反应敏捷,立刻双脚发力让自己停了下来。稳住重心后,他在心里默默地给自己叫了个好。他心想,数一数二的超级英雄正要给你分配秘密任务,这时候摔个屁股蹲儿可不太雅观。

"那么,"他大声问道,"我能帮您做点儿什么呢?"

弗林特小姐一脸正色地望着他,过了好一会儿才回答说:"库珀先生,你还记得几个月前你立下的誓言吗,尤其是关于保密的那部分?"

"我发誓,严守秘密……"墨菲在心里默念道,肃穆地点点头。

"因为,"弗林特小姐接着说,"你现在要去的是英雄联盟的绝密基地。"

酷!太酷了!墨菲在心中大喊,但表面上他必须保持平静。他努力摆出一副严肃认真的样子,让自己看起来更像个英雄。"什么基地?"他问道。

"要回答你这个问题,我必须首先申明一点,英雄联盟是一个致力于发现罪恶、打击犯罪的组织。"弗林特小姐说，"我们的所有行动都是秘密进行的，因此直到现在大众也不知道这世上存在超能力。我们执行的任务大都与日常事件相关，面对的也都是没有超能力的普通人。今年夏天，你和你的朋友们执行的任务也几乎都是这种。顺便说一句，特拉维斯夫人那个项目难度不小，但你们出色地完成了任务！当然，这一切都不能让任何人发现。事后，我们会把所有的功劳都让给他人。"

"我发誓，拯救苍生，不问荣耀，"墨菲记起了他立下的誓言，"帮助众人，不求回报……"

"不过，如果为非作歹的罪犯也有超能力，这时候——保守秘密就会变得极其困难。"

直升机开始下降，机身微微倾斜。

"您是说像内克达那样的人？"墨菲问道。

"是的，对于那些隐藏的超级坏蛋以及利用超能力为非作歹的人，联盟把他们称为'盗匪'。此外，更大的危险来自曾经的超级英雄，他们曾是我们的战友，但因为种种原因最终站到了我们的对立面。"弗林特小姐面色沉重，"这些人威胁要将我们的秘密公之于天下。我们决不能允许这样的事情发生。"

墨菲觉得有点儿晕。他一直以为宣誓"严守秘密"就意味着他决不能向任何人透露任何关于超能力世界的事情，可直到现在他才意识到，这还意味着他必须对抗那些威胁要泄露这一秘密的人。"真的有联盟成员最后变成了……变成了坏人？"他问道。

弗林特小姐一脸严肃地点了点头。"是的，成了盗匪，"她承认，"这种情况不多，但的确存在。你想想，他们了解联盟的运行机制，一旦反叛，后果不堪设想。"

"将他们绳之以法后，你们会怎么处置这些盗匪呢？"墨菲小声问道，他有种感觉，这一次他要面对的任务非同小可，"或者说，怎么惩罚这些盗匪？"

弗林特小姐站起来，一言不发地走向机头，三位身穿黑衣的清道夫正在操作台前忙碌着。她抬起手，向挡风玻璃外指去。

"我们会把他们送到这儿来。"她冷冷地说道，"**我们会把他们送到战栗之沙。**"

"战栗之沙控制台，哈罗5号请求降落，请关闭安保系统。降落地点，2号塔楼。"一名清道夫对着耳麦说道。

墨菲眯起眼睛向玻璃窗外望去，想看一看周围的环境。直升机穿过一层薄薄的云，机身随之微微震动。

"收到，哈罗5号，准许降落。"无线电台里传出一阵刺啦刺啦的声音。

在他们正下方的大海上,耸立着一座巨大的风力涡轮机——层层叠叠,在微风中懒洋洋地转动着。直升机开始倾斜飞行,直到这时,墨菲才终于看清楚他们此行的目的地。数根粗壮硕大的金属支架矗立于海面的波浪之上,支撑着一连串巨大的圆形金属堡垒。这个金属的庞然大物看起来年代久远,似乎已经荒废,外立面上布满了大块大块的棕色锈迹,早已看不出本来的颜色。一个个小窗户也都结满了白色的盐霜,看上去脏兮兮的。

从表面上来看,战栗之沙空无一人,不过是海面上一个被人遗忘了的废墟,在海水和海风的侵蚀下渐渐分崩离析。

然而,当直升机径直飞向塔楼,第二次在空中来了个急

转弯之后,墨菲才意识到事情并非如此。

位于这个复杂的钢铁建筑正中心的是中央塔楼,多座栈桥如同蜘蛛网一般由中央塔楼向四周蔓延开来。塔楼的顶部停着几架巨大的黑色直升机。尽管这些塔楼的侧面看上去锈迹斑斑,布满盐霜,但它们的顶部却是崭新的。所有塔楼顶部都被涂成了黑色,光滑的涂层在阳光下亮闪闪的,一排排红色和绿色的着陆信号灯错落有致地分布在塔顶。墨菲看到每个塔顶都站着好几个黑衣人,他们都是清道夫。

在其中一名清道夫的指引下,这架电动直升机稳稳地降落在一座位于外圈的塔楼上。

墨菲看着飞行员有条不紊地扳动仪表盘上的各个开关,同时在那个和他的小哈罗机几乎一模一样的控制面板上飞快地滑动和点击。他本想再多看会儿,可就在这时,弗林特小姐拍了拍他的肩膀,带着他走向机尾。随着舱门开启,向坡道下延伸,明晃晃的光线照进来,刺得人睁不开眼,夹着咸腥味的海风扑面而来。空气中透着寒意,海鸥的叫声和海浪的拍打声不绝于耳。海面上一片雾茫茫,他依稀能够分辨出位于远处的风力涡轮机的轮廓,但完全见不到海岸线的踪影。

"欢迎来到战栗之沙。"弗林特小姐伸出胳膊向他介绍四周的建筑物。

"这……这是座监狱。"墨菲这才意识到。

"这可能是这个星球上守卫最森严的监狱。"弗林特小姐肯定了他的猜测,"我们进去吧!"

她带着他走下滑溜溜的台阶,向下面的防御门走去。他们刚走到门口,防御门就自动开启。随着大门在他们身后关闭,海浪声和海鸥的叫声也戛然而止。

出现在他们面前的是一条一尘不染的走廊,走廊上的照明很好,还安装了空调。正如墨菲所猜测的,塔楼外立面上的锈迹不过是层伪装。战栗之沙配备了这个世界上最先进的技术。他扫了一眼周围那些亮闪闪的金属配件,竟迫不及待地想去卫生间里看看他们用的是什么烘手机。

一个女人朝他们走来,手里拿着一个写字夹板。

"情况如何?"弗林特小姐问。

"常规模式运行中。"那个女人快速答道。弗林特小姐满意地点了点头。

"很好。1号塔楼一切就绪了吗?"

"一切就绪,就等您了。"

弗林特小姐转过身,对墨菲说:"普通小子,往这边走。我希望你没有恐高症。"

说完,她也不多做解释,径直走向镶嵌在拱形金属墙上的一扇对开门。

7

盗匪长廊

那扇门旁边挂着一块让人望而却步的标志牌。

牌子上赫然印着"安防禁地"四个鲜红的大字。**未经授权，禁止入内。极度危险，非死即伤。** 那下面还印着一堆密密麻麻的小字，墨菲并没有停下来细看。他随意扫了一眼，瞥到"伤残"和"暴力"之类的词语后，他心里立刻猜出了个大概。

"嗯，请问……你们为什么要带我来监狱呢？"墨菲觉得此时再不问恐怕就没机会了。弗林特小姐走到门口，停了下来，转过身望着他，似乎也正想向他解释这一切。墨菲松了口气。

"我刚才说过，战栗之沙可能是这个星球上守卫最森严的监狱。"她说道，"而位于正中央的这些牢房的看守更是极为严密。我们最危险的敌人就关在这里。"

听了弗林特小姐的话，墨菲的心中闪过一丝恐惧，他的两条腿微微有些发软，刚刚放松下来的他顿时又紧张起来。他倒吸一口冷气，嗓子里发出一声不大的惊呼声。

"最……最危险？"他轻声问道，声音小得几乎都快听不到了。

"没错，这是让英雄联盟里的每个人都胆战心惊的人……"弗林特小姐接着说道，"当然……你是例外。"

墨菲打了一个激灵，那感觉就像是记忆深处某个被尘封的小角落里突然传出了电话铃声——弗林特小姐的话听起来怎么这么耳熟？

"他的名字，"弗林特小姐平静地说道，"叫喜鹊。"

就在她说出名字的那一瞬间，墨菲全都想起来了。去年，德伦彻先生在他的能力训练课上提到过这个名字。这位穿着单薄、弱不禁风的老师怀着异常沉痛的心情，讲述了多年前他以诱饵身份参加过的一场战斗——正是在这场战斗里，他丧失了自己的顺风耳超能力。

"自从那天以后，我的听力就与普通人无异了……"他说道，"这就是和他作对的……后果。"

"啊，喜鹊。"墨菲重复了一遍这个名字，言语中充满敬畏之情，"我听说过这个名字。"

弗林特小姐有些吃惊。"是吗？"她不假思索地问道，"这太不寻常了。绝大多数英雄都对他避而不谈——

他们宁愿装作从没听说过这个人。为了将他绳之以法，我们大战了一场。那是极其灰暗的一天。"说到这儿，她的脸色变得阴沉起来。

"他能偷别人的超能力？"墨菲问道。英雄联盟的首领干脆地点了一下头。"所以说，只要你们靠近他，就有可能会失去自己的超能力。"墨菲接着说道，他终于明白自己为什么会来这里了。

"三十年来，从来没有任何一名联盟成员踏进过他的牢房。"弗林特小姐回答说，"即使有人愿意冒险也没有任何意义。自从被抓的那天起，他就再也没说过一个字。可现在，几十年过去后，他竟然表示他愿意开口说话了。"

"他想和……"墨菲说了一半就打住了。

"他想和你说话，普通小子。"弗林特小姐说完了他没说的那几个字。说完，她举起手，将手掌按在对开门旁的那块控制面板上。门开了，带着咸味的海风吹了进来，海鸥的叫声再度响起。

门后面是一条狭长的金属桥，它的另一端正是位于这座金属建筑中心的中央塔楼。

弗林特小姐迎着风率先走上了那座桥。墨菲有些迟疑，但很快，他就快步跟了上去。桥下波涛汹涌，本就看得人眼晕，加之桥身在风中微微晃悠，走在桥上，墨菲只觉得头晕眼花。

　　墨菲将目光锁定在弗林特小姐的背上，紧随其后。毕竟，如果不往前走就只能站在这高得吓人还摇来晃去的铁桥上。不过，他仍然忍不住在心里嘀咕，这可不在他今晚的计划之内。他本来计划面对的是意大利辣香肠比萨饼，而不是眼前这种莫名的恐惧感。墨菲使劲地咽了口唾沫。就在一小时前，他还在纠结到底是点奶酪蒜香面包还是圆面包来配他今天的晚餐——比萨饼。现在，回想那时的画面，他觉得一切都是那么温馨感人。一小时前，他的生活显然比现在简单多了。

　　墨菲心想，他要是能变成一个圆溜溜、热乎乎的小面包就好了，这样他就能一头扎进香喷喷的奶油汤里，而不是被人带到这座位于大海之上的监狱里去见那个超级大坏蛋。

　　"面包的生活很简单。"墨菲喃喃自语道。

　　"你说什么？"弗林特小姐问他。

　　"没什么。"墨菲飞快地答道。

　　几分钟过后，他们走过了这座让人紧张得窒息的铁桥，来到另一扇大门前。弗林特小姐在门边的控制面板上操作片刻后，门开了，中央塔楼近在咫尺。见有人走进来，五个身材魁梧的看守噌的一声全都围了上来。

　　"没事。"弗林特小姐对他们说，"我只是经过而已。一切正常?"

"一切正常。"离他们最近的一名守卫答道。说完,他扭头看了一眼那条又长又宽的走廊,中央塔楼就在走廊的另一端。

弗林特小姐满意地点了点头,继续朝前走去,与此同时,她最后一次警告墨菲:"一直朝前走。喜鹊被关在中央塔楼的核心区域,在到达那里之前,我们会经过很多牢房。"

走廊两侧各有一排大门。每扇门看上去都很坚固,大门中央嵌着一块网格状的控制面板。墨菲意识到,这些就是牢房了。想到这儿,墨菲只觉得后背一阵发凉,可奇怪的是,他明明有些害怕,内心却莫名地兴奋起来。

"这片区域的安全级别相对较低。"弗林特小姐侧过头对他说,"越往里走越危险。"

经过那些牢房时,墨菲左顾右盼。时不时地,那些铁栏杆背后会闪出一张脸,用充满好奇的目光向外张望。就在这时,一个巨大的号叫声传来,把他吓了一跳。透过发出叫声者那头乱蓬蓬的头发,墨菲瞥到了一张瘦瘦的、满脸凶相的脸。

"黄狗。"弗林特小姐不屑一顾地说,"不用怕。"

"他是不是就叫得凶,咬起人来并不厉害?"墨菲问道,他的声音听起来有些紧张。

"不算厉害吧。"弗林特小姐面无表情地说,"好了,我们马上要进入安保级别较高的区域了。"

他们来到另一面拱墙面前。墨菲这才意识到,整座监狱就像一个自行车轮胎,他们脚下这条走廊就是车胎上的一根辐条,通向监狱的正中心。弗林特小姐打开门,他们迈步走了进去。

这片区域的守卫更加森严。他们一路走来,每走几步就会看到一个黑衣人,所有黑衣人都用敏锐的目光注视着四周的一举一动。

突然,一侧传来砰的一声。

"嘿！"一个听着像是从喉咙里发出的高音叫道，"嘿嘿嘿！"

弗林特小姐停下脚步，轻声叹了口气。墨菲四处张望，寻找声音的来源，一扭头，正好看到一间牢房大门的铁栏杆上贴着一张大白脸，那张脸明显比其他人的脸要大许多，他不禁吃了一惊。

"你是不是带人来和我开派对了？"那个囚犯稍微侧了侧脸，一个巨大的红鼻子从栏杆里伸了出来，栏杆后现出了一张血盆大口，"你知道的，我最喜欢开派对了。"

墨菲定了定神，发现说话的是一个小丑——不是常见的那种小丑——他看起来虽和一般小丑无异，但是块头大了许多，就像同样的商品，超市里卖的是那种经济实惠的家庭装。总之，我们想告诉你的就是，这是一个身材超级魁梧的小丑。其实，墨菲倒是不惧怕个子比他高的人，但不知为何，小丑总会给他一种毛骨悚然的感觉。

"派对狂，"弗林特小姐低声向他解释道，"他有一个马戏团，招募的演员都有超能力，他们到处表演，所到之处麻烦不断，抢劫、袭击、人口失踪……在那几年里，他给我们制造了不少麻烦。"

墨菲想起了他第一次被叫到苏博曼先生办公室的时候，他看到校长背后的墙上挂着一张老照片。照片里，还是英雄的校长站在一个身材庞大,但已不省人事的小丑身边。

"直到阿尔法队长抓住他。"墨菲说道。

弗林特小姐赞许地扬了扬眉毛:"是的,苏博曼是当初抓捕他的人之一。你知道的不少嘛。"

不过,身为当事人,派对狂知道得更详细。

"**阿尔法队长!**"他突然大喊一声,"阿尔法队长!哼,你走着瞧!总有一天,我会从这儿出去,到那时,他最好留神。他的确让我的嘉年华稍稍暂停了一小会儿,可是我一定会回来的。等我……噢,这样说吧,到那时我一定会邀请队长来参加一个小派对。派对,派对,派对……"他转过身,背对着大门朝里面走去,一边走,一边嘟囔着。

"走吧。"弗林特小姐转身继续前进。

墨菲跟着弗林特小姐继续朝塔楼中心处走去,一路上,不断有人凑上来,扒在门边打量他们。走着走着,他听到牢房里传来一个奇怪的嘟嘟嘀嘀的声音。他好奇地四下张望,就在这时,他耳边响起了一个又尖又细的声音:"**哦哦哦,看哪,一件预计物品进入装袋区。**"

"那是敲诈黑客。"弗林特小姐告诉他,"几年前,他释放了一种针对超市自助收银机的病毒,全国所有超市全部中招,他借此勒索国家,要求政府支付几十亿英镑作为赎金,还威胁说如若不然,就让所有人都买不到吃的。他拥有十分先进的远程控制技术，他研发的病毒特别复杂，很不好对付。许多自助收银机中病毒后拥有了自我意识，专门以整蛊顾客为乐。坦白说，直到现在我们也没能完全破解他的病毒软件。"

"这里面关的是金鱼，"她向前走了几步，指着另一间牢房说道，很显然，她已经喜欢上了超级监狱临时导游这个身份，"他拥有这世上最顶尖的犯罪头脑，但他有一个致命的缺点：他的记忆只能维持三秒钟。因此，他能想出天衣无缝的犯罪计划，但过一会儿就忘了。"

墨菲有些不安地朝栏杆里望去，想看看这位金鱼的真实面目。然而，除了一个装满水的浴缸，他什么也没看到，心中不免有些沮丧，那感觉就像是你去了动物园，却发现所有的大熊猫都在睡觉。

"他最后一次被抓时，"弗林特小姐说，"正在英格兰银行的地下室里。他事前把破解门禁的密码写在了一张纸上，为了保险起见，他把那张纸藏了起来，结果忘记放哪儿了。要不是因为他真的坏透了，你一定会很同情他。"

"那么，这里到底有多少个——你们管他们叫什么来着？盗匪？这里关了多少个盗匪？"墨菲很想知道答案。

"几十、上百个吧，"弗林特小姐回答道，"我们把所有我们认为会危害这个世界的人都关了起来。妖精、三先生、蔬菜上校……"她转过身,望着墨菲,看上去她似乎显得更严肃了。如果用蒲福风力等级表[1]来衡量她脸上表情的严肃程度,此时此刻,她已经从"大风"升级成了"飓风"。"当然,至于喜鹊……"

说到这儿,她指了指最后那道门。今天,墨菲也算见识了不少门——如果你去监狱参观,这也是理所当然的——但是,和眼前这扇门比起来,其他门简直就是小巫见大巫。这扇门微微弯曲,质地厚重,一看就知道经过了反复加固,门上还加涂了一层灰白色的金属——在这扇门面前,其他所有门都相形见绌。门上刻着大红色的字:**最高戒备区域。任何人任何情况下都不得入内。**

文字下还有一个警告标志,和你在发电站附近看到的那种类似——一个被闪电击中的卡通人,只不过,此处标志中的卡通人是蹲着的,被一片紫色的能量闪电包围在中间,抱着脑袋,看起来十分痛苦。小人儿旁边刻着几个黑色的大字:**前方区域或致超能力丧失。**

弗林特小姐在最后一块控制面板上按了几下。

伴随着一阵铿铿声,那扇巨大的门缓缓开启。

---

[1] 蒲福风力等级表是国际通用的风力等级表。

8
一是悲伤

"我不能再往前走了。"弗林特小姐解释说,"你进去之前,我有几句话要告诉你,你仔细听好了,它们能救你的命。"

墨菲决定竖起耳朵好好听她说,要知道,这可是他破天荒做出这种决定。

"首先,你的哈罗机必须上交。你到时就会看到,喜鹊的牢房设计独特,目的就是使他无法靠近你,但是,他依旧拥有多年前被他偷走的那些超能力,并且能够随心所欲地使用这些超能力。相信我,他拥有的超能力太多太多了。我们决不能冒险让联盟的设备落到他的手里。"

墨菲有些不情愿地从口袋里掏出哈罗机,交给对方。

"现在,我要说的是最重要的一点,"弗林特小姐接着说道,"无论喜鹊对你说了什么,也无论他向你做出何种承诺,你都绝对不能靠近他。我会一直看着你,一旦情况不妙,我就会让你出来。记住,始终站在最上面那层。等你下到里面后,你就会明白我的意思了。"

墨菲默默地点点头。他压根儿就不想靠近这个星球上最危险的超级大坏蛋,绝对不想。

"最后,"弗林特小姐说,"你可能会需要用到这个。"说完,她就把手伸进口袋里。

终于说到这个了,墨菲心想,她要给我的一定是件炫酷的武器,一旦事态有变,我就能用这个来保护我自己。

然而,弗林特小姐从口袋里拿出来的是几张纸和一支很短的钝头铅笔。"喜鹊说他想说话。所以,你要弄清楚他到底想告诉我们什么,把重要的内容记在这上面。"她对他嘱咐道,"我们决不能冒险让你带任何电子产品或尖的东西下去。"

所以才给了这么一支钝头铅笔,墨菲接过铅笔,心想。

做完这一切后,弗林特小姐退回到了大门外,只留墨菲一个人站在这座监狱的正中央。

就这样,墨菲带着一支钝头铅笔和几张纸,走向了前面那个狭小的圆形房间。房间里泛着暗红色的微光。房间的正中央是一个用玻璃和强韧的金属网格做成的高高的圆形笼子。

"请走进电梯,"弗林特小姐的声音听起来很遥远,想来一定是从哪个看不见的扬声器里发出来的,"电梯会将你带到牢房里最安全的地方。"

别无选择的墨菲耸了耸肩,走进了那根大管子一样的电梯里。大管子嗖的一声关上门,直挺挺地坠入黑暗之中。

墨菲对大多数事情都能坦然接受。不过,我们刚刚也发现了,巨型小丑是个例外。此外,他向来不喜欢坐电梯。因为在他七岁时,去西班牙度假,有过一次被困电梯的经历。

那是一台很旧很旧的电梯,稍一动就嘎吱作响。当时,他们坐着电梯去楼上租的公寓,谁知上到一半电梯突然哐当一声,停住了,卡在两层楼之间。他坐在电梯地板上,盯着电梯墙壁上那张已经褪色的斗牛海报看了好久。他妈妈站在旁边,用她那蹩脚的西班牙语大声呼喊求救。

"**有人求助,谢谢!**"她当时就是这么叫的,"我们在电梯里!"最后,终于有人听到了她的呼救,找来了救援人员。从那之后,只要情况允许,墨菲宁愿爬楼梯也不愿坐电梯。

今天看来是走不了楼梯了,他心想。他的耳朵里传来了砰砰的声音,脑海里渐渐浮现出那张老旧的斗牛海报。

在下沉的过程中,电梯里始终泛着一种幽幽的绿光——墨菲这才意识到自己肯定已经降到了海平面以下很深的地方,就像一块石头一样,沿着支撑中央塔楼的那些粗壮的金属支架中的一条不断下坠。不断增大的压力把他的耳膜压得生疼,他有点儿紧张,不断地吞咽口水,想让耳朵舒服一点儿。

他的这个办法刚开始奏效,电梯的速度就慢了下来,没一会儿电梯停住了。门开了,墨菲走进了这间世界上戒备最森严的牢房。在过去的三十年里,那个被认为是地球上最危险的人一直都被单独关在这里。奇怪的是,这里的味道竟然还挺好闻。

"你已经到达负一层。"另一个扬声器里传来弗林特小姐那略显神秘的声音。

"我还以为这下面会很臭。"墨菲说。墨菲有个习惯,只要一紧张,脑袋里想的话就会脱口而出。

"空气是过滤过的,我们还加了一点点柠檬香气在里面。"弗林特小姐答道。她通常有问必答。

普通小子看了看四周。负一层建在海床上,是一个巨大的圆形房间。房间的墙壁是一层厚厚的玻璃，折射出一种诡异的绿光，整个房间看上去仿佛来自另一个空间。电梯位于圆形房间的外环，墨菲依稀能辨认出位于房间上方的电梯井的金属轮廓。地板由冰冷潮湿的石头拼接而成，在地板消失的地方，取而代之的是一级又一级宽大的台阶。墨菲小心翼翼地微微向前探身，好让自己看得更清楚：原来，这是一个用石头砌成的巨大的阶梯剧场。

在剧场的中央，即最底层，墨菲看到一个长长的黑影在石头地板上来回移动。底层地面上画着一个白色的大圆环，那名囚犯正绕着圆环慢慢地走着。

这时，墨菲听到咝咝声和不知什么东西转动的吱吱声从头顶传来。他抬起头，这才发现玻璃天花板上安装着无数台摄像头，每台摄像头之间的距离都很短。下面的犯人喜鹊就像动物园里的动物一样，不知疲倦地绕着圈走啊走，这些摄像头也就跟着不断转动并调整焦距，始终聚焦在犯人喜鹊身上，墨菲听到的就是摄像头发出的声音。

英雄联盟将自己最危险的敌人关在这里，三百六十度无死角地监视他，使他无处可躲。

墨菲站在最顶层的台阶上，心里记起了弗林特小姐的指示：始终站在最上面一层。现在，他已经可以清楚地看见下面那个人。一个老头，佝偻着身体，一双手背在身后，藏在一件破破烂烂的黑色长衫里。他长着一个硕大的鹰钩鼻,再加上他踱步时的动作,看上去的确很像一只大鸟。他的脸、双手和光着的双脚看起来白得瘆人——这也许是因为他几十年来从未晒过太阳。他的头发又长又乱,虽以黑色居多,但也夹杂了不少白色的发丝。此时,他停下脚步,抬起头直视三十年来第一位走进这间牢房的访客。

看到喜鹊将目光锁定在自己身上,墨菲突然有一种很奇怪的感觉,这种感觉让他很不自在,仿佛他身边有许多薄薄的金属翅膀正费力地拍打着,却始终触碰不到他的皮肤。这不禁让人汗毛直立——而且不知为何,他甚至还有点儿尴尬。他觉得自己仿佛彻底暴露在对方面前,对方一眼就能看穿他所有的秘密。

"**看来这是真的。**"喜鹊用一种沙哑的声音说道。尽管他与墨菲相隔甚远,但是他的声音打破了海底这令人不安的平静,清晰地传进墨菲的耳中:"**一个毫无超能力的孩子与英雄们并肩作战。**"

"普通小子。"墨菲点点头,略显迟疑。说罢,他抖了抖肩膀,试图把喜鹊能一眼看穿自己的想法从脑子里甩出去。这个黑衣男子缓缓走向剧场的另一侧,他先前刻在石头地板上的那几个歪歪扭扭的字露了出来:"**带那个普通小子来见我。**"墨菲只觉得额头阵阵刺痛。

"欢迎欢迎，普通小子。坐吧，看看这周围。你猜猜，这个牢房到底有何特别之处，才能成功地把我关在里面这么久？"喜鹊用一种略带好奇的口吻问道。

墨菲顺着台阶向圆形剧场的底部望去，目光落在环绕底层的那圈白色圆环上。随后，他收回目光，望向四周的玻璃墙，这时他才发现玻璃上每隔一段距离就挂着一个红色盒子，上面写着"**危险：烈性炸药**"。最后，他再次仰起头，望着那些密密麻麻的摄像头，然后在脑子里将所有这些信息关联起来。

"只要你走出那个圆圈……整个房间就会爆炸。"墨菲说道，脑海里同时闪现出玻璃炸裂，海水汹涌而入的画面。他不禁打了个哆嗦。

"很好，"喜鹊露出一个平和的微笑，赞许道，"如果那些摄像头捕捉到我越线了，哪怕只有一个脚指头伸到那条白线外，这些炸药都会立刻爆炸，顷刻间，这间牢房就会被海水填满。就算靠近一点儿都不行……你看。"

说着，那个老头向着白线迈了两大步。就在他即将迈出第三步的时候，一个机械化的声音传来：

"**警告，越界。后退。后退。后退。**"

"我用过我的每一种超能力——你一定也听说了，我的超能力多得很，可是，没有一种能奏效。我必须承认，这间牢房简直就是对我的最大讽刺。这些摄像头远在我的远程遥控能力之外，我逃不过它们的监视。这个系统敏锐度极高，只要我的体形稍有改变，它就会立刻报警。"

说到这儿，喜鹊突然倒地，把墨菲吓了一跳。他看到喜鹊的一只胳膊迅速伸长，宛如一条灰白色的蛇，歪歪扭扭地向白线爬去。这时，那个机械化的声音再度响起：

"**越界。后退。**"

眨眼间，喜鹊的那只胳膊就恢复了正常，他自己也从地上跳了起来。他的动作极其敏捷，与外表所展现的那个虚弱的老年人形象大相径庭。墨菲不由得警惕起来。他无比热切地希望弗林特小姐刚才所言非虚，一旦情况有变，她就会以最快的速度救他出去。

喜鹊的话打断了他的思路。"而且不仅仅是我，"他接着说道，"任何有生命的物体跨过那条线，这个系统都会自动报警。所以，我出不去，别人也进不来。就算有人想救我也无计可施。这个系统设计得太精妙了——有的人可能会用'万无一失'来形容它。我得承认，你在英雄联盟里的那些朋友真的很聪明，他们设计了这个系统。这就像是一种水下游戏。"

游戏？墨菲心想。想象着喜鹊在这里度过的三十年漫长时光，墨菲不禁有些同情他了。

喜鹊又开始沿着底层的那个白色圆环一圈又一圈地踱起步子。天花板上的摄像头也开始不停地转换方向，追踪他的行踪。

"你心里一定在说，我活该如此。"站在下面的喜鹊再次打断了墨菲的思绪，"我相信联盟一定给你讲了一个很精彩的故事，告诉你我有多坏。"

"这个嘛，你的确偷了很多人的超能力。"墨菲反驳道。

"**哈哈！我是一个……收藏家，仅此而已。**如果你愿意，你可以说我是一个超能力爱好者，尤其喜欢，呃，喜欢那些亮闪闪的东西。这些……超能力，它们让我着迷，而且有些真的太美了。"

他伸出一只手，手掌朝上，只见一群紫色的小蝴蝶从他手掌里飞了出来，冲着墨菲那张惊呆了的脸飞去。它们拍着翅膀，带着一阵清风从他身边飞过，汇集在天花板上，最终围在一个摄像头四周，仿佛一颗颗小宝石。

墨菲使劲摇了摇头，似乎想把一些想法从脑袋里甩出去。来之前，他被告知喜鹊是一个极度危险的大坏蛋，可现在他看到的却是一个看起来有点儿悲伤，似乎已经向命运妥协的老头。

"你为什么要见我？"墨菲问道，他并没有忘记此行的任务。

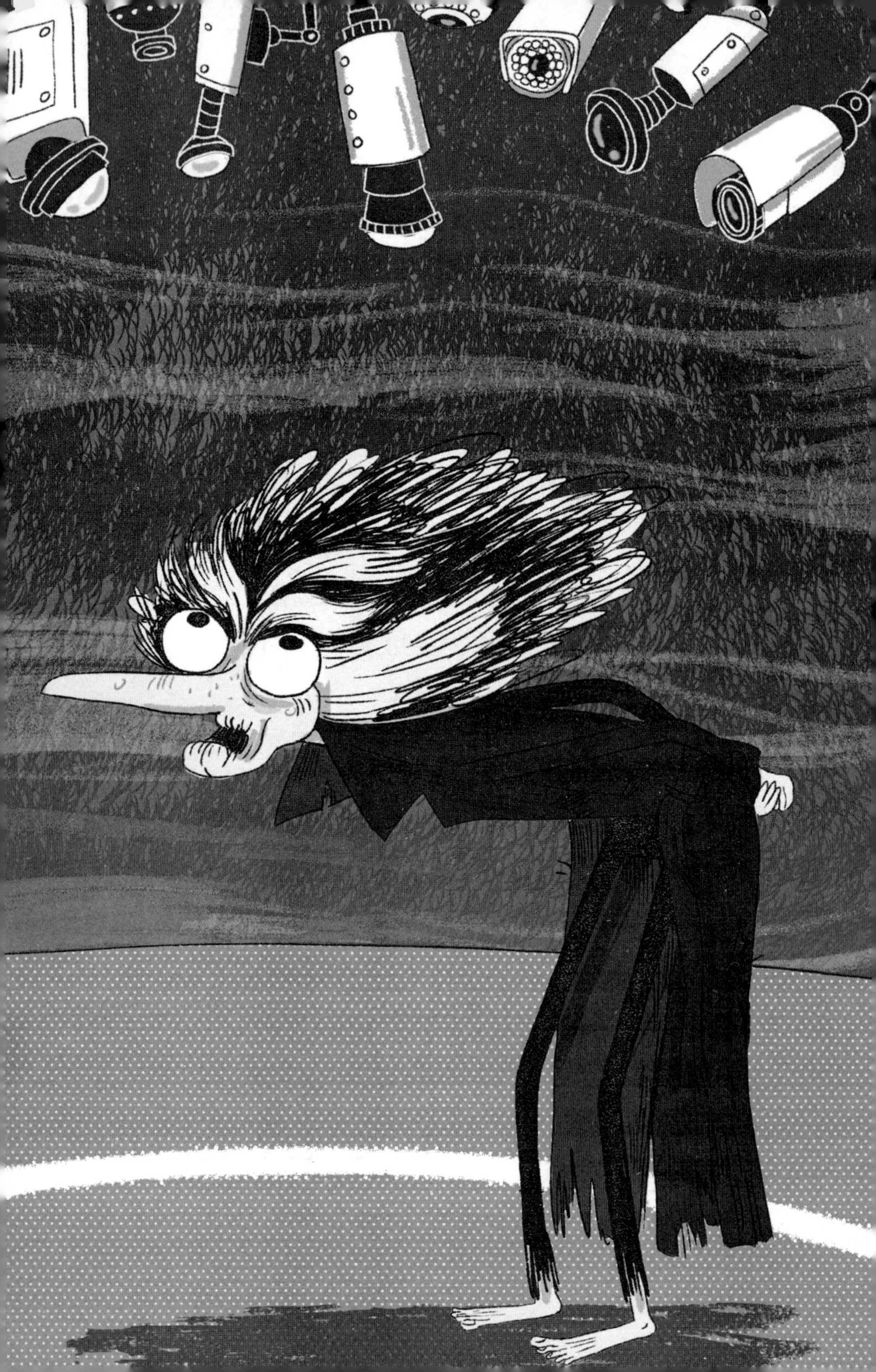

"这个嘛……"喜鹊沉思了一阵,说道,"我想我大概是……觉得有点儿孤单。我必须承认这点。我想他们可能会同意让你来探访我,你懂的,就是和我说会儿话。在英雄联盟里,只有活跃的成员才能获准进入战栗之沙,而你是组织里的第一个,也是唯一一个没有超能力的成员。除了你,他们不会批准任何人下来看我。听到谈论你的那些话后,我也很想眼见为实……"

他的话让墨菲陷入了沉思。听到谈论……他心想,德伦彻先生提到过的他丧失了大部分顺风耳听力的那件事再次蹦了出来。喜鹊现在能用这项能力来偷听别人说的话吗?一想到这个人坐在海底下,竟然能够听到海面上那个世界里的对话,他立刻有些不安起来。这可能吗?

"我来了,"墨菲对他说,"你想和我说点儿啥?"

"想说的太多了,从哪儿开始呢?"喜鹊停下脚步,再次抬头望着他,漫不经心地说,"你想想,我一个人在这下面待了这么久,一直都只能自言自语。啊,我知道了。**我写了一首诗。你想听听吗?**"

"一首诗?"墨菲愣了一下。其实,对话进行到这儿,喜鹊的这番话本该让他感到惊讶,但是鉴于他今天所遭遇的这一连串奇特经历,不知为何,他竟然觉得,喜鹊的话倒是和他今天的这番奇遇特别般配,就像奶油蛋糕的顶上必须放一颗小樱桃一样。

"是的,"喜鹊说——如果墨菲能够站得更近一点儿,他就会看到喜鹊那双黑色的眸子里迸出了一小簇充满怨恨的火花,仿佛遥远的银河系突然出现的一颗超新星,**"一首诗。"**

墨菲把手伸进口袋,掏出纸和铅笔。他得带点儿东西回去,这样才好向弗林特小姐交差。

就这样,喜鹊用抑扬顿挫的语调背诵着他的那首诗,墨菲则尽职尽责地记录下了他听到的每个字:

一是陌生人,
二是老贼。
三是愤恨,
四是忧伤。

五是追随者,
四是朋友,
一个寻找,
三个结局悲惨。

> 四是她摔倒了，
> 三是她飞走了。
> 六是她又活了，
> 三是她死了。

"**费这么大劲儿就为了……读首诗？**"弗林特小姐大怒，她用一种难以置信的口吻问道。英雄联盟的首领可没工夫去欣赏诗歌（通常来说，这种态度是不对的）。

墨菲伸着胳膊，手里拿着那张纸，上面记录着他从喜鹊那儿听来的那首诗。

"这不过就是一首古老的童谣。"她面带不屑地接着说道，"我简直不敢相信，他连半个有用的字都没说——压根儿就没提他为什么要见你，也没说他为什么要在地板上写你的名字。"

墨菲耸了耸肩膀："也许，他说的是真的，他很孤单，而我是唯一一个你们会同意让他见的人。"

对此，弗林特小姐回复了一个嗤之以鼻的表情，在带着墨菲沿着走廊走出这座监狱的路上，她继续没好气地说道："三十年来，除了一些不知所云的窃窃私语，他什么也没透露过。现在，他终于打算说点儿什么了。结果，他竟然成了个诗人。我早该意识到这一切都是在浪费时间。"弗林特小姐最后这句话似乎是对她自己说的。说话间,他们已经走过金属桥,来到了早已等候在那儿,准备送墨菲回家的直升机旁。

墨菲也是一肚子失望。弗林特小姐曾满心指望他,这不禁让他觉得这次任务失败,责任全在他身上。

"对了,"站在停机坪上的弗林特小姐转过身,对墨菲说道,"在你离开之前,普通小子,我必须郑重地告诉你,无论在什么情况下,你都绝对不能向任何人透露你今天来过战栗之沙。明白了吗?"弗林特小姐有很多种严肃的表情,此刻她脸上那种绝对严肃的表情让墨菲不由得停住了脚步。

墨菲点点头。

"这个地方属于最高机密,尤其是负一层。我必须把握机会,把你送下去,以防万一喜鹊真的想告诉我们一点儿什么。"说这话时,她看起来似乎有些尴尬,"结果,他只不过是……想戏弄我们。对此,我很抱歉。不过,也正因为如此,你才更应该保守秘密。我不想让联盟里的其他人平白无故地虚惊一场。你明白我的意思吗?"

"完全明白。"墨菲肯定地说。

"这是最高机密,记住了吗?"

"记住了。"

"绝不能告诉任何人。"

"收到。遵命。"

在海面之下很深的地方，喜鹊盘腿坐在地板上，仔细地聆听着，脸上渐渐浮现出一抹鳄鱼的微笑，令人胆寒。

他心满意足地搓了搓苍白的双手。

随着墨菲乘坐的直升机从战栗之沙的顶部起飞，向大海的另一端飞去，他听到了螺旋桨叶片在腥咸的空气中旋转的声音。

他听到了弗林特小姐返回控制室的脚步声。

他还听到了一个来自这栋建筑但谁也没听到的声音。那是一个焦躁的呼吸声，声音是从战栗之沙的厨房后面传出来的，一个小个子男人正趴在一个垃圾桶里，拼命地又抓又挠。

那是喜鹊在外部世界的朋友，他唯一的同盟。

"噢，德伦彻……"喜鹊柔声说道，他知道，尽管他的牢房深藏于海面之下，但是凭借其仅存的那点儿超级听力，这个小个子男人不仅能听到他的话，而且也是唯一一个能听到他声音的人。

"是的，主人。"德伦彻先生从垃圾桶里探出头来，答道。他的头上还顶着一块香蕉皮。

"我听到直升机飞走了。你那里一切还顺利吗？"

"一切都如您所愿。"

身在海底的喜鹊嘴角边浮现出一丝冷酷的微笑。

"就让我的计划像黑夜那样深沉、令人费解吧!"他在心里想着,"一旦我采取行动,必将如闪电般迅速。"

9

内莉的秘密

"这样啊……你等一下。"玛丽伸出手挡住他,"弗林特小姐派你……就你一个人……去见英雄联盟最危险的敌人?"

早间休息时,超级零蛋队的队员们坐在一个木亭子的走廊上,他们旁边就是学校的大运动场。去年,墨菲常来这儿打扫卫生,后来,这里就成了他们聚会的常用地点之一。

"呃,嗯。"墨菲答道。几个小时前,他刚刚向联盟首领庄严地承诺一定会对此事保持沉默。

"这是最高机密,记住了吗?"

"记住了。"

不过很显然,这个承诺并不适用于眼前这四个死党——他们是并肩作战的搭档,不是吗?这是承诺的附属细则。

"那么——为什么是你呢?"希尔达问道,她看上去似乎有点儿恼火,"为什么不让我们都去?我们是一个团队啊!"

"他们不可能派你们中的任何一个人下去见喜鹊。"墨菲安慰她说,"他会偷走你们的超能力。"

一想到自己的小马会被人偷走,希尔达就忍不住打了个哆嗦。内莉低下头,望着自己的双手,随即发出一个很小的声音,那个声音既充满了恐惧,又流露出一种决心,这个声音很难形容,非要说的话就是"呃——噗"。

"你说得对,墨菲。"玛丽高声说道,试图打消所有人的恐惧情绪,"只有你去才绝对安全。我的意思是,喜鹊能从你这儿偷走什么呢?你那囫囵吞枣的吃肉丸绝技?"

墨菲向她翻了个白眼,佯装不满地在她肩膀上捶了一拳。

"嗯……他长什么样?"希尔达问道,眼睛瞪得圆溜溜的,"一只……巨型大鸟,还是别的什么?"

在给出答案时,墨菲显得十分慎重。事实上,他并不知道这个星球上最危险的大坏蛋到底是什么人。"他……他让人不寒而栗。"他说,"他费尽心力,装作是一个毫无恶意的老人——但那下面的气氛很诡异,让人浑身不自在,就好像他身上会散发出一种气体,你们明白吗?"

"明白,很多老头都会给人这种感觉。"比利一本正经地答道,"我爷爷……"

"不,"墨菲打断了他的话,"坦白说,那种感觉让人很不安。那里的安保措施极其严密,设备齐全——可是,只要跟他在一起,你就没有安全感。"

大家全都陷入了沉默之中。

"我能看看他读给你听的那首诗吗?"最后还是玛丽很体贴地打破了沉默。

"可以啊。我觉得,那首诗其实很像一首童谣。"墨菲答道,同时从口袋里掏出了那张纸。

"这可是绝密信息——绝对是,必须是,毫无疑问,百分之百是。"玛丽接过来看了好一阵,最后说道。

"呃,弗林特小姐好像并不这么认为。"墨菲略显迟疑,"她觉得这根本就是浪费时间。"

"不,不是的,不会的,不可能。"玛丽肯定地说。"这个,"她冲其他人挥了挥那张纸,"这不是一首诗。"

所有人都一脸茫然地望着她。

"**这是我们的下一个任务,**"她对他们说,"不是来自英雄联盟的任务——我们要自己调查。弗林特小姐觉得这首诗根本没有调查的价值,我们可以证明它有。想想看,如果我们能挫败这个由联盟最危险的敌人设计的秘密计划,那多威风。"

很显然,看到所有人都看不起超级零蛋队,忽视他们的能力——首先是他们的同学,然后是福莱士先生,现在就连弗林特小姐对他们的信心也开始动摇——玛丽心里也和墨菲一样，特别窝火。

"可是，喜鹊为什么要把秘密信息给我呢？"墨菲提出了疑问，"我的意思是，我不过是个……"

"**他只是个普通小子。**"希尔达抢先说道。

"我也不知道。"玛丽坦诚地答道，"可是我才不相信这个历史上最卑鄙的超级大坏蛋只是想找个人陪他聊天呢。他一定在秘密策划什么阴谋，这首诗就是解开这一谜题的关键。"

"也许，这是段密码。"墨菲说。玛丽的话成功地激起了他的好奇心，使他瞬间变成了一条四处嗅探情报的警犬。如果说有什么事情能让墨菲乐此不疲，那一定就是牵着他心中的这条警犬去散步。你永远都不知道它的鼻子会嗅到什么情报。

"我们先把诗复印一份，然后再思考这是什么意思。"他对队员们说，"不过与此同时，我们需要找出和喜鹊有关的所有资料。他从哪里来，他是什么人，为什么他会在沉默了那么多年后突然开口说话，他最后是怎么被关进那座监狱，还有他名字的来历。所有的一切，我们得了解他的思维方式，这样我们才能充分理解这条信息可能隐藏的含义。"说完，一直坐在走廊上的他站了起来，拍了拍身上的灰尘。

"我最爱猜谜了。"比利兴奋地说,"我们什么时候开始?"

"现在。而且我还知道我们该从哪儿开始。"墨菲抬脚向运动场走去,其余队员纷纷跟了上去。

"为什么来这儿?"比利问。

"我想和贾斯珀爵士聊两句。芙洛拉说过,贾斯珀爵士会在学校里待几天,和卡尔做个什么项目,你们忘了?当我在喜鹊的牢房里时,他曾经变过形。你们还记得双子姐妹说她们过去的超能力是什么吗?"

"**变形!**"玛丽得意地大声说道。

"没错。"墨菲说,"我想,前超能力委员会成员的超能力就是被喜鹊偷走的。"

"哦,这是我们的第一条线索!我们就像那五个小侦探[1]。"希尔达兴奋地说,"我是朱利安!墨菲,你想当哪一个?"

"我不知道,"墨菲说,"约翰?"

"那里面没有叫约翰的。"希尔达没好气地说。

"嗯,迈克尔?"

---

[1] 出自英国经典儿童小说《世界第一少年侦探团》(*The Famous Five*),讲述了四个小伙伴和一只狗一起探案的故事。

"别乱报名字了。"希尔达说着便快走几步,冲到了最前面,"你可以当蒂米。"

"好吧,随你的便。"墨菲话音刚落,脸上的笑容就僵住了,他顿了顿,说道,"等一下,蒂米不是只狗吗?"

希尔达幸灾乐祸地大笑起来,继续大踏步往前走去。

"等等!"墨菲大叫一声,小跑着追了上去,"我可不想当只狗!你站住!"

"到这儿来,乖!"希尔达冲他勾着手指,调侃地说,"我们去遛狗!"就连内莉都转过身,轻轻吹了声口哨,透过她那带着一抹绿色的头发,露出一抹略显羞涩的笑容。

超级零蛋队知道卡尔此刻一定在他的车间里,因为烟囱正冒着缕缕黑烟,即使隔着运动场,他们也能听到从那里面传来的叮叮哐哐的敲打声。

墨菲走到大门前,看了一眼门前那块写着"孤独城堡"的手写标志牌,敲了敲门。

里面的叮哐声戛然而止,下一秒钟,大门就已经打开了。来开门的不是卡尔,而是他的妻子蓝色幽灵,她手里端着一个杯子,脸上堆满了开心的笑容。

"嘿,大家好!"芙洛拉高兴地说道,"小可爱们,进来喝杯茶吧！"

"是啊，喝杯茶。"墨菲爽朗地答道，"我们喜欢喝茶。"芙洛拉很机敏，所以他们得十分小心，不能露出破绽，让她发现他们正在调查喜鹊。"不过，我们也想找机会和贾斯珀爵士聊一聊。他在吗？老兵日那天，我们都没逮到机会和他说说话——我们一直在帮福莱士先生打扫ACDC。"

芙洛拉笑了，招呼他们走进了卡尔的车间——这是一个长长的房间，里面摆着一排排木质工作台，上面摆满了各种小配件。卡尔是个天才工程师，平时，他负责让校园保持井井有条的状态，当他不那么忙的时候，他会为现役英雄提供技术支持。

"你们来找贾斯珀聊天，他一定会很高兴的。"芙洛拉离开时说道，"那天，几乎没人来找过他，这让他有点儿伤心。这话你可别告诉别人。很遗憾，大多数学生似乎都对失去了超能力的前英雄们并不太感兴趣。如果你问我，我只能说他们目光短浅。"

通向卡尔主车间的大门平日里都锁得严严实实，今天却大敞着。他们一行人走了进去。

木质天花板上挂着一串串明亮的灯泡，灯光照在一辆外形酷似子弹头、车尾还镶有翅膀的汽车上，圆润的车身被灯光衬得越发闪亮。这辆光看外表就让人惊呼不已的汽车就是女妖,它也是蓝色幽灵的骄傲和快乐。卡尔是这辆车的制造者兼驾驶员。去年,在与内克达的那场大战中,卡尔和芙洛拉不得不紧急迫降,使这辆车差点儿报废。

看得出来,这位校工很忙——翅膀上还缺了好几根金属条,车上的一台喷气式引擎也被拆下来,变作一堆零件,摆在木质工作台上。不过,除此以外,这辆泛着银光的蓝色汽车看上去与新车无异。卡尔和贾斯珀爵士躬身坐在长凳上,愉快地聊着天,看上去就像两只心满意足的老母鸡正想方设法拼凑着这世上最让人为难的七巧板。

"啊,你的亚音速飞行器的燃料进口少了一部分,老伙计,问题就出在这儿。"贾斯珀爵士说道,同时滚动轮椅向前走去,用手里的扳手戳了戳那个地方。

"是的,我知道。这个问题不难解决。真正的难题在于压缩机——所有桨片都变形了。你看!"卡尔举起一个看上去像是飞机推进器的东西——那东西烧得一团漆黑,还歪七扭八的,"而且这里面还卡了一点儿那个黄蜂机器人身上的东西!现在,我想知道我的硬毛刷去哪儿啦,这上面乱七八糟的,我想找点儿什么都找不到。"

他还没来得及细想,刚提到的那把刷子就已经被人放到了他的手中。

"啊,在这儿。"卡尔万分感激地说,"谢谢你,小内莉。"

内莉熟练地从一堆油漆桶后找到了那把刷子,超级零蛋队的其余四名队员全都一脸诧异地望着她。

"再给我一把六角螺丝小扳手,让我们来看看这次是不是能把它修好。"

内莉一溜小跑,奔向车间的另一侧,在一个硕大的金属工具箱里翻找着。

"等一下……谁,这个——内莉怎么知道那些东西在哪儿?"墨菲说出了心中的疑问。

"她没告诉你们?"卡尔答道。

"告诉我们什么?"玛丽问道,"她话很少,所以……没,她什么都没说过。"

"那好吧,超级零蛋队,来见见我的新学徒吧。"卡尔抬手指向内莉。此刻,她正朝这边走来,一根沾着油污的手指上钩着一串六角扳手。"这个夏天,内莉一直在帮我修理女妖。"

面对四个好朋友投来的羡慕外加嫉妒的目光,内莉骄傲地咯咯笑出了声。

"**啊!这也太酷了!你总是能给我们带来惊喜!**"墨菲对内莉说,"卡尔只会让我帮他扫地。"紧接着,他又补充了一句,话语中带着一丝嫉妒,同时也为自己拥有这样的朋友而感到自豪。"你没有撒下我们自己开过这辆车吧?"他又飞快地问了一句,同时扭头望向卡尔。

"没有,它还没有完全准备好。"那位校工答道,"不过,我们快了,是不是?"

"当然不是。"贾斯珀爵士答道,只见他的轮椅转了个圈,掉头绕着这辆神奇飞车仔细地检查起来,"还记得我俩最初把它造出来时的情景吗,老家伙?那是一九六五年

的事儿了吧，它到现在还是这么光彩照人，令人惊叹。"

玛丽戳了戳墨菲的肋骨。他知道她想问贾斯珀爵士到底是怎么失去了自己的超能力，可现在，墨菲特别想知道一九六五年贾斯珀和卡尔在一起工作的情景。墨菲卡在喜鹊、女妖和内莉的秘密夏天这几件事之间，各种各样的问题一股脑儿地涌进他的脑袋里，瞬间就把他的小脑瓜塞得满满当当，一时间，他竟不知究竟该先问哪个问题。

"**提问！**"最后，他莫名其妙地冒出这么一句，引得所有人都将目光转向了他。

"好啦，说说你的问题吧，年轻人。"贾斯珀爵士用一种循循善诱的口吻说道，"爱提问、有想法是一件好事，就像美味的猪肉派遇到了上好的英式芥末酱一样。"说完，他舔了舔嘴唇。

"问题一：你……帮忙制造了女妖？"

老爵士看起来似乎有点儿惊讶，他摸了摸那把整齐的白胡子，答道："是的，参与了一部分。我和卡尔共事了很多年。他是一名杰出的工程师，当我还拥有自己的超能力——机械电子的时候，你们已经知道了，我俩配合默契。他负责机械部分，我搞定电路。直到今天，英雄联盟用的许多东西都是我俩发明的。"

墨菲想到了送他去战栗之沙的那架电动直升机。现在，他很肯定那个大家伙一定和贾斯珀有关。

"事实上,即使是在我还执行任务的时候,知道我秘密身份的人也寥寥无几,贾斯珀是其中之一。"芙洛拉平静地说,"这么多年来,他一直是我最忠实的朋友。"她的话让超级零蛋队的队员们倒吸一口气——即便是现在,知道芙洛拉秘密身份的人也少之又少。如果她和卡尔如此信任他,多年前就向其袒露身份,那么,贾斯珀这个人一定很特别。

"那时的日子多惬意啊。"贾斯珀爵士接着说道,"我的家族很古老,我自然也继承了一些家族遗产,包括威奇伯里庄园。那是一栋乡下的大房子。"他解释的同时也瞥到墨菲的脸上浮现出了那种"好奇的猫头鹰"式的表情。"有了它,我们就有了工作的地方,以及一小笔启动资金。"

"哦,"芙洛拉打断他的话,"看起来我们马上就要进入经典怀旧环节了。我最好去烧点儿水,这种时候必须喝杯茶啊。"

"这样的话,"墨菲说,"问题二:我的那杯茶能不能换成热巧克力?"

趁着没人搭话,希尔达跟着说道:"问题三:我能喝杯咖啡吗?"

围绕喝什么这件事,问题的序号一下子从四飙升到六,就在芙洛拉走进厨房,去准备这有史以来最复杂的茶歇会时,墨菲已经准备好要提出那个最难以启齿的问题七了。

"好了,下一个问题:你为什么一直说你以前的超能力是机械电子?到底发生了什么事?是……喜鹊干的吗?"

听到"喜鹊"这两个字,卡尔立刻像触电一样,不安地向车间另一侧望去,似乎生怕芙洛拉会听到一样。"**你到底是从哪儿听到这个名字的?**"他问道,口气与平时大不相同,异常严厉。

"哦,德伦彻先生上个学期上课的时候提过一次。"玛丽插嘴答道,希望以此打消对方的疑虑。

"听好了,年轻的朋友们,"贾斯珀爵士在和卡尔交换了一个眼神后,将轮椅滑向他们,一脸严肃地说,"你们知道吗?有些事情过去了就过去了。那些……事情我们通常不会再提起。我不会跟人解释我是如何丧失了自己的超能力,但也许我可以跟你们说说喜鹊第一次出现时的情景。"

听到这儿,卡尔似乎松了一口气,他站起来,咳了几声:"我想去厨房看看芙洛拉准备得怎么样了。"

他离开后,贾斯珀脸上的神色顿时轻松多了。他那双笑眯眯的眼睛又回来了。"好啦好啦,你们这些好奇的小家伙啊。"他说，"我会跟你们聊聊第一个超能力被偷的英雄。你们现在已经完全不用担心自己的超能力会被偷走了，所以我觉得跟你们说说也没什么坏处。我该从哪儿说起呢？**啊……那少说也是三十年前的事情了……**"

10
时髦公子的惊心大冒险

时光倒流。大家准备好了吗?

我们马上就要乘坐时光机,回到三十多年前。时光倒流是一件很复杂的事情,所以你必须听从我们的指令。首先,你一定要把袜子套在手上。接着,你要走到距离你最近的窗户前,用最大的声音大叫一声"我是香蕉头爵士"!

现在,你开始跑圈,一边跑一边说"哗——呜——哗——呜——哗——呜——"直到你觉得头晕目眩。然后,你转个身,用同样的方式继续跑,一直跑到你觉得不那么头晕为止。快点儿动起来吧,我们会在下一段等你。

做完了?太棒了!欢迎来到过去。我们看起来是不是年轻多了?

一九八五年

现在是二十世纪八十年代一个周五的夜晚，百万富翁韦恩·布拉兹正在自家厨房里给自己弄吃的。他身上只穿了一件黑色的丝绸睡袍、一条丝绸睡裤和一双亚麻底的拖鞋，睡袍的背上绣着一条醒目的大龙。此刻，他正一边哼着歌，一边往两片面包上抹黄油。

"吉特巴……"

布拉兹将一片抹好黄油的面包放进他刚买的高科技小玩意儿——一台崭新的三明治机。随后，他又往里面加了些奶酪，再把第二片面包也放了进去，这才关上盖子。他哼歌的声音也越来越大。

"吉特巴……"

"没什么问题吧，布拉兹主人？"门廊那儿传来一个声音，那是他的管家巴特勒。

"啊，巴特勒！快来，看看这个！"布拉兹大声招呼道。就在他说话的时候，三明治机的两侧开始冒烟。巴特勒走进房间，和平时一样，他依旧穿着那身毫无瑕疵的黑西装。他望着身穿睡袍的主人，面色柔和却不失警觉。

只听得砰的一声，布拉兹立刻打开盖子。

"太不可思议了，"他很兴奋地说道，"三明治的两

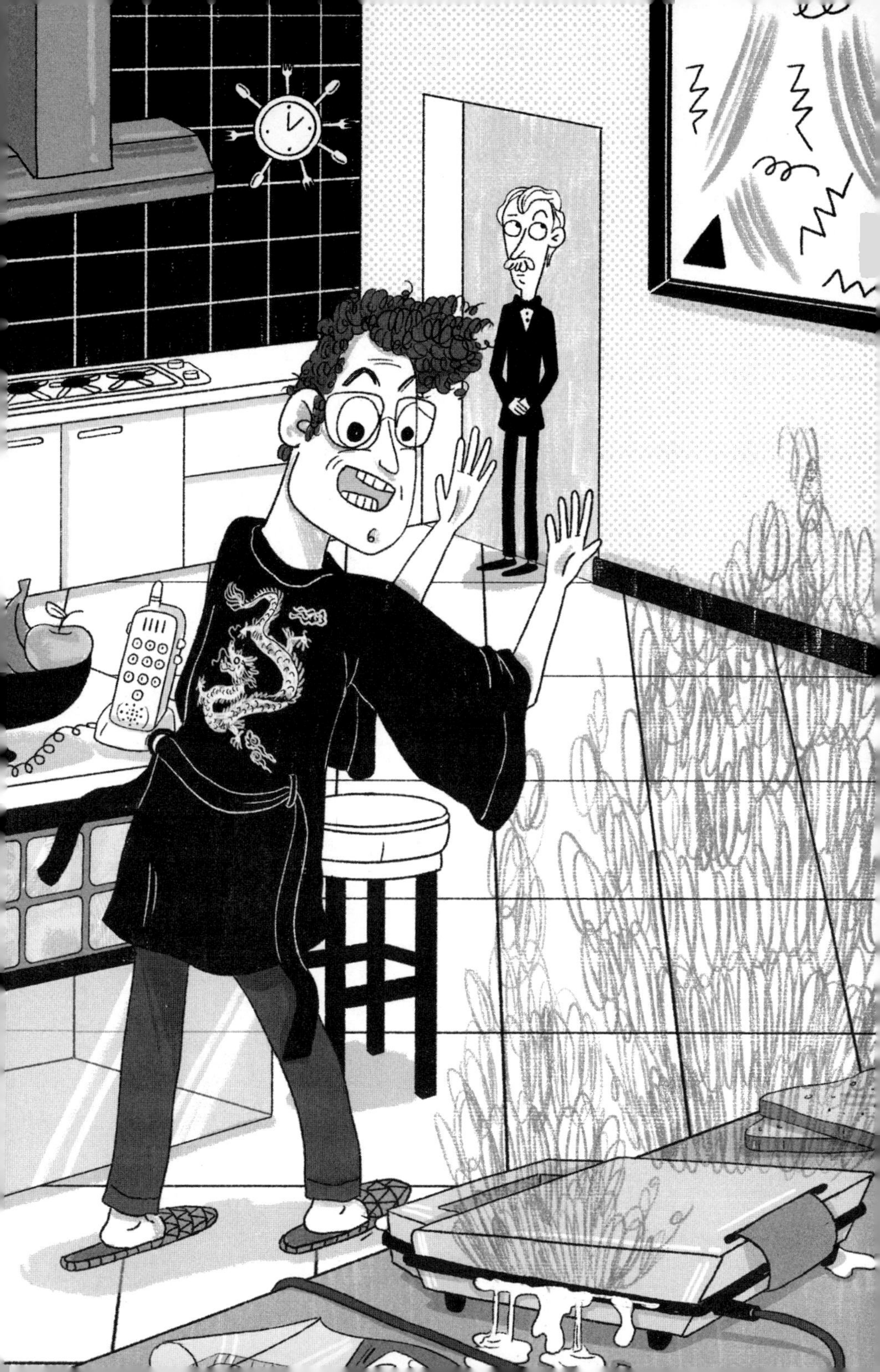

面都烤好了！看看它在面包上留下的这些贝壳一样的印记，现代科技真是太不可思议了！"

"先生，的确令人惊叹。"巴特勒机械地答道，心里却想着这东西收拾起来不知有多麻烦。

韦恩·布拉兹试着把他的奶酪面包从滚烫的金属烤盘上拿下来。熔化的奶酪粘在了烤盘上，他成功地把刀插进了面包和烤盘之间，可就在这时，上面的面包滑了下来，下一秒钟，大理石的台面上就已经洒了一大片熔化了的二十世纪八十年代的橙色奶酪。

就在这时，电话铃响了。

"布拉兹公寓，二十世纪八十年代中叶的一个周五晚上。"巴特勒接起电话说道，"你是说，人质事件？他马上就到。再见。"

他回到厨房，就在刚刚，他的主人急不可待地咬了一口刚出炉的三明治，结果差点儿把舌头烫掉。

"神——马——四？"韦恩·布拉兹吐出舌头，飞快地抖动着，想借厨房里空调的凉风让舌头凉快一点儿。

"看来是纳卡穆拉塔出了点儿紧急情况。"巴特勒答道。

"斯——马——共——丝——尤——人——无——了。"韦恩·布拉兹吐着舌头，含糊不清地说了一串话。

"时髦公子有任务了？"巴特勒努力纠正主人的发

音,"我想是的,布拉兹主人。"

两人一起快步奔向隔壁那个嵌着橡木框的房间,谁知,布拉兹的黑色丝绸睡袍的口袋挂在了门把手上,耽搁了几秒钟。

巴特勒大步流星地走向一个大书架,把手伸向一本名为《加菲猫的聪明才智》的皮面装订大书,在它的书脊上按了下去。

就在他按下书的瞬间,墙板从中间裂开,稳稳地滑向一旁,露出后面的椅子和一根消防滑杆,还有那套能让韦恩·布拉兹瞬间变身的制服。巴特勒彬彬有礼地转过身,在他身后,那件黑色睡袍像蛇一样滑落到地面,紧接着,两只拖鞋也被踢回到了它们该去的地方——房间的一个角落。片刻间,一双锃亮的黑色长筒靴取而代之,与之相配的是一条紧身裤,一件胸前的褶皱花边夸张得惊人的白色衬衫和一顶宽檐帽。

"又到了我拯救八十年代的时候。"英雄抖了抖肩膀,套上那件镶有肩章的军旅风外套,又调了调眼罩,大声说,"时髦公子来了!"

带着最后那句根本不知所谓的"四毛古斯奈啦",他纵身跳上消防滑杆,眨眼就不见了。

巴特勒翻了个白眼,转身回到厨房,卖力地擦起了那些已经凝固的奶酪。

楼下，时髦公子正在他那辆跑车旁手忙脚乱地和复杂的车门周旋。这些车门并不像普通车那样是平开门，而是像甲虫的翅膀那样向上弹起。最后，他终于摸到了门把手，并在千钧一发之际躲开了弹开的车门，让他的下巴幸免于难。

然而，当他坐进去的时候，那顶花哨的帽子又被挡在车外，他不得不从极低的座位上费劲地探出身去捡帽子。好不容易捡回帽子，他又发现门把手离得太远，他根本关不上车门，只得伸出一条腿下车去够门把手。

终于，时髦公子一切就绪，可以出发了。他拉出一小块水平控制面板，插入钥匙，拧了一下。在发出几声奇怪的突突声后，这辆马力十足的汽车终于有了生气，如离弦的箭一般从这个秘密车库中飞驰而去，消失在城市的夜色之中。

为了庆祝城中最高的摩天大楼纳卡穆拉塔开业，一场盛大的宴会如约而至，与会的嘉宾们个个打扮入时。蕾丝连指手套和五颜六色的针织保暖袜套，夹杂在各式夸张时髦的发型之间，令人目不暇接。

然而，宴会进行到一半时，可怕的事情发生了。只听一声大叫："所有人都不许动！"几个持枪的男人闯进大厅，砸碎了顶层那扇可以瞭望全城的落地玻璃窗。玻璃碴儿四溅，凉凉的夜风从破了的窗户里刮进大厅，宾客们慌乱地挤成一团，缩在大厅中央，瑟瑟发抖。

"打断了你们的宴会，我深表歉意。"一个平静的声音传来。

几个胆大的宾客偷偷抬起头，只见一个相貌平平的男人从门口走了进来，他身穿黑色西装外加一件黑色外套，冷静地审视着眼前的一切。

"我应该不会耽误你们太长时间，不过，你们最好待在原地，不要动，不然，我的同伴恐怕会……对你们不客气。"

黑衣男子选了个舒服的椅子，掸了掸上面的玻璃碴儿，坐了下来，双手紧握，缓缓地跷起了二郎腿。

伴随着一阵刺耳的刹车声，时髦公子的车停在了纳卡穆拉塔下。"好家伙！"他眯着眼睛向塔顶望去，惊呼道。他能看到从破了的玻璃窗里射出的灯光。

关门时，这位英雄只跟他的车门纠缠了顶多两分钟，随后便踩着地上的玻璃碴儿，昂首阔步地走向了入口处的大厅。

时髦公子冲到门前，一脚踹开大门，他胸前的大花边和头上的三角帽迎风招展。冲进大门后，他看到只有一个男人守在那里，手里只拿着一把小匕首。这可与他心中那极富戏剧性的开场大相径庭,不免让他有些失望,不过,他并没有因此分心。他径直走向那个守卫,指着对方手里的武器,咯咯地笑了。

"你那也叫刀?"他奚落道,"我这个才是。"说完,时髦公子举起双手,只见他的手掌渐渐向外延展,最后竟变成两把闪着寒光的金属刀刃,他的两只胳膊瞬间变作了两把剑。他抬起胳膊举到面前,只听得叮的一声,两把剑形成了一个硕大的"X"。

他顿了顿,说:"好吧,这其实是剑,两把剑。"

"这样的话,你的也不是刀。"另一个声音传来,原来有名守卫一直藏在房间的另一侧,"我手里的是冲锋枪,我会用它来瞄准你。"这么一看,后者的话显然更有威慑力。

随着一声咆哮,只见火光闪亮,守卫开火了——时髦公子也开始行动了。现场的情景当然不可能像电影里的慢镜头那样缓缓展开,但是如果你把它想象成慢镜头,一切就会变得有趣得多。

"我可不这么认为!"时髦公子大叫一声,不过,既然我们说好了要按照慢镜头的节奏来,他的话听起来应该是这样的:"我喔喔喔可呃呃呃不呜呜呜这呢呢么呢呢呢认嗯嗯嗯为欸欸欸欸。"时髦公子一跃而起,挥舞着两柄胳膊宝剑向空中砍去，哪怕是透过慢镜头的滤镜，他这一系列动作也快得不可思议。

他像切菜一样，将蜂拥而来的子弹一劈两半，一阵噼里啪啦过后，地上落满了弹壳。紧接着，他纵身而起，翻了个跟头，朝站在大堂另一侧的那个守卫飞去，不偏不倚地落在对方面前，落地时还特意摆了个单脚脚尖站立的姿势，把对方彻底惊呆了。当然，他的那条紧身裤自然是功不可没。

"干净利落。"时髦公子挥了挥宝剑，笑着说道。

两名守卫毫无恋战之心，立刻穿过大堂，冲出门去。看着他们的背影，胜利者发出一声满意的叹息声，转身走向了身后的那排电梯。

"哎，这也太简单了。好了，该干正事了。这种事找我就对了。"

即便是在当时那种情况下，这样的话听起来也让人觉得有些尴尬，还好当时那里没有第二个人。

楼上的人质们听到从楼下传来的阵阵枪声，顿时吓得尖叫起来，但那个黑衣男子不为所动，依旧静静地坐在自己的椅子上。

"你想要什么？"一个西装里塞着厚厚的垫肩片的男子冲他叫道，"钱？金子？你要什么我们都答应你。求求你，放了我们吧！"

黑衣男子摆摆手，让他闭嘴。"钱？真有趣。我对那东西没兴趣。这个世界上只有一样东西是值得拥有的——能力，我来这儿就是为了这个。如果我猜得没错，我想要的差不多要到了……马上。"

砰！

房间尽头处的电梯门缓缓滑开，穿着夸张的时髦公子的身影渐渐出现在众人面前，他胸前的褶皱大花边在夜风的吹拂下摇曳着，两柄宝剑锃亮发光。"放了人质，我可以饶你不死！"英雄像念台词一般大声宣布。

黑衣男子静静地注视着他。过了好一会儿，他冲着站在窗边的那两名手下打了个响指。"让我们看看这个花哨的男人到底有何本事吧。进攻！"他冷静地下达命令。

有人发出了刺耳的尖叫声——就是那个西装里塞了厚厚的垫肩片的男子。守卫们端起枪，对准电梯那儿的时髦公子开始疯狂射击，看上去他们似乎并未刻意瞄准，只是胡乱开枪而已。

抢在他们动手前，英雄一跃而起，在空中来了个完美的倒挂金钩，同时飞快地摆动剑刃，将迎面飞来的子弹挡了出去。只见他几个空翻，向那两名守卫跃去——先凌空来了个飞旋踢，将其中一个踢得不省人事，紧接着又一脚将另一个踢进了空无一人的电梯。

电梯门随即关闭。

"看来你要失算了,坏家伙。"时髦公子转过身,将目光投向他的敌人,用一种戏谑的口吻说道。当然,如果这时候人质们能来一波掌声,他就心满意足了。

的确有人在拍手,却是那个黑衣男子,这位时髦公子但凡有点儿头脑,就一定能听出这掌声中不乏讽刺意味。

坏人站起来,并不理会他,反而走向了那扇可以俯瞰全城的落地窗。"是啊,看起来我是输了。"他说道,听上去后面似乎还有一个"可是"没说出口。

"那就是说……我们可以走了?"那个西装里塞了厚厚的垫肩片的男子尖着嗓子问道。

黑衣男子耸了耸肩膀。

这正是人质们期待的答案。身着五彩服饰的他们顾不上去捡地上的帆布鞋和发箍,立刻如潮水般涌向出口。几秒钟后,这幢摩天大楼的顶层就只剩下他们两人。

"手即是剑,"黑衣男子沉思道,"一种不同寻常的能力。我想这应该会很有用。"说罢,他转过身,面向时髦公子。这位英雄正一脸怒气地望着他。

"有用?"英雄大笑,"要打败你恐怕是绰绰有余——啊!"

空中出现了一道道紫色的闪电，就像蛇一样缠绕在时髦公子的手臂上，直到一团跳动的紫色火球将他们二人连在一起。时髦公子怒目圆睁，一脸惊恐，眼看着自己的那两把剑逐渐萎缩，越来越小，直到完全消失——眨眼间，它们仿佛乾坤大挪移般出现在了黑衣男子的两只胳膊上。只不过，出现在黑衣男子胳膊上的是一对短弯刀，看上去更加锋利，而且似乎比他原来的那两把剑更亮更闪，更加令人过目难忘。

最后，紫色的闪电消失了。时髦公子踉踉跄跄地向后退去，没走两步就跪倒在地。他的视线渐渐模糊，他拼命想在手中重新变出那两把宝剑，可双手始终空空如也。他垂着一双手，眼泪夺眶而出。

"以百事可乐和雪莉二人组的名义发誓！我的剑！你拿走了我的剑！"他哽咽地大叫道。

"噢，别担心，它们现在有了个好主人。"黑衣男子冷冰冰地说道。说完，他一个猛子跳了下去，坠入夜色之中。他将手伸进衣服，拉开了开伞索。

时髦公子跪在地上，挪到窗边，向下面的城市望去。在他的下方，依稀能看见一个黑白相间的影子在快速移动，而且似乎并不是向下坠。在一个狭长的黑色降落伞下，那个影子的外套在风中呼啦啦地摆动着。他清楚地看到了月光照在那两把刀上反射出的白色寒光。

"他把它们偷走了……"时髦公子抽泣着,自言自语道。这里刚刚发生了一场暴行,他就是受害者。"小偷……会飞的小偷……"

他重重地垂下头。

"一只偷东西的喜鹊!"

11
安娜贝尔的冒险

在那之后,整整一个上午,墨菲的大脑都在不停地兜圈子——首先是关在牢房里的喜鹊,然后是贾斯珀爵士跟他说的喜鹊第一次偷窃超能力的故事。不知为何,贾斯珀给出的每个答案都会引出更多的问题。

等到了午餐时间,墨菲已经彻底变成了一只孵蛋的老母鸡,绞尽脑汁地绕着这些问题反反复复地思考着。走进大厅时,他瞟了一眼英雄誓词,其中一行誓言显得格外醒目:

我发誓,严守秘密。

为了守住他们的秘密,英雄联盟能做到什么程度?他在心里问自己。

就在这时,某人的一声大叫打断了墨菲的沉思:"**小心后面!**"原来是学校的主厨比尔·伯顿,他推着一辆小推车从墨菲身后一闪而过,两人差一点儿就撞了个正着。那个小推车上放着一个滚烫的餐盘,盘子里是刚做好的肉丸。比尔个子虽小但精力超级旺盛，此刻，他飞快地穿梭于餐厅的各个食客之间，运送食物，活脱脱就是个马戏团里表演转盘子的小丑。

顺便说一句，比尔转盘子的技术的确很不赖。这是他的超能力——这也让他成为一名优秀的餐宴承包商，不过，校方禁止他在学校使用这项能力，担心这会鼓励孩子们也跟着转盘子。

事实上，校内曾一度十分流行转盘子，其结果就是学校百分之三十五的餐具都因此而"殉职"。最后，苏博曼先生不得不给所有家长发了一封措辞严厉的信。这封信受到了广大家长及学生的群嘲，坊间还出现了许多模仿这封信的搞笑改编版本，张贴在各个教室的墙壁上。以下就是其中一个版本：

亲爱的家长们：

近日来，校园里转盘子之风兴起，学生们盲目跟风，因技术欠佳导致餐厅内鳕鱼横飞，只留下黄瓜尚可食用。更有甚者，尽管校方及时采取行动，以对虾代之，然而，学生们却坚持将吃素之风贯彻到底，继续让鱼在空中飞翔。作为这所

> 学校的面包师，我本不应该浪费我的百里香信纸，将其用于此等无味芝士上，可是，情况愈演愈烈，保护黄油势在必行。请告知你们的孩子，务必立刻放弃芥末酱和豌豆，否则，他们将会在午餐中得到必须吃完培根的特权。
>
> 祝你们吃到最好的鱼。
>
> 今日例汤先生

"往前走，往前走，"操着北方口音的伯顿先生说道，"新鲜出炉的肉丸来啦！"墨菲循声走到了队伍的前面。

肉丸是墨菲的最爱，如果第一勺能打到完好无损的肉丸，那便堪称完美。

"啊，库珀先生！"比尔·伯顿大声说道，"还和往常一样，来一份？"

"是的，大厨先生！"墨菲冲着这位笑眯眯的肉丸制造者回敬了一个大大的笑容。墨菲很喜欢比尔。事实上，要想不喜欢他都难，他似乎特别热爱这份工作，总是那么开心，神采飞扬。

比尔也冲墨菲点点头，然后舀了满满一大勺美味佳肴，放到墨菲的盘子里。

"来啦！"他高声说道，"好好享受吧！"

"谢谢，比尔！"墨菲答道，此刻的他暂时忘记了喜鹊带来的各种烦恼，开始在人群中搜索超级零蛋队其他队员的身影，弥漫着番茄香味的热气不时地从他脸上拂过。

终于，他瞥到了一抹黄色——那是玛丽，她给他留了个位置。其他队员早就坐好了，正大口大口地挖肉丸吃。

"你今天运气不错啊，肉丸墨菲！"看着他走过来，玛丽对他说道。

墨菲在她和希尔达中间挤了挤，坐了下来，刚一坐下就立刻以最快的速度吃起了肉丸。

"里拉锯得吴门地瘦腰人物是什么？"墨菲的嘴里塞满了意大利面，叽里咕噜地说道。

"里拉……什么？"玛丽一脸疑惑地问道。墨菲那张沾满了番茄酱的嘴巴让她略微觉得有些恶心。

墨菲用力地吞下嘴里的食物，用手抹了一把嘴。

"你们觉得我们现在的首要任务是什么？"他重新说了一遍，"我们已经知道了喜鹊这个名字的来历，也对他如何窃取超能力有了一点儿了解。算是开门红，对吧？"

"哦，原来是这个。谢谢你的翻译，不然，谁知道刚才那张塞满了猪肉的恶心的嘴巴说的是什么。"玛丽说，"是的，我们的调查卓有成效。那个紫色的像闪电一样的东西听起来好诡异，不过，这至少算是种警示，让人知道他要偷超能力了。而且看起来他似乎会故意犯罪，以此为陷阱引诱英雄上钩，然后偷走他们的超能力，逃之夭夭。怪不得说他是超能力拥有者的噩梦。"

"我知道，"墨菲说，"这么多年来，当所有人都知道他已经被关起来后，他又开始策划新的阴谋了。"

"也许，他根本就没计划。"比利反驳道，"和时髦公子那次，他不就是在故弄玄虚吗？为了测试他的超能力，

故意让守卫去攻击他。说不定这次也一样。他听说了你,觉得很好奇,他自己不也这么说吗?"

墨菲看见内莉摇了摇头。很显然,她并不这么认为,他也是。"不,我觉得这里面大有文章,"他十分严肃地说道,"我有一种很不好的预感。"遗憾的是,突然冒出来的一个大大的肉丸饱嗝儿,极大地削弱了他说这番话时的英雄气概。

玛丽闻声立刻向后侧身。"我对你的肠胃也有一种很不好的预感。"她揶揄道。

"抱歉。"墨菲红着脸说道。

最后还是玛丽意识到,他们一直想要的答案其实就藏在他们眼皮子底下。吃完肉丸,他们就要去上能力训练课了,和上次一样,他们估计只能待在ACDC的储藏室里打发时间,其余人则积极地为成为英雄做各种训练。

"**快来看这个!**"玛丽指着一本硬壳文件夹里的一页说道,"联盟历史记录簿——这里有各个任务的详细信息。这里简直就是个金矿!我敢打赌,这里一定有我们想找的关于喜鹊的资料!大家分头找吧!把这里收拾一下,看看能不能找到一些有用的资料。"

"等一下,"比利疑惑地说,"你是说我们真的要把这个储藏室打扫干净？也就是说，我们接下来的任务是打扫卫生？"

"'打扫卫生'不是一个贬义词，比利。"玛丽鄙夷地说，"恰恰相反，它是个褒义词。"

然而，他们还没来得及开展调查，储藏室的大门突然被推开了，福莱士先生从门口探了半个身子进来。

"嘿！"他大叫道，"你们这群软骨头，在这里干什么？装病吗？"

"我们，呃，打扫储藏室？"玛丽试探性地说道。

"不是您让我们来这儿打扫卫生的吗？"比利赶紧补充道。

"**好啦，别干啦！**"他的样子像极了一只不可理喻的老虎，对着他们吹胡子瞪眼道，"**出来！上课！**"

零蛋队队员们面面相觑，只得回到ACDC，班里的其他同学全都目不转睛地望着他们，仿佛他们是从周三午餐时发的苹果里钻出来的虫子一样。

"今天，我们要进行模拟救援行动。"福莱士先生故意把声音提高了四个分贝，"所以，我们需要将所有人平均分成两队。"

"啊，我明白了。"墨菲小声对玛丽说，"他叫我们回来是为了凑人数。"

"**闭——嘴！**"果不其然，福莱士先生大吼一声，"这是一个和英雄联盟真实任务一模一样的任务，如果有朝一日你们进入英雄联盟，就会知道。这个是安娜贝尔，她现在陷入了危险之中。"他伸出一根红褐色的指头，指向ACDC的另一端，只见一个真人大小的毛绒洋娃娃被软绵绵地吊在一个高高的木头梯子的最顶端。洋娃娃穿着一件过时的长款连衣裙，睫毛长长，面露微笑。

在同学和洋娃娃之间，福莱士先生放了不少垫子、鞍马、障碍栏以及其他一些体育器材，勉强搭建出一个野外训练场。

"今天，你们当中有一半的人将会扮演坏人。"他接着说道，"当然，英雄联盟不会这么称呼他们。官方的称谓是——"

"盗匪！"墨菲插嘴答道，得到的却是一个白眼和一个不情不愿的肯定。

"嗯，是的。"福莱士先生特别不情愿地说道，"普通小子没说错。因此，你们中的一部分人将会扮演盗匪，劫持可爱的安娜贝尔作为人质，其余的人则要想尽一切办法爬上梯子，把她救下来。要活的。"

"看起来这似乎有点儿难。"一个声音从后面传来。

墨菲觉得说这话的是腌牛仔，便向他那边偷瞄了一眼，谁知正好撞上腌牛仔瞪他的目光，对方还对他做了一个自以为很酷，但其实特别逊的动作：先指指自己的眼睛，然后再凶巴巴地指指他想恐吓的那个人的眼睛，意思就是"我正盯着你呢"。

福莱士先生发现了腌牛仔的小伎俩，决定让他尝尝苦头。"好啦，罗兰，既然你这么有兴趣，就到我这儿来吧。今天由你来领导我们的盗匪小组。"

腌牛仔百般不情愿地走到了前面。

"谁想当英雄小队的队长？"这位老师用揶揄的口吻问道，"艾莎，你来当怎么样？"

"好。"艾莎干脆地答道，从人群中挤到了前排。

"好了，你们俩赶紧招兵买马，组建自己的团队。"福莱士先生鼓励他们。

虽然这两个队长还没开始拉人，但是墨菲知道他和自己的朋友一定是最后入选的。这就像你刚上小学时总会把老师误喊成"妈妈"，这种尴尬事儿既不可避免，又很丢脸。

第一批入选战队的都是拥有战斗技能的孩子，紧随其后的是那些速度超级快或能够凭空飞行的同学，接下来就是拥有远程控制技术或是透视能力的人。

几分钟后，全班同学的目光都落在了超级零蛋队五名队员的身上。偌大的培训中心里，只剩下他们几个依旧孤零零地站在边缘处，就像五根胡萝卜偶然闯入橘子大会一样，显得格格不入。

大厅里特别安静，这是一种让人羞愧难当的安静。你想想，当你把老师错叫成"妈妈"后，最怕什么？——最怕教室里突然安静。

"继续选啊。"福莱士先生催促道，他用手肘推了推腌牛仔——这次轮到他选了，"快选啊，从剩下的人里面挑一个。"

"他们中没我想要的。"他嘟囔了一句，"他们全都一无是处。就这样吧。"他带领自己的队员们走向大厅的另一侧，在那里，他们一字排开，摆出一副虎视眈眈的阵势。

"看起来，我们是你们这边的了，艾莎。"希尔达爽快地说道，边说边一路小跑，奔向位于大厅另一端的英雄战队，站在毛脸怪身边，却遭到了对方的怒目而视。其余四名队员见状便拖着脚步，犹疑不决地向她走去。

"好啦！"福莱士先生大叫一声，高举双手，"英雄们，你们必须圆满完成任务，将安娜贝尔完好无损地送回我手里。还有，别忘了，这是一次练习——所以你们出手时不要太用力，只要让对方无法还击即可，听到没有？三——二——一，开始！"

艾莎招呼队员们凑到一起，给他们打气。

"听着,我们这边的超能力更胜一筹,所以这次任务将会是小菜一碟。"她对他们说道。"你,"她冲毛脸怪侧了侧头,"你的特长是冷却。战斗一开始你就马上出招。"说完,她冲科学怪人的大侄子做了个手势:"你用火攻牵制对方,使他们无法靠近。总而言之,我们要以最快的速度冲过去,快速爬上梯子。"

"呃……我们干吗?"希尔达问道。

艾莎轻蔑地哼了一声:"你们就跟在我们后面,别掉队就行。"

"好的,可是具体的营救计划是什么?"希尔达继续问道。

"我刚才不是说过了吗?以最快的速度冲过去,使用我们的超能力完成任务!你到底有没有听我说话?"艾莎傲慢地质问道。

"严格来说,这不算个计划……"墨菲刚想说几句,结果发现已经来不及了。只听她喊了声"**进攻!**",他就看到艾莎高举双手,抛出两团暴雪,带着其余队员向对面冲去。墨菲很肯定艾莎在冲向敌方的时候嘴里还哼着歌曲——当然,我们要告诉诸位的是,她唱的绝不是什么"随他去吧,我独自一人与天地风雪为伴,再也不会为此感到烦恼"这样的歌。

对方似乎没有想到他们会突然发动猛攻。眨眼间，ACDC大厅中央的大部分地区已经被艾莎投出的冰雪所覆盖。面对敌方的步步进逼，腌牛仔决心身先士卒，打破对方凌厉的攻势。

"**挡住他们！**"腌牛仔大吼一声，冲了上去。当他来到大厅中央那片被冰雪覆盖的区域时，步伐立刻变得笨拙缓慢起来。

看着战势愈演愈烈，墨菲觉得眼前的一幕像极了圣诞有奖活动——第一个坐到圣诞老人身上的人能得到一架私人飞机。双方几乎是在同一时间冲上了大厅中央的冰面，拼尽全力想与对方决一死战，可双脚却始终不听使唤地在冰面上乱滑乱踹。

毛脸怪用他的能量场拦下了腌牛仔，后者被从天而降的冰晶滑倒，仰面朝天摔倒在地上。那两个大块头的毕业生分属两个阵营，此时已摆好阵势，准备大干一场。只见其中一个像乐队指挥一样高举双手，空中立刻出现了一股龙卷风，加上不断旋转飞升的小冰粒，转眼间，一场暴风雪席卷了整个大厅，所有人的脸颊和双眼都被刺得生疼。面对进攻，腌牛仔张开嘴巴，一副马上就要呕吐的样子，然而下一秒，他的嘴就像个消防龙头一样，喷出一股强劲的水柱。他左右摇晃脑袋，用水柱冲倒了好几个人，直到艾莎再次发力，将水冻成一个硕大的立方体冰块，堵住了他的嘴巴。艾莎的这一招彻底激怒了他，他一个猛冲扑向艾莎，死死地揪住她的头发。两人顿时扭打成一团，彻底将超能力抛到了九霄云外。

没过多久，ACDC大厅中央就乱成了一锅粥。风雪中，依稀能看到众人挣扎厮打的身影。叽里咕噜的咒骂声、扇耳光的啪啪声，还有一些不太适合写进这本书的话语在大厅上空回荡着。

"真是不堪入目，是不是？"玛丽撇了撇嘴说道。此刻，她正和其他零蛋队队员一起躲在一个冰冻的鞍马后面。

"你们几个到底在干吗？"站在房间对面的福莱士先生歇斯底里地叫道，"你们真是我见过的最能偷懒的家伙！**看在老天的分儿上，来个人啊，好歹做点儿什么！**"

这时，艾莎制造的冰雪大爆炸已经让ACDC的大部分区域都笼罩在冰雪之中，就连通向安娜贝尔的楼梯也被冻住了，隐藏在一块水墙之后。

"我们现在这样怎么去救人质？"被某人胳膊肘夹得动弹不得的科学怪人的大侄子嘟囔道，"要我把它融化吗？"他举起一只手，想点火，可是他还没来得及采取行动，敌方的一个女孩就把自己变成了一块大石头，重重地砸向他，他整个人立刻飞了起来，一头撞向了雪堆。

内莉——她的鼻头上还挂着一个小冰柱——拽了拽墨

菲的衣袖。她瞪大眼睛，急切地指向房间另一端，只见安娜贝尔正悲伤地吊在那上面，下面是一片风雪。墨菲很快就明白了朋友的意思。战线很清晰，负责防守的那一组陷入了一场荒谬的雪战，无暇分身。现在就是进攻的最佳时机。

"内莉说得对。"他对其他队员说。听到他的话后，内莉飞快地冲他挤出一个微笑。"趁着所有人都忙着在这场年度雪人摔跤大赛中一争高低，我们可以偷偷地溜过去，玛丽飞上去救下安娜贝尔，赢得比赛！比利，你能帮我们靠得再近一点儿吗？掩护我们！"

"这个没问题。"比利话音刚落，他的身体就膨胀起来，像个失控的轮胎一样，歪歪扭扭地向大厅另一侧滚去。其余队员躲在他后面，快步奔向楼梯，一路上，大大小小的爆炸和冰雪喷射不时在他们周围开花。

快跑中，墨菲侧过头向后瞟了一眼，心满意足地看到其他人正不顾一切地扭打在一起，争相炫耀各自的超能力。

他拍了拍玛丽的后背："就是现在，行动！"

玛丽砰的一声撑开伞，稳稳地飞出了比利的身体掩护，几秒后，她就飞到了梯子顶部，抱住了安娜贝尔。她救下安娜贝尔，平稳降落。直到这时，班里的其余同学依旧打得不可开交，根本没人留意这边发生的一切。

"很高兴见到你，安娜贝尔。"墨菲握着她那软绵绵的棉布小手,晃了晃,一脸严肃地对这个微笑着的洋娃娃说道,"我们是来解救你的。"

"我们会将你送回到福莱士先生那里。"希尔达紧张地说道,因为比利已经将身体缩回正常大小,站到了她身边。

在房间中央进行的雪上战斗依旧十分胶着,彻底堵住了通向另一端的道路——墨菲透过厮打的人群,勉强能看到对面的福莱士先生正来来回回地踱着步子,一边走还一边吼着"没用的东西","我这辈子从没见过这么可笑的家伙"。

"从旁边溜过去。"墨菲指向房间一侧,那边看起来似乎相对好走点儿。

他们蹲在地上,玛丽紧紧抓着安娜贝尔的一只脚,想以这

种姿势神不知鬼不觉地溜过去。然而，就在他们以为自己马上就能成功的时候，一声大叫让他们停下了脚步。

"嘿！你们这些笨蛋！"那个声音很沙哑，原来是科学怪人的大侄子。

超级零蛋队停了下来。

"你们在干吗？"他继续说道。不少同学都停止了打斗，扭过头望向这边。弥漫在空中的冰晶渐渐消散。

"他们成功了……"毛脸怪惊讶地说道，不由自主地松开了疯眼杰迈玛的头发，"他们已经救下了人质。"

"不，我可不这么认为。"科学怪人的大侄子大笑道，同时将双手伸向了零蛋队，"我觉得安娜贝尔不可能活着走出去。"伴随着几声大笑，他朝着那个布偶抛出两团火球。

"嘿嘿嘿！他们和我们是一边的！"毛脸怪大叫，可是没有人听他的，因为墨菲大喊了一声："不，你们不是！"说罢，他就纵身跳到了安娜贝尔的前面。

现场一片混乱，所有人都在动。

下一秒，等墨菲回过神来的时候，他已经来到了大厅的另一端，搂着他的正是福莱士先生强壮有力的左胳膊。原来，老师飞快地冲过去，将他从火球下救了下来。但此时此刻，安娜贝尔已经变成了一小团冒着烟的黑灰。

"该死的,真是见鬼了,你这个不开窍的榆木疙瘩,你到底在干什么?"福莱士先生放下墨菲,破口大骂道,然后扭头走向安娜贝尔,检查损坏情况。

"呃……解救人质。"墨菲答道,快步跟了上去。

"奋力斗争,不惧艰险。"玛丽望着他骄傲地说道,墨菲被她望得心里有些怪怪的。"拯救苍生,不问荣耀。"内莉用力地点了点头,几簇绿光飞快地闪过。

"追寻成为真正英雄的意义所在。"希尔达最后说道,她的一双手依旧叉在腰上。

福莱士先生小声地嘟囔了几句,走到科学怪人的大侄子跟前:"你,你刚才是想一把火烧了这座训练大厅吗?你脑袋进水了?"

科学怪人的大侄子极其不安地搓了搓他的那双大脚,眼睛却瞟向一旁的毛脸怪,希望他能替自己解围。然而,对方无可奈何地做了个鬼脸,轻声叹了句:"是啊,有什么办法,猪队友。"

"**好啦,**"福莱士先生冲着全班吼道,"**大家觉得,今天这个任务到底失败在哪里?**"

"人质被烧死了?"一个人弱弱地问。

"人质被烧死了。"福莱士先生冷酷地说道,"那可是我亲手缝的。下一个还不知道猴年马月才能缝好。"他稍微定了定神。"没错！你们这群半吊子，不给你们擦屁股都不行，这次的任务彻底失败！既然他们已经把安娜贝尔救下来了，你们怎么就不能搭把手，把任务好好完成呢？"他指着超级零蛋队说道，他们五个人不好意思地站到了一起。

"因为他们一点儿也不酷！"那个叫罗兰的腌牛仔说道，"你们见过有哪个超级英雄会举着一把伞腾空而起，又有哪个英雄会靠小马完成任务？"

他的话惹来不少人的哄笑，但是墨菲注意到毛脸怪这次没有笑。与此相反的是，当他的目光与墨菲相遇后，他立刻不安地望向了别处。

"你们给我听好了，他们打败了你们所有人！" 福莱士先生一字一顿地说道，每个字仿佛都能在地上砸出一个窟窿，"下课了，出去吧，马上就课间休息了。"

同学们三三两两地走了出去，走在最后的正是超级零蛋队。

福莱士先生一直目送着他们走出去，脸上浮现出一种略显奇怪的表情，正好被快要走到门口的墨菲瞥到。要不是因为墨菲太了解福莱士先生，他可能会觉得那表情里藏着那么一点点的尊敬。

12

喜鹊和黄鼠狼

现在,请调动你那堪比奥林匹克竞赛选手的超级记忆力想一想:我们之前是不是干了一件让你有些生气的事情?还记得吗?德伦彻先生现在正住在一个垃圾桶里,而且还成了喜鹊的帮手。这是怎么回事?这其实是所有作者都很熟悉且常用的一种写作手法,名曰"吊胃口"。我们先不经意地抛出一点儿让人看得心里直痒痒的消息,然后大笔一挥,新开一章,说起另一件与之风马牛不相及的事情,绝口不提之前那件事。这么干的确让人生气,所以请先接受我们的道歉。在本章里,我们保证一定会把所有事情的来龙去脉都解释清楚,然后我们就又能愉快地做朋友啦。

要想将你那已经高高吊起的胃口放下来,我们必须回到德伦彻先生第一次消失的那一天,即黄蜂人内克达被打败的那天。

那天,德伦彻先生被邪恶的黄蜂人打败并控制了心智,这件事对他产生了一种意想不到的效果，就连他自己都没想到。就在他执行内克达下达的指令的时候，他突然意识到自己居然很享受这个过程，虽然这种意识非常微弱，但这么多年来，这是他第一次意识到这种感觉的存在——他还挺喜欢当坏人的这种感觉。其实，只要他躺下好好休息，再喝杯茶，这一切就过去了。当然，他可能还需要看两张可爱小猫的照片，才能让他意识中善良的一面彻底复苏，然而不幸的是，事情的发展趋势却截然相反。

一个硕大的平底煎锅重重地砸在他的后脑勺上，将他砸晕了。对于他那早已乱成一锅粥的脑袋而言，这可不是件好事。等他醒来的时候，清道夫正在搜查大楼，他醒来后听到的第一句话就是从走道上传来的清道夫的喊叫声："**这个房间安全！搜索敌人并控制他们！**"

他们在找坏人，神志还不太清醒的德伦彻先生心想：我和坏人是一伙儿的，快藏起来！想到这儿，他嗖的一声弹了起来，谁知他躺在一张桌子下，脑袋哐的一下撞上了桌子。随着外面的脚步声越来越近，恐惧万分的他慌不择路地跑向窗户，从破了的窗框里跳了出去。

落地前，德伦彻先生被一个垃圾桶挡了一下。好吧，说是被挡了一下，但事实是他的脑袋又被撞了一下，而且他的脑袋与垃圾桶相撞时发出的声音居然还挺好听。就在他落入垃圾桶的同时，搜索的清道夫正好从桶边经过。

当德伦彻先生藏身于一堆垃圾之中的时候，一件奇怪的事情发生了。他躺在脏兮兮的食物残渣和废弃的包装袋里，先前被控制心智的那件事留下的余波，加上后来他脑袋遭受的那一连串撞击，还有他其实很享受当坏人的事实……所有这些在他那个乱成一锅粥的大脑里渐渐融合、发酵。最终，他当场决定要和温文尔雅的老师身份分道扬镳。他已经尝到了一点儿当坏人的甜头，他很喜欢这种滋味。

想到这儿，他喉咙里发出几声听起来有些诡异的嘻嘻声，很快，这偷偷摸摸的笑声就变成了肆无忌惮的哈哈大笑声。

对于身边这些保护了他并帮助他藏身的垃圾，德伦彻先生也生出一种特别强烈的好感。他若有所思地嚼着一个用过的湿漉漉的茶包，暗暗下定了决心，从今往后，垃圾桶就是他的家。今后，在与垃圾为伴的日子里，他要好好琢磨如何复仇，让那些曾经低估他、把他的付出认为是理所当然的英雄们知道他的厉害。他再也不想当他们心目中那个温顺、好脾气的跟班黄鼠狼了。

他也再不会把自己洗干净，更不会与人为善了。

成为坏人后的最初几个星期里，德伦彻先生一直待在垃圾桶里，过着鬼鬼祟祟的生活。不过，我们现在没时间跟你们细说这段故事，因为就在我们写下这些话的时候，我们的茶已经沏好，薯条也已经上桌，所以就让我们略过这段，直接说他来到战栗之沙后发生的事情吧。既然他已经决定要做一个货真价实的大坏蛋，就必须找个坏得不能再坏的师傅作为学习典范。毫无疑问，最佳人选当然是盗匪里的佼佼者——喜鹊。

他藏匿在一艘运送补给的大船上，来到了这座生锈的海上监狱，然后趁人不注意，偷偷潜入监狱里的垃圾处理系统，沿着排污管一路爬来，最后钻进了垃圾桶里，靠吃泔水和喝雨水为生。凭着他仅存的一点儿超级听力，他通过偷听守卫们和囚犯们的谈话，在脑中渐渐勾勒出一张监狱地图和安保系统工程图。

没过多久，他就意识到自己根本不可能见到喜鹊。监控喜鹊牢房的安保系统不仅复杂，而且完全独立于监狱其他部分的电路之外。英雄联盟不愿冒险，哪怕一点点风险也不行——因此，没有任何人可以破解负一层那套会自动销毁的安保装置。于是，德伦彻先生决定潜伏下来，等待时机。

在静候时机的这段时间里，他和一只小老鼠成了好朋友，后者在他那件破破烂烂、沾满垃圾的花呢大衣的口袋里安了窝。他也已经想好了，等到他掌握了足够的信息，开始实施他的邪恶大计的时候，这只小老鼠可以做他的随从，他

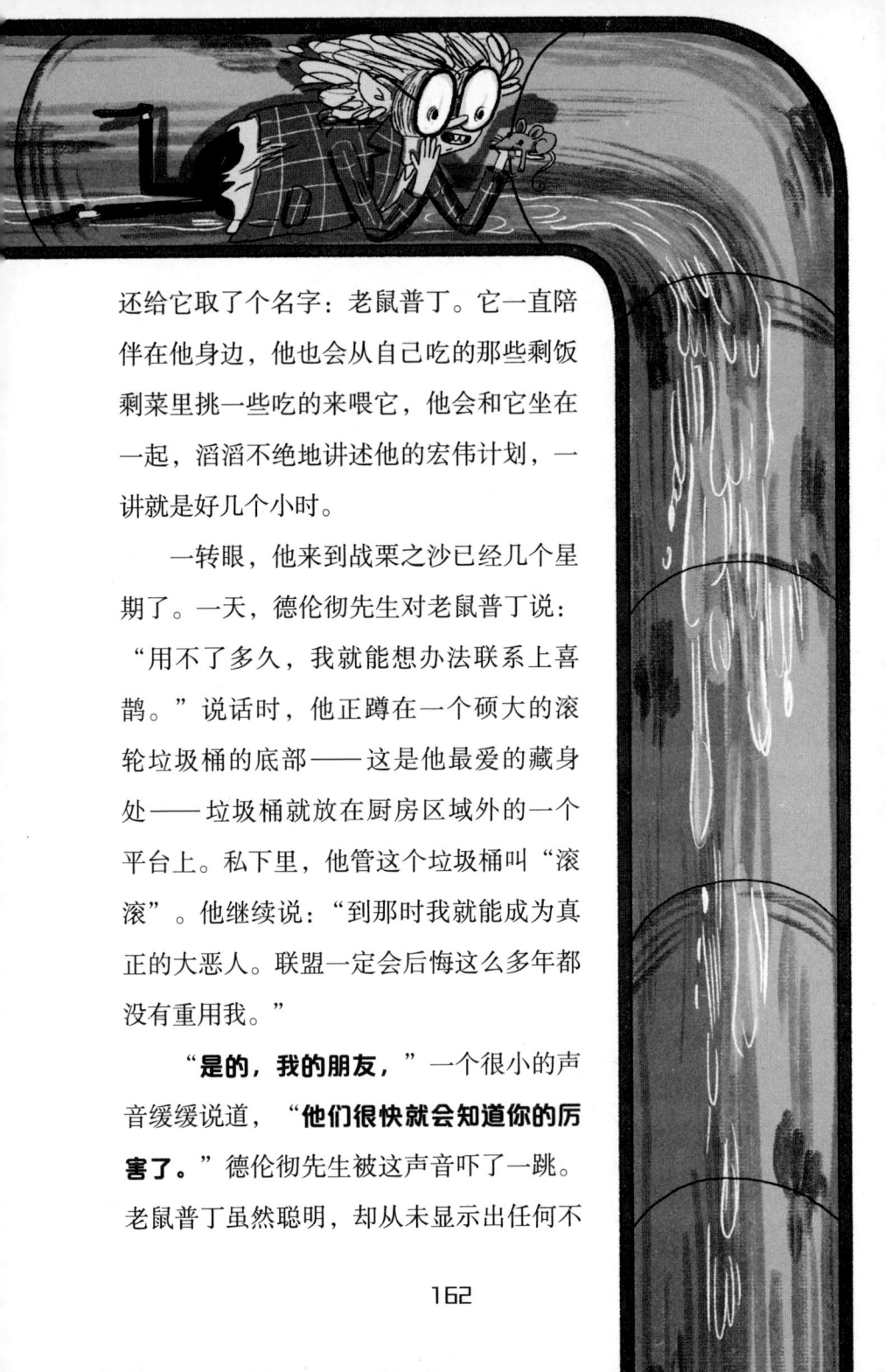

还给它取了个名字：老鼠普丁。它一直陪伴在他身边，他也会从自己吃的那些剩饭剩菜里挑一些吃的来喂它，他会和它坐在一起，滔滔不绝地讲述他的宏伟计划，一讲就是好几个小时。

　　一转眼，他来到战栗之沙已经几个星期了。一天，德伦彻先生对老鼠普丁说："用不了多久，我就能想办法联系上喜鹊。"说话时，他正蹲在一个硕大的滚轮垃圾桶的底部——这是他最爱的藏身处——垃圾桶就放在厨房区域外的一个平台上。私下里，他管这个垃圾桶叫"滚滚"。他继续说："到那时我就能成为真正的大恶人。联盟一定会后悔这么多年都没有重用我。"

　　"**是的，我的朋友，**"一个很小的声音缓缓说道，"**他们很快就会知道你的厉害。**"德伦彻先生被这声音吓了一跳。老鼠普丁虽然聪明，却从未显示出任何不同于其他老鼠的语言天赋。

"呃，是的，你说得没错。"他有些不确定地答道，"你竟然会说话，这我还真不知道。"

"说话的不是那只老鼠，"那个温柔的声音答道，口气却有些生硬，"说话的正是你一直在找的那个人。"

德伦彻先生眯起眼睛："喜鹊？"

"**是的，我的朋友。我能听见你说话。我知道你的计划。我能帮你！**"

"你会帮我成为真正的大恶人？"

"当然！我会帮助你实现你的终极使命。"

"我再也不是脓包一个？"

"**只要按照我说的去做，你就不用再伺候任何人了。**"

德伦彻先生的脑袋里冒出一个声音，它告诉他只有主人才会对自己的跟班说"按照我说的去做"，可是德伦彻先生充耳不闻。他觉得这是他的大好机会。

"当你的一部分超能力传给我之后，"喜鹊接着说道，"我们之间就有了一种很特别的联系。只有我能听到你在垃圾桶里的自言自语。而你……你就更特别了，你是这世上唯一一个能够听到我说话的人。怎么样，现在就开始部署我们的计划吧？"

在接下来的几天里，德伦彻先生把他掌握的关于英雄联盟、超级零蛋队还有学校的信息一股脑儿都告诉了喜鹊。喜鹊——这个聪明非凡却坏得超乎你想象的家伙——立刻意识到现在已经万事俱备,他策划了多年的计划马上就能付诸实践。这幅拼图里的最后一块已经到位。普通小子……他可以要求见一见这个普通小子。既然他没有超能力,说不定联盟会同意他的这个要求。

"差不多准备好了,马上就可以开始我们的计划。"一天(大约就在本书开篇的一周前),他对德伦彻先生说,"我的朋友,我需要你帮我跑趟腿,确保我的……事情……在这么长的时间里一直进展顺利。"

"没问题,主人。"德伦彻先生答道。他脑海里的那个声音又跳出来抱怨说,只有跟班才会称呼别人为"主人",可它又一次被噤声了。果然是江山易改,本性难移啊。

就这样,喜鹊派他的新晋仆人去执行一项特殊任务,确保他三十年前留下的那个巢穴依旧完好无损。当他知道一切都和他离开时一样,他马上表示要见普通小子。

现在,这个男孩带着他的那首特殊诗歌回到了学校,接下来,他需要做的就是等待。

就在墨菲和他的朋友们在遥远的ACDC不顾一切地拯救安娜贝尔的同时,这个大坏蛋再次召唤他忠实的仆人。

"您怎么知道那个男孩一定会帮您传递消息?"德伦彻

先生一边啃着一根已经发霉的鸡骨头，一边紧张兮兮地问道。

"我太了解这些英雄了。"喜鹊恶狠狠地说，"他们的好奇心会帮我们完成大部分工作，至于剩下的，就交给他那帮恪尽职守的朋友吧。我们进攻的时刻马上就要到了。"

德伦彻先生伸出一根手指头，将滴落在他左耳上的一滴冷粥抹去，然后飞快地插进嘴里。"马上要到了……"他兴奋地对老鼠普丁说道。他的这位朋友吱吱叫着，用一种看起来不怎么邪恶的方式蹭了蹭耳朵。"进攻的时候到了，是时候向众人展示我的新身份了。"

"**你的……新身份？**"下方的喜鹊问道。

"是的！我再也不是那个温文尔雅、性格温顺的德伦彻了！我再也不是大家眼中那个可怜巴巴的小跟班了。**从现在开始……我就是……厄运黄鼠狼！**"

"什么？"喜鹊的疑问戛然而止，很快，他就明白了。"是啊，是啊。厄运黄鼠狼！这名字棒极了！"他柔声细语地说道。

德伦彻先生窝在垃圾桶里，咯咯咯地笑了起来，然后，他用力地吐出嘴里的鸡蛋壳。"厄——运——黄鼠狼……"他得意扬扬地自言自语道，"以前的我什么都不是，就是个普通随从……现在，我是超级随从。"

13

斯卡斯代尔事件

突如其来的安娜贝尔人质任务,使超级零蛋队不得不推迟玛丽的储藏室搜索计划。

第二天,当他们走进ACDC时,福莱士先生再次邀请他们参与他的能力训练课,只不过,他的邀请显得勉强而生硬。

"今天早上,你们可以和其他人一起练原地开合跳。当然,我是说你们要是想做的话。"他对他们说道,语气平静得像换了个人。

"不了,谢谢您,福莱士先生。"玛丽轻快地答道,"我们今天帮您打扫储藏室,一定打扫得一尘不染!"说完,趁着福莱士先生没反应过来,她就拉着其他四个人推开门,走进了那间乱糟糟的储藏室。

"好了!"她轻轻地转动钥匙,锁好门以免再有人来打扰,"我们要找的是和喜鹊、贾斯珀爵士、时髦公子或失去超能力的人有关的资料。任何信息都不能放过!"说完，她拉开一个抽屉，搬出一个积满灰尘的文件箱，盘腿坐在地上，开始翻阅。

希尔达决定找个帮手，眨眼间，她的小马驹就开始在桌下和成堆的文件中飞快地穿梭起来。墨菲和内莉着手整理架子上的各色硬纸盒。

比利抓过一把扫帚，开始扫地。

"比利，我说的清理指的不是这个。"玛丽叹了口气，"这些文件才是重点。"

"噢，是的，对不起。"说完，他很认真地把扫帚放回到了门边的角落里，然后走回到玛丽身边，和她一起翻看文件柜里的资料。

就在他们埋头苦干、寻找资料的时候，墙的那边传来了急促的跑步声，还有福莱士先生那洪亮的叫喊声："动作快点儿！快动起来！如果这是实打实的任务，你们早就被绞成肉馅了！"很显然，即便没有他们，课程训练也会照样进行。

就在这时，远处角落的一个矮架子那儿传来了一声不大的嘶鸣声和窸窣的脚步声。希尔达的小马驹撞翻了一个硬纸盒，盒子里的东西撒了一地——一堆黑色的塑料方块儿，每个都和书本差不多大小，侧面都贴了个白色标签。

"**淘气的小马！**"希尔达责备道，"我们是来清理房间的，不是来捣乱的！"

玛丽快步跑了过去，仔细打量着事故现场，脸上竟浮现出一丝赞许。她弯下腰，用手抹了抹那些黑方块儿上的灰尘。

"这是什么？"墨菲问。

"不知道。"玛丽从地上捡起一个，翻来覆去地看了几遍。这东西的一面上有个透明的窗户，背后的那一面上有两个圆圆的白色小洞。她看了看标签。

"**《圣诞颂歌演唱会》——一九九二年爆炸牧羊人／激光耶稣乐队。**"她大声读出了上面的内容。

"这是老式录像带。"比利走到他们身边，说道，"我爸有好多这种东西。"

"我们怎么才能看到里面的内容？"墨菲问道，他弯下腰，捡起几盒。既然这是世界上最古老的录像带，那肯定只有世界上最古老的录像机才能放。

"那个可以放。"比利指着那台棕色的电视，兴奋地回答道。电视机下面放着一台看上去很有些年头的黑色机器。"我来找电线，看能不能把它和电视机连起来。"

"你快去啊，比利。快点儿！"墨菲催促。

"你干吗那么着急？"玛丽问，"你为什么这么急着看这个圣诞表演？"

"不是，"墨菲说，"我想看的是这个。"

他举起另一盒录像带，那上面的标签写着：**机密——斯卡斯代尔事件。**

在那排字下面，还有两个用钢笔写的字：**喜鹊。**

"哎哟！"比利正在整理乱成一团的电线，俨然一副拆弹专家的架势。顶着众人焦虑的目光，比利忙活了好一阵，这才向后退了几步，按下了录像机的播放键。

机器有了反应，发出铿铿的金属声。

"好了，给我录像带。"比利说。

墨菲伸手递给他，比利把它插进了那台老古董的嘴巴里。电视屏幕亮了，刺啦刺啦的声音随之响起，电视上的画面歪歪扭扭，等到终于聚焦时，屏幕上出现了两个字：

剧　终

"天哪，我们得把它倒回去。"比利说着，快步跑到那台机器前，按了几下那上面的几个按钮，电视里立刻传来了刺耳的声音。

超级零蛋队等得有些不耐烦。

"人们以前真的用这个来看电影？"希尔达有些怀疑，"这也太可怕了！"

所有人都觉得时间过得好慢，等了好久好久后，录像机里的铿铿声终于停了下来，变成了咝咝声。超级零蛋队的队员们纷纷拉了椅子过来，围着电视坐下。

这时的他们并不知道，自己马上会目睹英雄联盟历史上最黑暗的时刻。

电视上一片漆黑，过了一会儿，一个低沉的声音响起，那个声音用一种演员念台词的口吻缓缓说道：

（接下来你读到的这段内容会带有一点儿美国口音。如果你是一个美国人，只需大声读出下面的内容即可，但一定记得要压低声音哦。而且，一定要像上台表演节目那样读。）

　　现在是一九八八年，声音一定要低沉，极富戏剧性，就像上台表演一样，英雄世界遇到了有史以来最大的威胁。为此，一大批英雄齐聚在一起，共同对抗这个最危险的敌人。在此之前，英雄们一向是单打独斗的，凭一己之力捍卫正义，即使是联合出击也是小团体作战。然而此时此刻，他们面对的是一个极端危险的敌人，因此有史以来第一次，所有英雄一起出击。一场恶战在所难免……

　　"这也太刺激了！"希尔达向后一靠，倒在椅背上，惊叹道。

　　电视里的画面很模糊，很多噪声，像是用手持摄像机拍摄的。一群穿着奇装异服的人正在树林里奔跑着。

　　画外音响起：这是目前已知的关于英雄联盟的最早影像记录。那时候，所有人外出作战时都会变装，只是有些人……再也没能回来。

　　突然，画面里闪过一道光，镜头也随之倒向一侧，过了好一会儿才调正，似乎是拍摄者

自己摔倒了。泥土和火花如雨点般从天而降，镜头里的那些彩色人影纷纷就近躲到大树背后。

"我们遭到袭击了！"有人大叫，"进攻！超能力准备！"

"我怎么有一种不好的预感？"另一个声音警告说。

"先遣小组有消息吗？按理说这个时候他们应该回来了！"

"他们来了！"

两个缩着头、勾着腰的人从远处向这边跑来。其中一个身穿红色紧身服；被他搀扶着的那个同伴身材略矮小，身穿一套棕色的工装裤，垂着头，一边跑一边呻吟。

"他被击中了！"穿着红色紧身衣的男人气喘吁吁地说。

"那个声音是……没错！是苏博曼先生。"墨菲大叫一声。

是的，通过镜头画面，他们清楚地看到身穿红衣服的正是年轻时的校长。

"他扶着的是德伦彻先生！"玛丽跟着说道。

现在，我们看到的是阿尔法队长和他忠实的随从黄鼠狼——他们也是我们组织的创始人。联盟对这个有史以来最可怕的敌人展开了围剿，他们主仆二人就是这次行动的先锋。我们已经包围了对方的秘密基地——斯卡斯代尔采石场的废弃隧道。

"他早就知道我们要来！"阿尔法队长告诉其他人，"我们偷偷溜进采石场，好让黄鼠狼能偷听到一点儿线索。谁知就在我们靠近的时候，那种可怕的紫色闪电击中了他。闪电突然从隧道里射出来，让我们毫无防备。我用尽全力把他拖了出来，可是……他已经失去了部分超能力。"

"我的顺风耳！"那个小个子男人抽泣道，"你们怎么不冲过去支援我们？"

"一切都发生得太快了，我的朋友，我们根本就来不及思考。"阿尔法队长说，"我们已经无法出其不意地发动进攻了。现在，我们必须马上包围那里，以免他逃脱。进攻吧。"

所有英雄都冲了出来，沿着阿尔法队长来时的足迹向前奔去。录像带因为年代久远变得不太清晰，镜头也在不断地摇晃，但是墨菲在众人中看到了两个瘦瘦高高的女人的身影，他

觉得那两人看上去很像双子姐妹。

众人在林木线处集合，俯瞰前方那座大山。山坡中央有一块白色区域深深凹了进去，看起来就像个被咬了一口的绿苹果。那个凹口就是采石场，入口旁边还有一些陡峭的石阶。

"那里没有任何遮掩！"有人惊恐地说，"我们岂不是要坐以待毙？"

正是在这一天，英雄们第一次宣誓。为了扫除这个巨大的威胁，拯救英雄世界，这群出类拔萃的男人和女人立下了一个庄重的誓言。

"我们曾经宣誓，奋力斗争，不惧艰险，你们还记得吗？"阿尔法队长对他们说道，"恐惧是他最强大的武器。"

大家纷纷表态。

"我们一直追随你。"

"我们要奋战到底。"

"为了联盟！伙计们，冲啊！"

英雄们冲出树林，冲下满是石块的山坡，直奔采石场的入口而去。然而，就在他们冲向那个黑黢黢的入口的同时，可怕的事情接连发生。先是一连串爆炸在他们身边开花，紧接着，天空中出现了一道奇怪的拱形闪电,向他们这边逼近,闪电所到之处飞沙走石。一些英雄被强大的能量场炸得飞上了天,还有一些则骤然倒地,仿佛撞上了一堵看不见的围墙。最奇怪的是,许多巨大的岩石居然从坡下逆向而行,直奔山上的他们而来,一路势不可挡,任何挡在它们面前的障碍物不是被撞飞,就是被压得粉碎。

"是喜鹊,他使出了他所有的超能力!"希尔达倒吸一口气说道。

英雄们的确立下了"奋力斗争,不惧艰险"的誓言,画外音响起,可是,他们要对抗的盗匪也下定决心决不心慈手软。这个敌人名叫喜鹊。

超级零蛋队的队员们相互对视,所有人都瞪大了双眼。

喜鹊的超能力很特别,也很恐怖——他可以偷取其他人的超能力。

凭着强大的意志力,一些英雄一路猛冲,终于到达了采石场底部。镜头也随之拉近,原来岩石上那一个又一个的黑洞就是隧道的入口,其中最大的那个入口被两扇厚重的金属大

门封死了。

突然，一道紫色闪电划过，只听得一个巨大的撞击声，大门瞬间坍塌。在一阵吼叫声和爆炸声中，身着艳丽服装的英雄们冲了进去。

"注意那个闪电！"墨菲听到有人大叫一声。

"一定要小心！所有逃生通道都必须有人把守！"另一个人叫道。

镜头一转，阿尔法队长蹲在山坡顶部，坐在他身边的正是愁眉苦脸的黄鼠狼。队长搂住老伙计，拍了拍他的肩膀。其他几位英雄站在他们身边，每个人的眼睛都盯着下方的隧道入口。

不时有爆炸声从下面的采石场传来，每当爆炸声响起，镜头都会随之猛烈地摇晃，紧接着，画面里就会出现四溅的碎片，且隐约有闪电闪过。有那么一小会儿的工夫，摄像头高高仰起，灰色的天空中划过一道与众不同的蓝色印记。墨菲和玛丽对视一眼。他们知道只有一种交通工具可以制造出这种行驶轨迹——女妖。很显然，蓝色幽灵也加入了这场战斗，他俩很努力地在画面里寻找她那标志性的灰蓝色的盔甲，却一无所获。

这时，画面里传来另一个巨大的爆炸声。

"他来了！"一个女人大叫道，一连串惊恐的叫喊声接连传来。

镜头里的画面静止了，画面里多了许多雪花点。

几秒钟后，镜头重新聚焦，山坡下的隧道里冒出了黑烟——洞口的地面上躺着好几个人。一个被电火花包围的黑影沿着岩石遍布的山坡飞也似的冲了上来，速度快得超乎寻常。那人正是喜鹊。那些能够站立起来的英雄全都以最快的速度冲上去，试图阻止他。

喜鹊残忍无情，画外音说道。为了逃避新近成立的英雄联盟对他的制裁，他可以不惜一切代价。就在刚刚，他实施了一次耸人听闻的邪恶行动。他运用自己所有的超能力使整个地区发生大爆炸，而这时，许多勇敢的英雄仍在隧道里搜索他的踪影，斯卡斯代尔采石场顷刻坍塌，将那些英雄永远埋在了地下。

超级零蛋队的队员们全都瞪大眼睛望着屏幕，一言不发，电视画面上的蓝光映亮了他们每一个人的脸颊。希尔达伸出手，拍了拍墨菲的肩膀。

眼看着整座采石场轰然坍塌，所有人都一

脸惊恐。要不是因为这段影像年代久远，十分原始，他们一定以为看到的这一幕是特效画面。一团巨大的尘土腾空而起，如蘑菇云般向四面八方散开。

在烟尘弥漫开来前，墨菲看到采石场的另一侧似乎有事发生。喜鹊的黑色身影已经抵达山顶，追赶他的英雄们也都渐渐靠近。只见一个人影稍稍靠近一点儿，就立刻被那团紫色的火焰包围，倒在地上。覆盖在他身上的诡异光芒尚未散去，他就被缓缓抬起，然后飞向采石场一侧，仿佛有一只无形的大手将他托起，用力甩向一旁。

"贾斯珀爵士！"墨菲惊叫道，"喜鹊抢走了他的超能力，然后将他丢了下来！"

"所以他的腿才会变成现在这样！"玛丽大叫。

四散的尘土挡住了他们的视线，但透过烟尘，他们依稀可以看到又有不少紫色的闪电球飞过，击倒了更多的英雄。就在喜鹊的影子彻底被尘土挡住前，他们看到一个巨大的身影从后方跳到了喜鹊面前，将他击倒在地。

英雄们将这天发生的一切称为斯卡斯代尔事件。许多英勇的人倒下了，再也没能站起来；更多的人失去了自己的超能力。不过，正是因为有了他们的牺牲，我们最终将喜鹊绳之以法，送上了审判庭。我们拍摄这部影片就是为了提醒所有人，只有团结一心，英雄世界才能得以延续，才能有机会发展壮大。这也是英雄联盟成立的宗旨。

最后，他们看到了一开始出现在屏幕上的那两个字：

剧　终

房间里安静得可怕。震惊万分的超级零蛋队队员们望着彼此,谁都不知该说些什么,直到录像机里发出咔嗒一声,那卷录像带开始自动倒带,低沉的卷带声随即响起。

"喜鹊……他杀死了那么多英雄!"希尔达很小声地说道,话音里满是恐慌。

"怪不得现在谁都不愿提起这件事……"墨菲说,

"贾斯珀爵士、苏博曼先生、德伦彻先生——那一天,他们一定失去了很多朋友。"

"当时,芙洛拉也在,"玛丽说,"还有卡尔。还记得吗?昨天在卡尔的车间里,他甚至都不想让她听到喜鹊的名字。不知道他们失去了什么……"

墨菲也在想这个问题,与此同时,他也回想起了上周在监狱里看到的那个驼背弯腰的老头。意识到对方竟有如此强大的力量后,他打了个哆嗦。

弗林特小姐站在她位于战栗之沙的办公室里,凝视着窗外那片灰色的大海。她一只手漫不经心地拨弄着那台小哈罗机,心里却反复琢磨着普通小子探访喜鹊的那件事。

起初,她觉得此事平淡而单纯,并没有多想。虽然毫无收获,但只要那个男孩能保守秘密,她也没有任何损失。然而,自从那天之后,尽管她每天都要处理英雄联盟的各项日常事务,十分繁忙,但是始终无法忘记那首愚蠢的诗歌。诗中的字句就像那些口水歌一般,明明很惹人烦,却始终挥之不去。

三是愤恨,四是忧伤。

门口传来了轻轻的敲门声,一个有气无力的声音飘了进来:"收垃圾!"

"来吧！"弗林特小姐干脆地答道。和很多管理者不同，她没有太大的架子，所以并没有一板一眼地说"请进来吧"。

一个穿着邋遢的小个子男人推门走了进来，他身后还拖着一个大大的金属垃圾桶。

"垃圾桶在那个角落。"弗林特小姐不假思索地对来人说道，说话的口气就像是在告诉对方"加快速度，我很忙"。她指了指一个小垃圾篓，就转过身，继续望着窗外的海浪。

"很好……"那个小个子男人缓缓走向角落。

就在他向角落移动的同时，弗林特小姐突然闻到一股恶臭。那气味十分刺鼻，仿佛有人从垃圾桶里舀了一勺泔水，然后将它蒸馏浓缩，最后像喷香水那样，将它洒在了身上。她抬手，捂了一下口鼻，心里盼望这个垃圾工人能够赶紧完成任务，离开这里。

"我把它放那儿了。"那个男人像唱歌一般，抑扬顿挫地说道，"这个嘛……**就放在你的脑袋上！**"

这话听起来真奇怪，弗林特小姐心想，可是还没等她转过身，那个大大的金属垃圾桶就砰的一声，砸在了她的脑袋上。

"怎么回事？"她刚发出一声大叫，更大的撞击声随即响起。原来是散发着恶臭的德伦彻先生跳到了桌子上,还像芭蕾舞演员那样来了个单脚尖旋转,最后,他用尽全身力气踹了一脚那个罩在弗林特小姐头上的大垃圾桶。弗林特小姐晕倒了。

"**太好了!哈哈哈哈哈!胜利!厄运黄鼠狼再次出击!**"德伦彻先生自顾自地大叫着,那疯狂的劲头像极了刚下完蛋的老母鸡——只不过,严格来说,他之前并没有出击过。不过,相对于"厄运黄鼠狼首次出击"来说,"厄运黄鼠狼再次出击"这话听起来似乎更拉风,更像个坏蛋。

他轻轻一跳,落在垃圾桶盖上,一边用拳头捶着垃圾桶,一边叫嚣着:"**厄运,厄运,厄运,黄鼠狼,黄鼠狼,黄鼠狼!**"那架势活脱脱就是个得了狂躁症的臭猴子。

就在他敲桶的间隔,厄运黄鼠狼瞬间听到了从海底深处传来的喜鹊那低沉而沙哑的声音:"干得漂亮,德——哦,我想说的是……厄运黄鼠狼。现在,我的朋友,带她来见我。快!我们必须尽快实施我的计划!"

"决不辱使命!"德伦彻先生慌忙地答道,赶紧从垃圾桶上跳了下来,推着大圆桶向门口走去。"**因为我是厄运黄鼠狼!我出手了!命中目标!一击即中!**"

在海底深处,喜鹊翻了个白眼,只不过,他身边一个人也没有,所以谁也没看到。

等到弗林特小姐醒来时,她只觉得头痛不已,耳朵里还嗡嗡作响,那感觉就像是她刚参加完一个人声鼎沸的派对,而且还正好站在音响附近。说得更确切一点儿,那就是她刚被一个垃圾桶砸中了头,一个长得像黄鼠狼的疯子还朝那个垃圾桶踢了一脚,并挥舞着拳头敲了半天。

她想弄明白自己这是在哪儿。光线很昏暗,而且还泛着幽幽的绿色,她躺在一块又冷又湿的石头地上。

"**欢迎欢迎。**"一个听起来有点儿陌生的声音从下方传来。

弗林特小姐不由得打了个哆嗦。这个声音说话的语气阴森森的，让人不寒而栗。她使劲摇了摇头，想让一片混沌的大脑清醒过来，之后，她睁大眼睛向昏暗处望去，只见一个衣衫褴褛、面色苍白的黑衣人就坐在她下方。

她立刻惊恐万分地坐了起来。

"喜鹊！"警惕使她略微有些失声，"怎么……我怎么会在这儿？"

"你该担心的可不是你怎么会在这儿。"喜鹊一边说着，一边大踏步地向她走来，"真正让你感到害怕的是你为什么会在这儿。"

弗林特小姐听到头上传来了摄像头旋转的声音。她稍稍舒了一口气，至少看守喜鹊的安保系统仍然运转正常。况且，她看得出来喜鹊的行动范围仍然局限在底层那个白色的安全圆圈内。然而，当她把手伸进口袋想拿出哈罗机求助的时候，她瞬间瞪大双眼，眼神中充满了惊恐。口袋里有东西，但绝对不是那台可以用来通话的金属仪器。她立刻抽出手，结果发现手里拿着的是一个已经发黑了的烂土豆，上面不仅长出了小绿芽，还渗出了脏兮兮的黏液。

"**你在找这个吗？**"另一个沙哑的声音传来。

一股极其难闻却有点儿熟悉的气味飘进了弗林特小姐的鼻子里。她扭过头，看到一个身材更矮小的男人站在石头台阶的最上面那层。他双脚交替地向前蹦着,同时高举哈罗机,向她挥了挥,得意地说道:"成功了!成功了!我一下子就干掉了好几个英雄!因为我就是厄运黄鼠狼!最邪恶、最强大的英雄!"

"是你把这个恶心的土豆放进我的口袋里的?"弗林特小姐一脸嫌弃地问道。

"就算是我给你的小纪念品吧。"厄运黄鼠狼还在那儿炫耀手里的哈罗机,根本顾不上她,叽里咕噜地答道。谁知话音刚落,他那双沾满了垃圾黏液的滑溜溜的手就差点儿弄掉了那台金属仪器。

"小心点儿,你这个白痴!"喜鹊恶狠狠地训斥道。不过,他很快就换了副口吻,因为他知道要想计划顺利进行,他仍然需要这个神经兮兮的"烂土豆"的帮助。"记住……我亲爱的朋友,别让我们的计划功亏一篑。现在,把那个东西扔给我,让这些……哼!所谓的英雄看看,到底是谁说了算。"

听到自己被叫作白痴,厄运黄鼠狼不免有些沮丧,但当他听到英雄们马上就要遭殃的时候,他立刻又振奋起来。"乐意效劳。"说完,他就将哈罗机抛给喜鹊。喜鹊身手敏捷地接住了仪器,立刻开心地大笑起来。

弗林特小姐挣扎着想站起来,只可惜刚刚被释放——

当然，如果你非要实话实说，我们只能说刚刚被人从垃圾桶里拎出来——她依旧头晕目眩，全身无力。

"我待会儿再来处理你。"喜鹊不屑一顾地说道，"首先，我们需要……打造一个公平的竞争平台。你掌控全局的时间稍微长了一点儿。一切都还在按照老一套的规矩运作。我想，是时候把英雄联盟的指挥权交给真正的领袖了。这个人要对自己所拥有的强大力量有着非常深刻的认识。"

厄运黄鼠狼兴奋地拍起了手，一边拍还一边蹦，咯咯地笑着说："他说的就是他自己！"

"她知道。"喜鹊没好气地说，不过，和刚才一样，他刚说完就收敛了脾气。他需要集中精神办好眼下这件事。为了这一刻，他筹谋了几十年。

他一只手举着哈罗机，另一只手伸出一根手指，直指那台机器。伴随着刺啦刺啦的声音，机器周围出现了细小的紫色闪电，机器随之飘了起来，并开始在空中转圈，且越转越快，最终完全陷入一团跳跃的紫色光网之中。全神贯注的喜鹊仿佛成了一尊雕塑，面部表情完全凝固，就连目光都呆滞了。

过了好一会儿，紫色光网消失，哈罗机落回到他伸出的手掌里。和之前不同的是，原本绿色的屏幕此刻却闪烁着恐怖的紫色光芒。

"哈罗系统是我们的啦！"厄运黄鼠狼欢欣雀跃地大叫，"我们可以联系英雄！召唤他们！或者，我们可以弄清楚他们都在什么地方！整个英雄联盟都是我们的啦！"

"你说得太对了，我的朋友。"喜鹊深沉地说道。"既然如此，我很抱歉地通知你，"他的目光落在了弗林特小姐的身上，"你已经没有任何价值了。"

他举起双手，不怀好意地向她指去。只听到弗林特小姐一声尖叫，一张紫色的光网就将她团团围住。

［未完待续，下册更精彩］

没有超能力的超级英雄 2

(下)

[英] 格雷格·詹姆斯 / 克里斯·史密斯 文
[西] 艾丽卡·萨尔塞多 图
王甜甜 译

KID NORMAL
二十一世纪出版社集团
21st Century Publishing Group

14
纪念碑

"你们觉得，采石场爆炸的时候，有……有多少英雄还在里面没跑出来？"希尔达很小声地问道。

"呃，我们都看到了，有很多人冲进了采石场，记得吗？"墨菲很严肃地回答道。希尔达伤心地摇了摇头。

放学了，超级零蛋队的五名队员沿着走廊向大门走去。今天的值班老师是德博拉·拉明顿，此时，她就站在大门口，警惕地注视着不断涌向大门的学生，目送着他们迎着下午的阳光，走出校门。玛丽稍稍抬手，和她打了个招呼。

"斯卡斯代尔那件事，我有点儿想不明白，"她对朋友们说，"喜鹊的那首诗会不会和那天牺牲的英雄有关系？我们一定漏掉了什么……"

"你们准备去干吗？"德博拉问他们，"一看你们的表情就猜到你们在搞事情。"

墨菲留意到她今天穿得和平时不大一样，她没穿常穿的那件带流苏的皮夹克。

"这件毛衣很好看。"他微微一笑,说道。

"嗯,你真这么觉得吗?"德博拉答道。"我其实并不确定这么穿合不合适。我就是想让自己有点儿老师的样子,或者说,更像老师一些……不过,我其实不喜欢这种衣服。"她接着说道,"你们怎么会说起斯卡斯代尔?"

玛丽的脸红了。她知道一定是她刚才说话太大声了。"噢,我们刚在一……一卷旧录像带上看到了这个名字。"她答道,结果却引得对方更感兴趣了,"你听说过这个名字吗?"

"一卷录像带?那是老古董啊!"德博拉说,"我还以为你们肯定早就看到了,就写在小树林里那个旧石碑上。"

超级零蛋队的五名队员听后,个个心里乐开了花,这不正是他们调查需要的新信息吗?可他们表面上还得装出一副不在意的样子。然而,内莉没忍住,一把抓过比利的胳膊,把他吓了一跳,希尔达也情不自禁地跳了起来。德博拉好奇地望着希尔达。"你们几个今天怎么怪怪的?"她慢慢问道。

"她就是这样。"墨菲伸出拇指,指了指满脸堆笑,而且笑得特别无辜的希尔达。"呃……你说的那个碑,我有点儿感兴趣。你也知道,我喜欢纪念碑之类的建筑,算是我的一点儿小爱好吧。等我有时间了,我一定要去瞧瞧。你刚才说它在哪儿?"说着,他扬起眉毛,努力让自己看上去自然一点儿,却偏偏事与愿违,此刻的他看上去活像个立在针毡上的大气球。

"我和德克想找个没人的地方训练,结果发现了那块碑。"德博拉答道。"就在那后面,栅栏旁边。不过,那个地方可不是你们能去的。"她指了指学校后面的运动场,"噢,作为老师,我是不是不该跟你们说这些?"

"不,不,你说的很有意思。"墨菲尽量用最平静的语气说道。"等哪天要去的时候,我们一定会征求学校的同意。不急。好了,很高兴见到你。我们要走了。哦,等一下,我好像把书包落在教室里了。"他冲其他人做了个手势,"你们陪我一起回去拿吧,怎么样?"

"你的书包不就在你手里吗?"德博拉说。

"哦,我说的是另一个包。"墨菲边向后退边说道,"我的……我的针织包。我的另一个小爱好,我喜欢织东西。拜!"

"**针织包?**"走到没人能听到他们说话的地方后,玛丽大声问道。

"我刚才吓坏了!"墨菲说,"我想不出其他包了。"

"运动包?"玛丽建议说,"饭兜?睡袋?"

"好啦，别再马后炮了，你说的这些都比我的针织包强。"墨菲恼羞成怒，没好气地说道，"到此为止，换个话题，行不行？这可是个大线索！学校里有块写着斯卡斯代尔的石碑，这一定是为了纪念那些逝去的英雄才建立的。快走！"

学校后面小树林里的林荫小路早已染上了秋天的色彩，红色和金色交相辉映。他们沿着小山坡，踩着落叶和嘎嘣脆的七叶树果壳，一路向下走去。不久，墨菲就在左边瞥到了一抹银色——那是阳光照到卡尔小屋后的那个池塘上，折射之后发出的粼粼波光。墨菲甚至看到有缕轻烟穿过树叶缝隙，飘向空中。卡尔在抽烟斗，他在心里猜测道，脑海里随即浮现出一幅恬静的画面：这位老校工一定像往常一样，躺在他最喜欢的帆布躺椅上，心满意足地凝视着平静的水面。

不过，今天他们要去的不是卡尔的小屋。超级零蛋队对那附近的树林相当熟悉，却从没见过任何类似于纪念碑的东西。

在玛丽的带领下，他们顺着山坡，向着与卡尔小屋成对角线的那片极其茂密的树林跑去，那也是整个小树林里最不好走的一片区域。在树林里没路找路，走了一阵后，他们走到了一排木栅栏跟前，栅栏的木桩之间还挂着许多小标志牌，上面写着：**禁止入内**。

"如果凡事都按指示牌说的去做,这世上就没英雄了。"墨菲轻声说道,同时翻过了栅栏。虽然这里除了他们,一个人也没有,但不知为何他总觉得不宜大声喧哗。这里很安静,安静得让人有些害怕。

其他人也跟着翻过了栅栏,在树丛中继续向前走去。不一会儿,他们就看到一条很窄但维护得很好的小径。他们几个沿着小径继续往前走,很快,一片不大的林间空地出现在他们面前。空地上,一行行灌木整齐地排列着,枝杈上开满了深紫色的花朵。几只小蝴蝶正围着花朵飞舞着。

空地的正中央有一块高高的灰白色石碑,石碑顶部立着四尊保持战斗姿势的英雄雕像,石碑四周的草坪修剪得很整齐。尽管距离石碑还有些距离,但他们很清楚地看到石碑上——就在英雄雕像的正下方,雕刻着五个醒目的大字:**斯卡斯代尔**。

他们缓缓走向石碑,墨菲留意到石碑的四面都刻满了英雄的名字,基座上还刻着一行大大的铭文。他绕着石碑走了一圈,边走边念:

谨以此纪念奋力斗争、不惧艰险的朋友们。
英雄永垂不朽。

"我们猜对了！这有一块纪念碑！"他对其他人说，"这上面还刻着那些英雄的名字……他们参加了抓捕喜鹊的战斗，却再也没能回来。"

玛丽面色凝重，按照从上至下的顺序，开始念名字：

"亚当斯·约翰，代号凛冬；安德森·维多利亚，代号獾女孩……"

她还没念完，一个突如其来的声音把所有人都吓了一跳。

"你们几个在这里干吗？"

他们惊讶地扭过头，看到卡尔从他们后面走了过来，手里还拿着一束鲜花。看到他脸上的表情，墨菲突然觉得心里一阵刺痛。他还从没见过卡尔如此难过的样子。

"你们不该来这儿，就这么简单。这可不是个胡闹的地方。"几分钟后，卡尔开口说道，他带着他们走进自己的车间，关上门。他脸上的表情已经由最初的悲伤变成了愤怒："去那个地方必须心怀敬意，而且那里不让人靠近也是有原因的。"

墨菲怯怯地抬起头，望着他说道："对不起，卡尔，我们只不过想——"

卡尔打断他的话："发生在斯卡斯代尔的事件可怕而惨烈。愿意说起当年那件事的英雄寥寥无几。在那场战斗中，我们损失惨重。"

"可是，为什么要禁止人们靠近那块纪念碑呢？"玛丽试探性地问道。

卡尔望着她，脸上流露出一种"别再逼我"的表情。"因为不能靠近。明白了吗？"他斩钉截铁地说道，"坦白说，这和你们没有任何关系。过去的事情就让它过去好了。"说到这儿，他顿了顿，随后，他长叹一口气："你们最近是怎么回事？言行举止都很奇怪。一开始，你们说起了失去超能力的事情，还提到了喜鹊。现在，你们竟然偷偷去找斯卡斯代尔纪念碑。"

"斯卡斯代尔？"隔壁车库传来了芙洛拉的声音，听起来她既惊讶又害怕，"你们为什么要说起这个？"她推开门，走进来，手里还拿着一把扳手。

"他们几个去英雄纪念碑了。亲爱的，天知道是怎么回事，"卡尔答道，"还一直问我以前的事情，还问起了……他。"

"喜鹊？"芙洛拉说话的声音很小，"你们怎么会问起他?他好好地被关着呢——已经被关了很多年了。你们不用担心。"

"这个嘛——我还是忍不住会担心。"墨菲不禁涩涩地说道。

"为什么?"芙洛拉说,"他已经消失了,只留在记忆里。他已经成了历史。"

一时间,墨菲思绪万千。他太想让超级零蛋队完全凭借自身实力来解开这个谜团,从而证明自身的价值。他曾经在弗林特小姐的要求下发誓,一定会保守秘密。之后,随着他对喜鹊的调查不断深入,他对喜鹊制造的破坏事件的了解也不断加深,他越来越觉得自己的确应该保守这个秘密,从而不让老一辈英雄忧心。然而现在,他面对的是卡尔和芙洛拉,他们是朋友,如果对他们撒谎,他一定会难受死的。

他深深地吸了一口气,然后从嘴里吐出来,嘴唇被气流震得发出了一连串的嘟嘟声。他望向玛丽,想征询她的意见,玛丽点了点头。

"我去见过他。"墨菲轻声说道。

"**你说什么?**"卡尔大吼一声。

"我去见过喜鹊,在战栗之沙。"

芙洛拉朝他们走过来,脸上的表情十分严肃,却也很悲伤。"好吧,墨菲,我们需要知道事情的来龙去脉。"说着，她瞟了一眼卡尔，"把一切都告诉我们。"

墨菲再次将目光投向那个距离他最近的顾问，玛丽点了点头。

就这样，他把自己前往战栗之沙，去海底监狱探访喜鹊，以及超级零蛋队调查喜鹊历史的事情一五一十地告诉了卡尔和芙洛拉。

墨菲讲述时，芙洛拉始终目不转睛地望着他。等他说完后，她吸了一口气，似乎在斟酌自己要说的话，最终，她勉强挤出一个微笑。

"啊，你们要担心的事情还真不少，是不是？"她说，"你们想打败喜鹊，拯救世界，还不能让世人知道。听我说，"她咽了口口水："你们并不需要将这个世界从他手里拯救出来。这件事在很多年前我们就已经做完了。"

芙洛拉的反应让墨菲有些惊讶。看着她平静地说着这一切，脸上的表情却越来越苍白，墨菲不禁觉得芙洛拉口是心非。

"不管怎么样，芙洛拉能把这一切都告诉你们，我舒服多了。"卡尔平静地说道，"很抱歉我们之前一直瞒着你们。"

"至少和我们说完后，你们也可以安心了。这就叫团队合作，对不对？"她又瞟了一眼卡尔，接着说道，"现在，能给我们看看你刚说的那首愚蠢的诗歌吗？"

墨菲从口袋里掏出一张纸。"弗林特小姐认为这不过就是一首改编过的童谣。"他对芙洛拉说道，同时把那张纸递给她，"也许，她是对的。"

芙洛拉眯起眼睛，一边看，一边默念着那首诗歌。"这上面写的的确不知所云，"她对他说，"但我们可以很肯定地告诉你们或任何人：从喜鹊嘴里说出来的绝对不会是好消息。好了，你们赶紧把他忘了。这是处理他的最佳方法：眼不见为净——彻底清除。"说完，她将那张纸揉成一团，突然一转身，走向隔壁的车库。

"好吧，再见。"超级零蛋队也准备告辞了，临走前，墨菲有些尴尬地与卡尔道别。然而，这位老校工不知在想什么，什么也没说，只是机械地冲他们摆了摆手。

15
破解密码

那天晚上，墨菲失眠了。他睁着眼睛直到清晨，内心备感煎熬，仿佛一个被置于火上的炖锅。等到天亮的时候，这锅连他自己都讨厌的菜已经可以出锅了，临出锅前还撒了把内疚的小面团。他的调查不仅惹得卡尔和芙洛拉伤心，还让他们回忆起了一些他们显然不愿再想起的痛苦往事，这让他很难受。而且，他觉得自己简直蠢到家了——满脑子就想着怎么证明自己没有辜负联盟的嘱托，却根本没想过这样做会伤害身边的朋友。

看起来，超级零蛋队的队员们似乎全都默契十足。第二天早上，当墨菲走到学校门口时，他发现玛丽、比利和希尔达已经在等他了，而且每个人眼睛下都挂着同款眼袋。趁着还没上课，他们一起向校工的小屋走去。超级零蛋队想郑重地向卡尔和芙洛拉道歉，尽可能消除这件事的消极影响，并向他们保证再也不会提任何让他们难过的问题。

"有点儿不对劲。没有烟。"走近小屋时,玛丽瞟了一眼屋顶的那根小烟囱,立刻说道。

"卡尔!"墨菲很用力地敲门,同时大声喊道。里面静悄悄的。"我去后面看看。"他对其他人说,然后就沿着屋子旁边的小路一溜烟跑进了山坡下的树林里。那条小路绕着小木屋一直延伸到屋子后面的木栅栏。

可是,卡尔也不在那里,他的帆布躺椅折叠得整整齐齐,靠在墙边,并不像以往那样,撑开放在老地方。墨菲走上台阶,想从后门那儿探听里面的动静。

就在他准备把耳朵贴到门上的时候,那扇门突然开了,他猝不及防,一个趔趄向前倒去,摔了个狗啃泥,只不过,他啃到的是一双脏兮兮的运动鞋。他认得那是希尔达的鞋,出来开门的正是她,比利和玛丽跟在她后面。

"你们怎么进去的?"墨菲吐出了被他咬在嘴里的鞋带,连滚带爬地站起来。

"门是……开着的。"

"屋子里没有人?"墨菲不解地问道。

"没有,除非他们打算和我们玩捉迷藏。"比利爽朗地答道,"不过,这个游戏对他们来说可能太幼稚了,而且他们一点儿都不会玩。他们不该两个人一起藏起来。"

"比利,你就别废话了。"玛丽说道。

"你们去车库看了吗?"墨菲问,"说不定他们又去修理女妖了。"说完,他飞快地跑到车间的那扇大门前。

可是,当他用力推开门后,出现在他们面前的只有一片沾满油渍的空地板。

停在车库中央的女妖不见了——内莉坐在原来停放女妖的地方,一头长发遮住了她的脸。她手里还拿着一张小字条。

看到墨菲走进来,内莉慢慢地站起来,什么也没说,只把那张字条递给了他。

墨菲大声地读出了上面的内容:

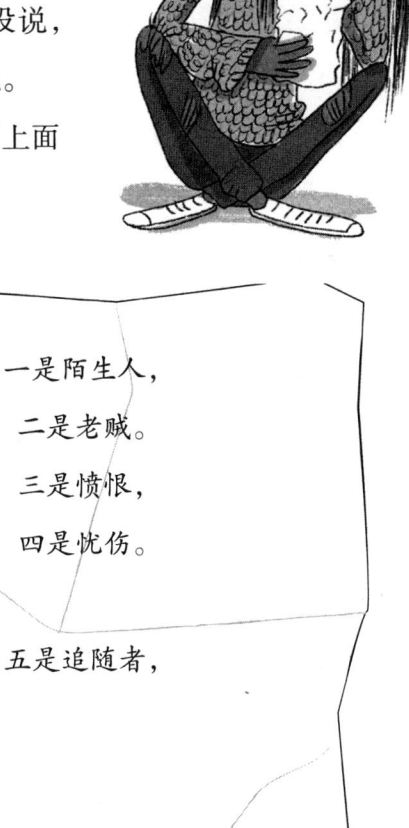

一是陌生人,
二是老贼。
三是愤恨,
四是忧伤。

五是追随者,

四是朋友,

一个寻找,

三个结局悲惨。

四是她摔倒了,

三是她飞走了。

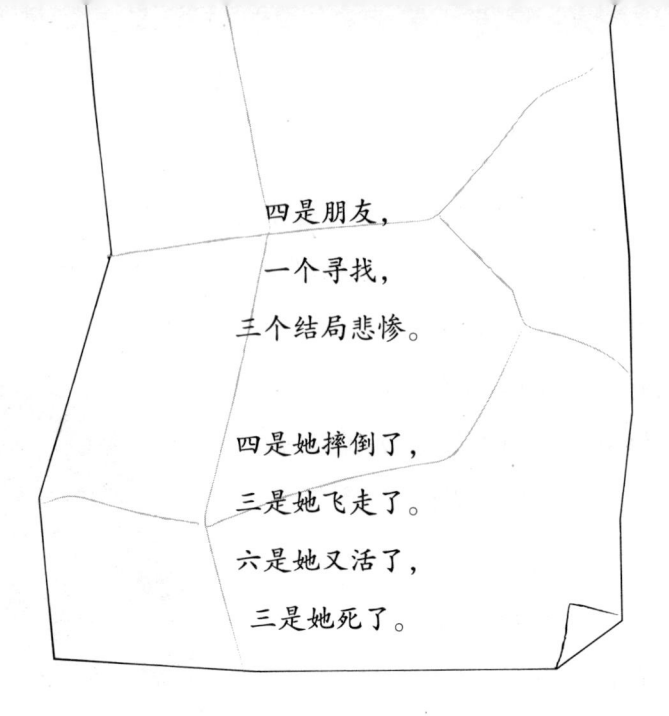

六是她又活了,

三是她死了。

"是喜鹊留下的信息!"墨菲说,"芙洛拉并没有把它扔掉。"

"现在,"玛丽接着说道,"她不见了!"

"我不明白,"希尔达说,"芙洛拉不是说这没任何意义吗?"

"嗯,也许她说的是实话。"比利说,"她和卡尔刚刚修理了女妖,也许只是为了测试修理好了没有。"

"不。"一个很小的声音从他们背后传来,说话的正是内莉。

墨菲万分惊讶地望着她。

"不!"她又说了一遍,话语中的焦虑溢于言表。看到她的眼泪夺眶而出,墨菲更惊讶了。"不,不是这个。

卡尔答应过我，等女妖修好了，他第一次开出去的时候，一定会带上我。我们说好了，我坐他的副驾驶座。他绝不会食言。"内莉越说越伤心，语速也越来越快，"也许，这只是我的一厢情愿？他会食言吗？不！他不会的！我想，喜鹊留下的信息一定是针对卡尔和芙洛拉的，现在他们不见了，天知道他们去哪儿了，他们没有告诉任何人，也不想让别人知道。我只希望他们没事……"

墨菲看得出来，内莉已经伤心到了极点——这绝不仅仅是因为那些源源不断涌出，却又被她不断擦去的眼泪。自打去年他们成为朋友以来，在这一年多的时间里，内莉说过的所有话加起来也没有刚刚她坐在那儿说的多。

内莉的一席话仿佛当头棒喝，令墨菲瞬间意识到，她说得没错。无论芙洛拉和卡尔去了哪儿，他们都一定走得很急，而且是秘密行动。这件事一定很重要。

"那么……他们从喜鹊留下的这首诗里到底发现了什么？"希尔达问，"这首诗是什么意思？"

玛丽一脸严肃地望着她。"这正是接下来我们必须想尽一切办法弄清楚的。"玛丽答道。说完，她扫了一眼，身边的同伴们个个一脸焦虑。"而且越快越好。谁会知道卡尔和芙洛拉现在在哪儿呢？"

超级零蛋队回到卡尔那个已经空无一物的车间里，纷纷拖了椅子过来坐下，所有人都凝视着那张皱巴巴的字条。

"愤恨……忧伤……"希尔达默念道，"我们知道，喜鹊已经制造了许多愤恨和忧伤。可他最后那段指的是谁？四是她摔倒了，三是她飞走了？他说的是芙洛拉吗？"

"可芙洛拉不会飞，"比利打断她，"她只会隐身。"

"我希望他说的不是芙洛拉。"墨菲的话语中充满了担忧和害怕，"你们看最后那句——六是她又活了，三是她死了。"

他们一言不发地望着彼此，就好像喜鹊已经从海底监狱里逃了出来，抓走了他们的好朋友。

"那些数字呢？那是标号吗？"比利像想起了什么似的，突然说，"你们看它们的顺序：第一段分别是一、二、三、四；第二段是五、四、一、三；第三段是四、三、六、三。会不会是一种排列组合或别的什么？"

"还有每行最后那个词？"希尔达也跟着说道，"陌生人、老贼、愤恨、忧伤；追随者、朋友、寻找、悲惨；摔倒了、飞走了、活了……"

"死了。"墨菲沮丧地说出了最后那个词，"我们得弄明白这到底是什么意思。"

"可如果这真的是一件非常危险的事情呢？要是这是他故意设的陷阱呢？"比利问道。

"就是因为这样,我们才必须弄清楚他们去哪儿了,"墨菲说,"然后再去找他们。"

超级零蛋队太想找出答案了,为此,他们甚至还去问了给他们上能力训练课的福莱士先生。他们积极地参加体能训练,围着ACDC又是跑又是跳,直到所有人都大汗淋漓。

"老师,"跑到第五圈的时候,希尔达吐了一口气,说道,"有没有英雄叫追随者,或是叫朋友的?"

"或者,叫陌生人或老贼的?"墨菲赶紧补充了一句。

福莱士先生用充满疑惑的眼神打量着他们。"你们几个小毛孩到底想问什么?"他没好气地说。

"噢,我们……在学校里捡了首很奇怪的诗。"墨菲含糊其词地说道,"我们就是想弄清楚这是谁写的——万一失主……发现丢了,想找它呢。"他将自己抄的那首诗递给福莱士先生。

这位训练课的老师开始默读,越往后读,他那两条深红色的眉毛就拧得越紧,颜色也越深,最后拧得都快变成两个紫色的小点了。

"**这东西絮絮叨叨,根本不知所云。**"他大吼一声,"我记得,以前的确有个人叫陌生人,但他不是英雄,是那边的。"

"是……盗匪？"墨菲兴奋地问。

"嗯，"福莱士先生肯定了他的答案，"但那已经是很久以前的事情了。但他和这上面写的稀里糊涂的废话没有任何关系。好了，接着练，俯卧撑，开始！"

当他们几个走上台阶，回到校园里，准备去上地理课的时候，超级零蛋队的队员们仍兴奋不已地谈论着他们的这一发现。他们每个人都汗涔涔的，头顶还冒着热气，活脱脱就是五个刚出炉的蜜糖布丁。

"这么说来，陌生人是个盗匪。"墨菲若有所思地说，"你们觉得这会不会是一张英雄别名的清单？也许，芙洛拉和卡尔就是去找这上面的人了？"

"可他们为什么要这么做呢？他们为什么要去找这些人，而且还要瞒着所有人？"玛丽咬着嘴唇说道，"这说不通。"

在接下来的时间里，他们每遇到一位老师，都会给他们看那首诗。一天下来，他们问到了不少信息，也听了不少关于那些人的故事，只可惜没有任何人能破解喜鹊留在这首诗里的谜题。

下午，墨菲没精打采地走在回家的路上。他的大脑异常忙碌。事实上，他的整个脑袋已经被塞得满满当当，像极了公共假期即将到来前，周五下午的皮卡迪利广场——那是广场最热闹的时候，到处都是人，好不热闹。不知为何，他始终觉得都是因为他，芙洛拉和卡尔才会开着女妖不知所终。他想清静一下，不去想这些，不去想喜鹊。

可现在一切都晚了。喜鹊已经在他的脑袋里生根发芽，还利用墨菲钻进了他朋友们的脑袋里。

晚饭后，他默默上楼回到自己的房里，躺在床上，目不转睛地盯着那张皱巴巴的字条，仿佛只要他这样一直看下去，他就能凭借意志的力量找到所有问题的答案一样。

只可惜，大脑的工作模式并非如此。说起来大脑也真的很奇怪，当你绞尽脑汁思考一件事的时候，你的大脑却总是专注于另一件事，还要弄出很大的声响，使你无法专心地想这件事。这就是为何问题的解决方案往往都是在我们思考其他事情的时候突然跳出来的原因。又或者，干脆什么都不干，两眼一闭睡大觉，事情反而一下子就解决了。

玛丽就是如此。第二天清晨五点，她忽然一个鲤鱼打挺，从梦中惊坐起来，就在这时，她脑中灵光一现——她立刻意识到她找到答案了。

清晨醒来后，突然意识到还可以再睡几个小时——这种感觉很微妙，墨菲很喜欢这种感觉。

这种感觉的确美妙。睡眼惺忪的你缓缓支撑起眼皮，这时，尚未完全清醒的意识告诉你今天的闹钟还要很久才会响，你可以再睡个回笼觉——香香地、美美地睡上这额外赚来的一大觉。于是，你拍了拍枕头没被焐热的那一侧，抻抻腿，再把脚伸到被子外，感受一下今天的温度如何，最后翻个身，准备迎接沉睡魔咒的再次降临。

墨菲刚刚找好了最舒服的姿势，正要像睡鼠一样，蜷缩在他那软绵绵的床垫上，心满意足地进入梦乡的时候，外面的木头阳台上传来了雨靴的脚步声。紧接着，他就听到了雨伞的金属头敲打玻璃的声音。

一开始，他假装没听到那声音，打算继续蒙头呼呼大睡。此时此刻，被窝里实在是太温暖、太舒服了，他可不想抛下这么舒适的被窝出去冒险。

然而，冒险的机会从来都不等人，更不会等你准备就绪，还常常会挑最不合适的时机出现。窗户上的敲打声并没有停歇的意思。

墨菲叹了口气，坐起来，有气无力地抬起一只手，挠了挠头。他不用看也知道，此刻站在他家阳台上的是玛丽，她正兴奋地跳上跳下，嘴里还念念有词。

他扭过头。

玛丽站在阳台上，身上穿着那件黄色的雨衣，一脸焦急地望着屋里，就差在脸上写上"快点儿"这三个字了。她兴奋地跺着脚，嘴里还在说些什么。

"我在屋里又听不到你说话。"墨菲自言自语道，"等一下。"他穿上睡衣，慢悠悠地走向阳台，打开了那扇通向阳台的大落地窗。

"我说的是——**马上打开窗户！**"玛丽快步走了进来，嘟囔道，"时间紧迫，我们不能再浪费时间了。我已经读懂那首诗了！"

"什么？真的吗？玛丽，你绝对是，真的是最棒的！"这下子，墨菲彻底醒了。只可惜他的头发并没立刻感受到主人已经清醒，依旧是横七竖八地支棱着，保持着一副"天还早"的造型。"诗里有什么信息？那首诗是什么意思？信息藏在数字里，还是那些人名里？"

"都有关系,你看。"

玛丽伸手去掏口袋,摸出她抄的那份。墨菲看到她在纸上画了不少圆圈。

"这是个密码。第一行,我们看到的是'一是陌生人(a stranger)',所以,'一'代表陌生人(a stranger)的第一个字母。"

她用红笔将那个"A"圈了出来。

"嗯,那第二行呢?"墨菲试着说道,"'二是老贼(an old thief)','二'表示老贼(an old thie)的第二个字母。那就是……N。"

"没错。"玛丽点点头。

墨菲按照这个思路将第一段里对应的字母圈了出来:"A、N、G、E……是个名字吗?安吉拉?"

"接着往下看。"玛丽一本正经地对他说,她严肃的表情让墨菲突然感到有些害怕。

他接着往下顺:"好啦,第二段。L……那很可能是安吉拉(Angela)。不,等一下,下一个字母是I。安吉莉?这是说有不止一个安吉拉吗?"

"忘了你的安吉拉吧。"很显然,他的猜测让玛丽有些失落,"这个和安吉拉,或者安吉拉的复数形式没有半点儿关系。"

"对不起。"墨菲说,"好吧,接下来是……S、A,安吉莉莎(Angelisa)。后面是L、I、V……E,生活(live)。不,不是的,是活着(alive)。"

玛丽有点儿着急,但仍然耐心地等他亲口说出最后的答案。

"有人还活着……是安吉尔(Angel)!安吉尔还活着(Angel is alive)?"

"**安吉尔还活着。**这就是藏在诗里的信息。"玛丽一字一顿地说,"芙洛拉和卡尔就是因为这个才消失的。"

那张纸微微地抖动着,因为玛丽握纸的那只手在颤抖。墨菲惊讶得张大了嘴巴,目瞪口呆地望着朋友,脑海里跳出了一个问题。

"谁是安吉尔?"

"普通小子,这就是问题的关键。"玛丽点了点头,"我们要找出这个问题的答案,而且要快。唯有如此,我们才能弄清楚芙洛拉和卡尔去哪儿了。"

16

没有彩排的巴松管演奏会

墨菲火急火燎地冲下楼,看上去就像一头赶着去参加"牛角选秀大赛"却已经迟到的大犀牛。

"下午见。"他朝妈妈大喊一声,话音刚落,他人就已经冲到了门前的小路上。拐弯时,男孩们通常会有意识地放慢速度,但这次他没有,所以他脚底一滑,几乎是歪着身子滑过拐角,飞也似的沿着街道跑远了。

"你去找希尔达,我会带内莉和比利过去。"玛丽在起飞前对他说道。说完,她就向后飘去,以一种相当拉风的姿势,飞过了墨菲家的屋顶。"我们要赶在所有人之前去学校,找出和安吉尔有关的信息。哪怕这意味着要闯入苏博曼先生的书房!"

墨菲很快就赶到了希尔达家,他用的时间大概和你看完上一段所用的时间差不多。要做到这一点也不难,因为书是我们写的,我们不想打断故事,就让你在脑袋里搜索前情概要吧。

虽然说是希尔达家，但严格来说，她家的房子更像是座小公馆。房前有一条弯弯曲曲的碎石子车道，房子上数不清的窗户玻璃恰好映射出一幅完整的镜面图画，入画的则是围绕在房前草坪四周的那排七叶树。有几次，墨菲送希尔达回家，总是看到有管家或男仆正站在门口，很仔细地擦拭那辆锃光透亮的劳斯莱斯。

墨菲踩着嘎吱嘎吱的小石头，走到大门前，用力地拉了拉门口那根老式的门铃绳。过了一会儿，门开了，一个胖胖的男人走了出来，他穿着一件贴身马甲和黑裤子，脸上透着一股子聪明劲儿。

"你好。"那个男人微笑着说，"请问你是哪位？"

墨菲有些犹豫了。这个人到底是希尔达的爸爸，还是一名现实生活里的管家呢？在没来希尔达家之前，他一直觉得管家这种人只存在于妈妈逼着他一起看的周日晚间电视剧里，和希尔达绝对扯不上关系。

"我是墨菲，呃……先……先生。"他小心地答道。

那个男人笑得更厉害了。"啊，你就是那个神童！年轻的大师，快请进！"

他带着墨菲走进前厅，墨菲留意到墙上不仅挂着油画，还挂了一个黄铜晴雨表。

"她在楼上。"这个说不准是希尔达的爸爸还是她家管家的男人说道,"要不,你直接上楼去找她吧?"说完,他就向房间后面走去,边走边说:"久闻大名,今天终于见到你了。"说着,他就消失在了一棵硕大的棕榈盆栽后面。

墨菲开始爬楼梯。深色的木质台阶每一级都很宽很大,这不禁又让他想起了周日晚间的电视剧,那里面出现的侦探调查年轻的女继承人被杀一案时,爬的就是这种楼梯。这时,他拼命摇了摇头,告诉自己,他们还有更重要的事情要解决,想到这儿,他便低下头,专心爬楼梯。

上楼后,要找出希尔达的房间一点儿都不难,因为她的房间门上贴了许多亮闪闪的小马贴画。墨菲轻轻敲了敲门,然后就推门进去了。

希尔达正坐在窗边的一张桌子前,专心致志地在一张纸上边写边画,加上背对着门,所以她没有听到墨菲走进来。墨菲朝她走去,一路上迈过了一只大大的毛绒马、一个骑士头盔以及许多其他的骑士装备。他走到希尔达身后,终于看清楚她在干吗了。

原来她正在画漫画,标题为**《小马妞:骑士小姐!》**。站在标题旁的女主角肌肉健硕,一头鲜红色的长发看起来十分飘逸。此刻,她正指挥她那两匹高大的骏马进行战斗。必须承认的一点是，希尔达画得棒极了。于是，他默默地欣赏着她的作品，但这时希尔达从窗户上看到了他的影子，惊叫一声，回过头来。

"啊！你干吗偷偷摸摸地站在我后面？"她一边责怪墨菲，一边飞快地扯过一些白纸盖住了她的作品。

"对不起，我并不想偷偷摸摸吓你一跳的。可是你的……那个是你爸爸吗？……他说我可以自己上楼来找你。"

"噢，好吧。"希尔达答道。她的情绪也随之稍有平复，但很快她的脸就变得通红："你刚才看到我的画了？"

"呃，嗯，是的。你画得太好了！"墨菲顿时来了兴趣，"我是说，真的棒极了！能让我好好看看吗？"

"等我画完吧。"希尔达说话的语气有些拘谨，但看得出来，墨菲的称赞令她窃喜不已，"好了，你怎么这么早来找我？"

墨菲这才想起自己是来通知伙伴执行紧急英雄任务的，而不是来欣赏希尔达的画的。

"玛丽破解了那首诗暗藏的秘密。"他一本正经地对她说。

希尔达望着一脸肃穆的墨菲，点点头。"那我们还等什么？"她仔细地给每根水彩笔都套上笔帽，然后跟着他向门口走去。

"对了,"下楼时,墨菲随口说道,"你……爸爸?他说我是大师,这是怎么回事?"

"哦,我一直想跟你说——"希尔达还没说完,就被一声大叫打断了:"啊,他来了。木管神童!"

那个有点儿胖但看着很聪明也很友善的男人,正站在一楼的楼梯口,身边站着一位同样有点儿胖但看着很聪明也很友善的女人。

"爸爸,妈妈,你们好。"希尔达大声说道,她的话瞬间消除了墨菲心中的疑惑,"我和墨菲今天得早点儿去学校,可以吗?"

"可以,可以,没问题。"她爸爸笑着说,"可是,既然墨菲都已经来了,我们有个不情之请,不知道行不行?能不能让他演示一下他非凡的才能?不用太久,一小会儿就行。库珀大师,请你给我们一点儿时间,就五分钟——当然,为了节省你们的时间,我们可以开车送你们去学校。根本不会耽误你们的时间。来嘛,来一个吧!"说着,他就将他们引向旁边的一个房间。

"是这样的……你也知道,暑假的时候,不是有几个晚上我们要出去执行任务吗?"希尔达小声对他说,"我必须给我爸妈一个解释,所以……"

她的话让墨菲有种大难临头的感觉,这种感觉他以前也有过，就是突然之间后背发凉，鸡皮疙瘩也冒了出来。"你到底跟他们说什么了？"他面色阴沉地问道。

"我说我去你们家了，因为……"说到这儿，希尔达紧张得咬住了嘴唇。

"因为什么？"

"……因为你可以指导我吹巴松管。我爸妈觉得你是，呃，全国最年轻也是最好的巴松管演奏家之一。"

当墨菲意识到接下来要发生的事情后，他觉得自己就像被一头中等体形的鲸鱼撞了个满怀。"你是说，"他咬牙切齿地轻声说道，"五秒钟后，我就要走进那扇门，而你的父母希望我能为他们演奏……"

五秒钟已到。墨菲走进了那扇门。

"……巴松管。"他颤抖着说完了这最后三个字，然后就看到壁炉旁赫然摆着一个巨大的、擦得锃亮的木质乐器，正等着他的到来。

"墨菲，久闻大名，今天能见到真人实在是太好了。"希尔达的妈妈高兴地舒了一口气，"希尔达经常跟我们说起你超凡脱俗的演奏技巧！你知道的，我们一家人都很迷巴松管，现在这个年代，要找到一个懂得欣赏它，还会演奏它的年轻人实在是太难了。"墨菲很努力地想挤出一个微笑，可他的表情却像是刚刚嚼过柠檬。

"当然，我们不想给你太大压力。"希尔达的爸爸一屁股坐在装饰华丽的沙发上，很肯定地向他保证道，"你随便演奏一段就行，但你千万别有所保留！希尔达说你演奏的德沃夏克[1]堪称世界级水准。"

墨菲根本听不懂希尔达爸爸说的是什么。这简直比入学那年，福莱士先生让他当着全班同学的面飞起来还要糟糕。至少那一次，尽管很丢脸，但他至少能直面恐惧，说出实情。这一次，他什么也不能说，否则，他就会泄露英雄世界的秘密。

英雄誓言里可没说遇到这种情况该怎么办，悲催的墨菲心想。他用两只手捧着那支闪亮的巴松管，犹豫片刻后，他把它竖起来，摆在胸前。

大家可能对巴松管还不太熟悉——毕竟，你也没有必要非了解它不可，不是吗？——巴松管是一种长长的木管乐器，演奏时呈竖直状，外面有许多管子和按钮。墨菲面前的这支显然经过细致的打磨，亮铮铮的，一看就知道非常昂贵。在大约与头部等高的位置，有一根弯弯的金属细管伸出来，正好可以塞进嘴里。细管的末端有一块薄薄的簧片，墨菲猜，吹那里应该就能发声。

---

[1] 德沃夏克，捷克作曲家。

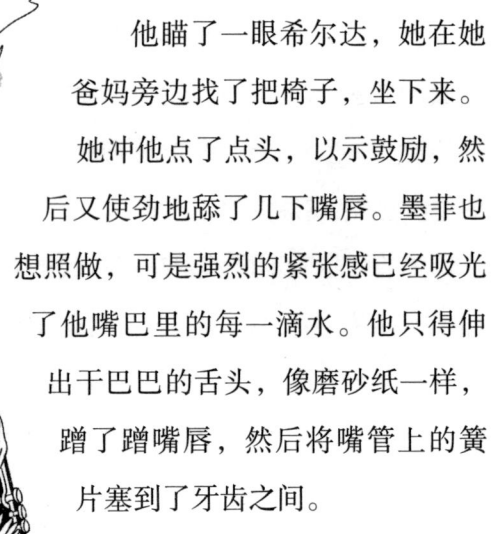

他瞄了一眼希尔达，她在她爸妈旁边找了把椅子，坐下来。她冲他点了点头，以示鼓励，然后又使劲地舔了几下嘴唇。墨菲也想照做，可是强烈的紧张感已经吸光了他嘴巴里的每一滴水。他只得伸出干巴巴的舌头，像磨砂纸一样，蹭了蹭嘴唇，然后将嘴管上的簧片塞到了牙齿之间。

"这真是太享受了。"希尔达的妈妈笑着说。

不管是哪种木管乐器，演奏起来都相当需要技巧。你必须掌握个中窍门才能让它发出声音。这一点尤其适用于巴松管，在管乐器大家族中，它绝对算得上是一匹桀骜不驯的骏马。

说句公道话，墨菲的表现还是可以的。至少，他成功地让手中的乐器发出了声音，光凭这一点就已经值得称道了。只不过，事情的结果与观众的预期似乎相去甚远。观众期望听到的是大师级演奏者吹出的低沉而甜美的乐曲，可传入他们耳朵的却是，一头脾气暴躁的驴子在后退时，被洋蓟扎了屁股后发出的痛苦而愤怒的驴叫声。

希尔达父母脸上的笑容逐渐凝固。（我们确认过了，就是希尔达的爸爸妈妈。）

"对不起，我有点儿紧张。"墨菲说道，他嘴里还含着巴松管的簧片。

"是啊，人之常情。"希尔达的爸爸宽慰他。说完，他向后一靠，倒在了那个一看就价值不菲的沙发上，心想，接下来听到的应该不会再是驴叫声了吧。

墨菲吸了一口气，准备再试一次。我们也不知道他为何要这么做。毕竟，在没有接受过任何训练的前提下，一个人凭本能演奏出经典曲目的可能性几乎为零。不过，幸运的是，很快就会有人提醒他：作为除暴安良英雄团队的一员，他拥有常人没有的优势，那就是危难时刻总会有贵人出手相助。

门铃响了。

希尔达的爸爸稍一用力，从沙发里站起身来，去开门。过了一会儿，墨菲就听到前厅那儿传来了一个熟悉的声音。"很抱歉这时候来打扰你们，你们家劳斯莱斯的车胎就要爆了。"是玛丽在说话。

希尔达和她妈妈仿佛两名参加百米赛跑的运动员听到了

发令枪响，立刻从椅子上跳了起来。当墨菲小心翼翼地将巴松管放回墙边的时候，他在心里暗暗祈祷，此生再也不要见到它。

一辆崭新的绿色轿车停在屋外的车道上，车身倒向一侧，倾斜得很厉害。希尔达的爸爸正在认真地检查。有一个黑色轮胎又鼓又胀，明显超出了正常体积，眼看随时都有可能爆炸。

比利和内莉站在一旁。比利瞟了一眼墨菲，心急如焚的他竖起拇指，朝队长做了个国际通用的手势："赶紧地，快走啊！"

"希望没什么大问题，爸爸！看来我们还是得走路去学校了。"希尔达和他们一起沿着车道向外走去。

"好的，好的。"他一边心不在焉地答道，一边摆弄着车胎上的气门芯。一股气流突然喷射而出，把他吓了一跳，他本能地向后退，结果一屁股坐在一个小小的泥坑里。

"很高兴见到你们。"快走到门口时，墨菲回头说道。

"我们还是没来得及听你吹……"希尔达的妈妈冲着他们的背影沮丧地喊了一句。

"**下次吧，妈妈，我保证。**"希尔达说道。墨菲瞅准机会，轻轻踢了她一脚。"下午见。"

"好了。"玛丽说，"这次由木管乐器引发的突发事件已经耽误了我们足足二十分钟。我们赶紧去学校吧，快走！"一个十二岁的小姑娘居然会说出这样的话，这恐怕是前无古人，后无来者吧。当然，玛丽本人并没有意识到这一点。我们就当是一次有趣的意外吧。

就这样，超级零蛋队的队员们快步奔向学校。这时候，你必须给他们配上最能体现其英雄身份的背景音乐，不过，至于这音乐声中该不该有巴松管的声音，那就取决于你自己了。

17
从未说出口的秘密

当这五个好朋友拐上学校所在的那条平淡无奇，还有点儿杂乱的街道时，墨菲突然想起了一件事。

安吉尔，他一直在想这个名字。安吉尔，他好像在什么地方见过这个名字，就写在一个很重要的东西上，或者他听谁提起过，可现在他怎么也想不起来了。

不好使的记性让墨菲无比沮丧，就在他们跑进学校大门，穿过前院的时候，懊恼不已的他忍不住小声抱怨了一句。突如其来的巴松管表演的确耽误了不少时间。半小时后，他们就要去上课了，可他们还没来得及在学校里搜索关于那个神秘名字的线索。

"芙洛拉的办公桌，我们应该从那儿开始找。"玛丽说，"她的东西都放在那儿。"

芙洛拉是校长秘书，她的办公桌就在苏博曼先生办公室的外面。他们看到桌上和往常一样，堆满了各种各样的文件。他们把桌子上的东西都翻了个遍，也查看了一遍，却一无所获。

墨菲扫了一眼墙上的照片和书架上的那些小装饰品，想从中找出一点儿线索。芙洛拉把她的接待区弄得像个杂货铺——朋友送的纪念品和一些有趣的手工艺品随处可见。墨菲翻了翻，里面有雪山的照片、鲨鱼的下颌骨，还有老式飞机上的仪表盘——没找到一件和"安吉尔"有关的物品。他有些绝望了，心想，芙洛拉收藏的小玩意儿多得数不清，可这里面连个天使模样的装饰品都没有。其实，在翻找的过程中，他倒也不是一无所获。他终于找到了一直盘踞在他脑袋里的那个问题——"到底有谁会去博物馆礼品商店买那些没用的玩意儿？"的答案："芙洛拉和卡尔"，或是"芙洛拉、卡尔，还有墨菲的妈妈"。说起来，就连去画廊参观，墨菲的妈妈也要买点儿东西，绝不会空手而回。

就在这时，他想起来了。

"等一下！"他对其他人说，"我知道我在哪儿见过天使[1]了。应该说是很多很多天使。**卡尔有整整一架子的天使！**"

在记忆仓库里苦苦搜索良久之后，他终于找到了他要的

---

[1] Angel，音译为"安吉尔"，意译为"天使"。

东西。刚进学校的时候,他曾经帮卡尔打扫过他的车间,当他看到卡尔收藏的天使装饰品的时候,他简直惊呆了。卡尔收藏的天使不仅种类繁多,而且大小不等。

"快走!"墨菲催促道,其他人急急忙忙地将芙洛拉的文件整理好,就赶紧跟上,跑下楼去。

这时,走廊上已经出现了老师的身影,还有不少早到的学生。超级零蛋队队员们在人群中快步穿梭,跑到学校后门,穿过运动场时雨滴落在他们身上,他们这才发现下起了小雨。

"墨菲,"在跑向车间的路上,玛丽说,"我一直在想,那个信息里说安吉尔还活着,那就是说到目前为止她还活着……可所有人都以为她死了?"

墨菲也想过这一点:"呃,是的——我想是的。"

"既然这样的话,"玛丽指了指前面那片树林,接着说,"我们在哪儿能找到那些已经……已经不在的人的名字呢?"

墨菲停下脚步。"没错!英雄纪念碑。安吉尔可能是在斯卡斯代尔事件里牺牲的英雄的名字。我们一直都想不出卡尔和芙洛拉在那场战斗里到底失去了什么。是的——"他朝比利、内莉和希尔达做了个手势。"你们三个去卡尔的小屋里找那些装饰品,看看那上面有没有文字,或是任何让你们觉得匪夷所思的东西……总之，你们去找找看。你，"他一把抓住玛丽的手，"和我一起。"

他们俩沿着林边一路小跑，很快就踏上了那条通向石碑的隐蔽小径。和上次一样，四周安静得可怕——除了他们踩在铺满落叶的小路上发出的沙沙声和雨点打在树叶上传来的啪啪声，四下里听不到任何声音。

终于，墨菲和玛丽来到了耸立着英雄纪念碑的那片小树林。雨水顺着碑体缓缓流下，仿佛石碑在独自流泪。雨水依次流过碑上的一个个名字。他们慢慢靠近石碑，心情有点儿沉重，直到墨菲吸了一口气，振作起来。

"找代号为天使的英雄。"他对朋友说道，同时松开了她的手。他根本没意识到自己一直抓着玛丽的手。"或是叫安吉尔的。"墨菲说完，他们开始分头寻找。

车间里，比利、希尔达和内莉正仔细地检查天使雕像。所有天使都被细心地收纳在一个架子上，就像展览馆里的同类收藏品那样。这些雕像材质各异——木质的、陶瓷的，还有玻璃的，但没有任何雕像上写有文字。

希尔达甚至还数了一下："一共有三十个。这个数字有什么特殊含义吗？"

"你们看这个。"比利已经将目光投向了别处。他从

长凳下的那堆工具里拖出一个大盒子："这里面全是照片！"他把盒子里的照片倒在工作台上。这时，他发现不少照片的背面都有用铅笔写的名字。

"快找找，看有没有安吉尔！"他对另外两人说道，然后就找了起来。

首先发现这个名字的是目光敏锐的墨菲——名字刻在英雄纪念碑的侧面，在一长串姓名清单的末尾处。当时，他都几乎准备放弃了。他根本没找到代号叫"天使"的英雄。

"维恩·奥托，代号蒸汽压路机；韦兹·玻利，代号第一霜……"

就在这时，她出现了：

安吉尔·瓦尔登

"玛丽！"他立刻大叫道。

玛丽跑过来，站在他后面，他听到玛丽喘着气念出了那个名字。"安吉尔不是代号，是个名字，女孩的名字！"她大声说道，"看看她姓什么。姓瓦尔登，安吉尔·瓦尔登！她一定和卡尔、芙洛拉有关系……"

"你觉得她是英雄吗？"墨菲问道，"她的名字刻在纪念碑上，但她没有代号。我们只知道她是芙洛拉和卡尔的亲戚。"

他们扭头往回跑。为了早点儿把他们的发现告诉小伙伴们，这一次，他们放弃了小径，直接穿过树林，向卡尔的车间跑去。当他们绕过池塘，直奔后门的台阶时，茂密的树莓丛不断地拉扯着他们的衣服。

墨菲大叫着说：**"我们找到了！安吉尔·瓦尔登！她一定是卡尔和芙洛拉的——"**

"女儿。"比利不紧不慢地说道，"安吉尔是他们的女儿。"

比利、希尔达和内莉正围在一张正方形的小照片旁。照片中的芙洛拉和卡尔望着镜头，看上去比现在年轻许多，他

俩怀里抱着一个脸蛋粉扑扑、笑眯眯的女婴。就在墨菲和玛丽赶过来的时候,内莉将照片翻过来,指着背面的文字:

安吉尔,一九七五年

"他们曾经有个女儿。"比利又重复了一遍。

"不是'曾经',比利,是他们还有个女儿!"玛丽大声说,"喜鹊的信息里说安吉尔还活着。纪念碑弄错了,她并没有死在斯卡斯代尔。**她还活着!**"

"**距离目的地一百米。**"女妖的导航用一种冷冰冰的机械声音说道。

卡尔伸长脖子,把脸凑到落满雨滴的挡风玻璃前,想看得更清楚一点儿,但我们都知道,这样做的意义并不大。不过,尽管能见度很差,但他依然辨认出前面那个阴沉沉的影子就是战栗之沙的塔楼。

"小心一点儿,他们有雷达。"坐在副驾驶座上的芙洛拉说道,"我们不能让他们发现我们来了。"

"亲爱的,我会尽力。"卡尔说道,尽量不让妻子听出他话语中的紧张感,"我不是第一次闯监狱了。还记得一九七九年在恶魔岛[1]那次吗?"

---

1 恶魔岛,位于美国旧金山,曾是联邦监狱所在地。

"是啊，"她答道，"那次很好玩。"

然而，他们并不知道，今时不同往日——有人正在偷听他们的谈话。在远远的下方，蜷缩在垃圾桶底部的厄运黄鼠狼正在吃一个好几天前的鱼脑袋。他听到了他们的全部对话。

"你说对了，主人。"他柔声细语地说道，他知道身在海底的喜鹊正在等他汇报事情的进展，"和你预测的一样，蓝色幽灵来了。"说完，他用被他啃得干干净净的鱼骨给他的老鼠朋友梳了梳毛。

"太好了。"海浪下传来了喜鹊的声音，"我们一定要确保她能畅行无阻地来见我。"

喜鹊伸出他那苍白的手指头，在已经被他侵入的那台哈罗机上按了几下。小屏幕上顿时出现了芙洛拉和卡尔的照片，下面还写着一排字：

盗匪及共犯：逮捕并拘留。

所有战斗小组立刻前往他们最后出现的地方：学校。

转眼间，这条消息就通过网络传送到了英雄联盟所有成员的哈罗机上。

女妖开始下降，芙洛拉和卡尔惊讶万分地看着不少黑色的直升机从外表生锈的塔顶起飞，冲进了海上的风暴中。

"他们这是要去哪儿？"卡尔不解地问道。

"亲爱的，人家既然送你一匹马，你就别费事去检查马的牙齿了[1]。"芙洛拉答道。

"坦白说，我从不奢望不劳而获。"卡尔说，"更加不会去检查任何马的牙齿。除非你是马的牙医，不然你干吗去检查马的牙齿。"

卡尔和墨菲一样，只要一紧张就会不停地开玩笑。一直以来，他们都以为自己的女儿死于三十年前的那场战斗。现在，为了弄清楚这件事，他们马上就要闯入这座世界上防卫最森严的监狱，去质问那个有史以来最危险的盗匪——这的确让人紧张。

"好了，我们着陆吧？"芙洛拉有点儿着急了。

"想想牙刷，想想它们该有多大。"卡尔自言自语道，同时驾驶着女妖朝最偏远的降落平台飞去。

随着他们稳稳地降落在战栗之沙的平台上，喜鹊听到了女妖喷气引擎发出的气流声。

"哈哈哈！"他对自己说，"**有客人。我喜欢有人来看我。不知道他们有没有给我带礼物呢**……"

---

[1] 这句话的引申意义是既然别人送了你一份礼物，就不要挑三拣四。

18

封　锁

"这也太伤感了。"希尔达说。超级零蛋队的队员们翻看着安吉尔的照片——这张照片上，还是个婴孩的她骑在卡尔的肩膀上；另一张上面，他们看到已经五六岁的她正穿着芙洛拉自制的蓝色幽灵制服。

墨菲望着其中一张照片，突然想到自己曾经见过这张照片。那是一张安吉尔的大头照，照片里的安吉尔与他们年龄相仿，正仰着头，甩动她那头银发，一看就知道是张抓拍的照片。"如果安吉尔出生于一九七五年，"他说道，"一九八八年，斯卡斯代尔事件发生时，她比我们大不了多少，也是在那一年，卡尔和芙洛拉失去了她。"

"你说当时的她想不想当英雄？"希尔达问道。说话时，她随手拿起一尊木质的天使雕像，翻来覆去地打量着。

"说不定那时候她已经是英雄了。既然他们认为爆炸发生时，她也在斯卡斯代尔，那很有可能她也参加了那次的任务。"玛丽分析道。内莉点了点头。

"她是芙洛拉的女儿——我敢打赌,她的超能力一定很厉害。"比利说。

就在这时,墨菲突然站起来。"坐在这里想有什么用?现在,我们需要做的是找到芙洛拉和卡尔。他们一定是去战栗之沙找喜鹊当面对质了。他们瞒过了我们,这意味着他们很可能已经到了。我们得赶紧找人给弗林特小姐捎个信。"说到这儿,墨菲打了个寒战,"我再也不要保守秘密了。我们是一个联盟,一个团队。团队成员之间不该有任何秘密。很显然,喜鹊一定在策划一个大阴谋。"

"可他的计划到底是什么?"玛丽问道。听得出来,她很沮丧,也很紧张。

"我不知道,"墨菲坦白说,"可是他已经成功地让蓝色幽灵上钩了。这可不是什么好消息。她需要帮助。"

事实上,他觉得自己就像个白痴。喜鹊利用他来接近他的朋友们,让他们深陷险境。他带回一条信息,却对这个信息的内容一无所知,更不知道它有多危险。而且,现在看来,他针对喜鹊的调查不仅浪费时间,而且极其幼稚。从一开始,他就陷入了对方的陷阱里。

"墨菲说得对,"玛丽说,"我们得找人帮忙。谁可以联系上弗林特小姐?德博拉?苏博曼先生?"

"上课了。"墨菲说,"他们都会去大厅集合。"

"**那我们还等什么?**"玛丽说,"就像你说的,保守秘密的时代已经过去了。"

他们五个人一阵风似的冲出那栋木头房子,朝学校大厅跑去,仿佛事情已经到了千钧一发的时刻——至少,这关乎他们最亲爱的朋友的生命安全。

就在他们五个人用力推开大门,一窝蜂冲进大厅的那一瞬间,墨菲突然有种置身于医疗剧之中的感觉,而他们就是剧中的主人公,此时正以慢动作推开手术室的大门,快步冲向手术台,准备挽救病人的生命。

当然,他不是演员,更不可能以这种极富戏剧性的慢镜头出场方式出现在医疗剧的拍摄现场。他在学校里,行动的速度也和以往无异,他身上既没穿白大褂,也没挂听诊器,但是,他无法抑制内心的激动,他甚至已经想象出自己冲着护士大叫"**给我一把手术刀,十毫升血浆,一个甜甜圈,马上!**"的情景。他并不太清楚为什么要"马上",但电视里的医生好像经常这么说。

不管怎样,随着现实这部生活大剧的登场,墨菲脑海里这出正演得如火如荼的医疗剧不得不立刻叫停。

大厅里所有人都扭过头,望着超级零蛋队。苏博曼先生站在讲台上,很显然,他正在演讲,但似乎和往常一样,依旧不太成功。"我们必须引导知识的列车。"他们进来前,他正说道,"只要你想,你就可以让它驶向你大脑里的飞机场。"然而,就在这时,五个学生行色匆匆地冲了进来,打断了他的思路,把他晾在了讲台上。

"对不起,我们迟到了。"墨菲大声说道。

他看到德博拉站在大厅一侧,福莱士先生就站在她旁边,和他们站在一起的还有那群A组学生。

"不用管我们。"墨菲步履轻盈地向前走去,其余四名队员侧着身子向那两位老师以及他们身边那群正嘟囔埋怨的学生靠近。他们觉得自己像在观看花车游行的人群中穿梭。"继续说,苏博曼先生。你刚刚正在说飞机场,对不对?"墨菲接着说。

"**你们几个到底去哪儿了?**"等他们走近了,福莱士先生立刻压低声音,咬牙切齿地吼道。不过墨菲并没有理会他,径直向德博拉走去。

"我们需要你的帮助!"他说,"你知道怎么联系弗林特小姐吗?这件事非常重要,我们必须马上告诉她。"

德博拉没有理墨菲,她正满脸疑惑地盯着手里的哈罗机。与此同时,墨菲口袋里的哈罗机也振动起来,他伸手去掏机器。

"这是什么？联盟召唤吗？"福莱士先生两眼放光。尽管他总把英雄联盟挂在嘴边，但他一直都不是联盟的正式成员。此刻，能够如此近距离地接触到联盟下达的真实任务，光凭这一点就足够让他心跳加速、两眼放光了。"让我们看看是什么任务！**如果你们俩同时接到任务，那一定是个重大事件！**"

墨菲有些迟疑。德博拉的表情让他害怕，不知为何，他觉得自己并不想看到屏幕上的内容。

最后，他还是掏出了机器，就在目光落在屏幕上的那一刻，他整个人都僵住了。小绿灯急促地闪烁着，出现在屏幕上的正是卡尔和芙洛拉的照片。

德博拉已经从震惊中回过神来。"这太难以置信了！"她屏住气，对墨菲说道，"英雄联盟竟然宣称卡尔和芙洛拉是盗匪！"

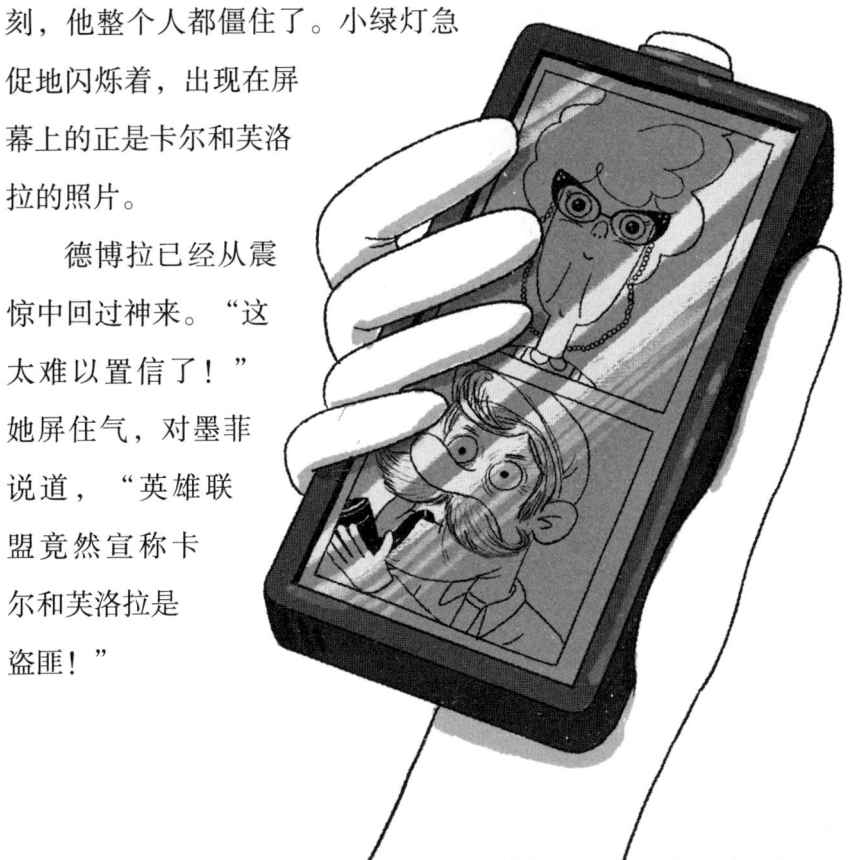

站在角落里的他们本不起眼，此刻他们焦躁的对话虽然声音很小，可还是引来了周围学生的注意。腌牛仔偷听到了德博拉的话。

"什么？那个看门的？"他不屑地说，"还有校长秘书？这太疯狂了！"

"这是联盟的命令——发给了所有英雄！"德博拉对超级零蛋队说，"逮捕他们是我们的职责！他们在哪儿？"

"**他们早就走了。**"墨菲惊恐地大叫道，整个大厅瞬间鸦雀无声，"**但是他们绝不是盗匪！你们一定要相信我！**发生了很多事情，你们不明白的！我们来这儿就是要告诉你们一切。"

大厅里的气氛紧张到了极点，空气仿佛都凝固了，硬得可以用刀切成小块。当然，你不能用普通小刀，你需要的是一把削铁如泥的专门用来切割紧张情绪的特殊小刀。

德博拉的眼睛一眨不眨地盯着墨菲。这情形像极了美国西部片里，两名火枪手在大街上狭路相逢，你瞪着我，我瞪着你。其实，你只要稍一细想就会发现大街上实在不便于开展枪战。如果有马车或其他什么东西冲过来把你撞倒了，怎么办？不过，眼下可没有时间去思考这些。我们还是赶紧回到学校的大厅里吧。

墨菲注意到，德博拉的眼神渐渐变得温柔起来，就在这时，他俩的哈罗机再次同时闪烁起来。放回西部牛仔电影里，那就是两名火枪手都准备伸手去摸枪的时候，突然，两人几乎同时缩回手，低头去看屏幕上的新消息。

墨菲的脸变得煞白，他把哈罗机拿给身边的玛丽看。屏幕上写着：**盗匪身份确认——逮捕归案。**出现在这排文字上方的正是超级零蛋队五名队员的照片。

正当那些直升机忙着从战栗之沙起飞的时候，喜鹊突然想到了一个好点子，不禁满心欢喜。

"既然他们都去找盗匪了，"他用一种很像猫的声音叽里咕噜地说道，"何不干脆就让他们今天在外面玩个痛快呢？"说完，他伸出骨瘦如柴的手指在那台哈罗机上捣鼓了一阵。"我必须感谢普通小子，他出色地完成了帮我传递信息的任务。我很肯定，在接下来这场对抗整个英雄联盟的大战中，他和他的朋友们一定能吸取宝贵的教训。**这堂课就叫作'不要相信任何人'。**"

在一阵令人胆寒的冷笑声中，喜鹊抹灭了机器屏幕上的紫色光芒，再次将它放回上衣口袋里，开始静静地聆听敌人渐渐靠近的脚步声。

墨菲和德博拉慢慢地抬起头，凝视着彼此。

墨菲试着调动自己的面部肌肉，想用表情告诉对方："我知道这看上去很糟糕，但是我有苦衷，我知道联盟不知道的事情，求求你，你能不能假装自己不是英雄，给我们一分钟的时间，就一分钟，让我离开这里？"

想说的话太多，能做的表情却只有一个——最后，定格在他脸上的表情变成了：他嘴里有只蜜蜂，他不能说话，因为一说话，蜜蜂就会飞走。

相较而言，德博拉脸上的表情就容易理解多了：我马上就要采取行动，你们最好自求多福。

墨菲的表情发生了细微的变化，但这个表情实在是太过粗鲁而不能写在这里。

"拦住他们！"德博拉对她周围的A组学生大叫道，几乎就在她开口的那一瞬间，墨菲也扭过头对超级零蛋队的其余四名队员大喊了一声："**快跑！**"

他们五个立刻转身，以最快的速度冲出大厅，A组学生紧随其后，一窝蜂地挤了出去。

幸好，苏博曼先生来开会的时候并未随身携带他的哈罗机，此时的他也跑下演讲台，想弄清楚是怎么回事。他目瞪口呆地望着夺门而出的学生。"**知识的列车还没说完呢！**"他朝着他们的背影大喊道，可是他的声音转眼间就消失在了嘈杂喧闹的混乱声中。

超级零蛋队的队员们撞开大门，来到走廊上，可是A组的学生们紧随其后，就好像个个都穿上了一双植入最新型脚跟发热芯片的风火轮绝缘袜子。

所有人几乎是在同一时间拥入走廊，每个人都在你争我赶，跌撞、推搡和摩擦在所难免。德博拉在人群中跳跃着，她一边挥舞着手中的套索，一边声嘶力竭地叫道："别挡道！"可是，根本没人听她的。比利被腌牛仔拦腰抱住，不过，他的身体瞬间膨胀起来，使那位霸凌者胖乎乎的双手根本无从下手抓住他。

玛丽从一开始就紧握雨伞，摆好了作战姿势，宛如一名姿态优美的击剑运动员，但很快她就不得不改变风格，化身为一个暴

打小偷的愤怒的小老太太。为了帮助玛丽,希尔达朝着疯眼杰迈玛的大脚趾狠狠地踩了一脚,疼得她失去平衡,正好撞上了推着小车向大厅走去的比尔·伯顿。比尔的小车上装满了午餐要用的餐盘和餐具,一时间,盘、碗、刀、叉撒了一地。比尔怒了,他转起盘子,抛向任何一个靠近自己的人。看来要让这个好脾气的小伙子动怒只有一个办法,那就是阻止他发挥所长,为大家提供高效优质的午餐服务。

外面传来了轰隆隆的雷声,原来是内莉正在酝酿她的能量。她站在走廊边,像指挥家那样高举双手,正准备为大家奉上一曲雷暴交响曲。

走廊上乱作一团,墨菲想让大家都冷静下来,更想带着他的队员们离开这里。可是,还没来得及采取行动,他发现自己已经被人按在地上,双手也被反扣在背后。他拼命地挣扎却始终挣不开。战斗声不绝于耳——雨伞的击打声,隆隆的雷声,尖叫声，还有跺脚声。不过就在这时，一个低沉的声音穿过各种噪声直接传入他的耳朵里。

"别挣扎了。告诉我到底发生了什么。"

墨菲费了好大劲儿，好不容易才稍稍扭过头来，瞟到了毛脸怪那张满是痘印，唇边还挂着短胡须的脸——就是他将墨菲按在地上的。

"你……滚开！你个……白痴！你根本就不会明白，你们谁都不明白！你们会毁了这一切的。"

"你什么意思？"毛脸怪问道，"听我说，校长秘书真的是盗匪吗？"

"不！当然不是！"墨菲在地上愤愤不平地叫道，"这事很复杂，可是……我们得试一试，我们要帮她。她现在很危险！卡尔也是！这是个陷阱！为什么没有人相信我们？"

短暂的沉默后，墨菲感到按住他的那股力量消失了。

"我相信你！"毛脸怪嘀咕了一句。

墨菲感到自己的头被玛丽的伞砸了一下，应该是误伤："对不起，你说什么？"

"**我相信你**，"毛脸怪重复了一遍他的话，"你们几个可能是有点儿差劲……但是你知道吗？去年，你们对那个黄蜂人的预测是对的。你们救了我们大家，所以我想，这是我欠你的。听我说，你们去吧！快！我会尽可能拖住他们。告诉你的人趴在地上！"

说完,毛脸怪跳了起来,高举双手,准备出招。

"**零蛋队的,快趴下！就是现在！！**"墨菲用尽全力大吼一声,刚吼完,眼前发生的一幕顿时让他惊掉了下巴:毛脸怪用他那无形的能量场将正在叫嚣着混战成一团的人群整个地挪向了走廊的另一端,缓缓地倒退回到了大厅里,最后,所有人都被困在了一堵看不见的墙后面。

零蛋队的队员们拍了拍身上的土。墨菲和毛脸怪对视了一眼,最后,墨菲伸出一只手。

"谢谢你……毛……脸怪……呃……我……想不起你叫什么了。"

"南森。"毛脸怪答道,也伸出手,和墨菲握了一下。他侧过头,瞟了一眼其他学生,此刻,被困在那座透明监狱里的他们正瞪着眼睛瞅着他,然后又望向了墨菲。

"快跑！"他说道。

零蛋队的五名队员一跃而起,以百米冲刺的速度跑开了,转眼间,走廊上就只剩下球鞋踩在抛过光的木地板上发出的吱吱摩擦声。

"又要跑,"在跑向学校后门的路上,比利气喘吁吁地说,"没完没了地跑,向后跑,向前跑,跑,跑,跑。"因为用力，他的右肘微微有点儿鼓胀。好不容易跑到运动场，当他看到停在前方草地上的那个大家伙时，他吓坏了，他的脑袋也立刻像充了气的气球一样鼓了起来。

那是一架巨大的黑色直升机，好几个身穿黑衣的人已经从后舱的坡道上跳下来，直奔他们而来。这可真是一波未平一波又起啊。

不过，在那些大块头的清道夫抓住他们之前，空中突然出现一股强大的气流。墨菲觉得自己和朋友们似乎被卷入了一股龙卷风之中，转眼间，他们已经双脚离地，然后就消失了。清道夫四处张望，简直不敢相信自己的眼睛，他们要抓捕的目标居然就这么从眼前消失了。

"**分开搜索！他们跑不远！**"他们的领队挥舞着戴手套的手，指挥下属行动。

超级零蛋队的五名队员发现自己被两只肌肉健硕的胳膊搂着，胳膊上的肌肉全都绷得紧紧的，而搂着他们的竟然是福莱士先生。这位能力训练课的老师以迅雷不及掩耳的速度一把搂住他们，带着他们飞奔到了学校的另一侧，就像一周前，他将墨菲从火中救出来一样。

"**别说话。**"福莱士先生大声说，"用不了多久他们就会找到我们。带着你们，我跑不了太远。"说话时，福莱士先生的脸上始终带着一种很奇怪的表情，墨菲用了好一会儿才意识到：福莱士先生竟然……在笑。

"快走吧。"他催促他们，"离开这里，然后拯救世界。我确信，芙洛拉绝对不可能会背叛联盟。这意味着你们肯定是对的，她有麻烦了。我会尽可能拖住他们的。"

墨菲张开嘴，闭上，再张开，再闭上，如此好几次，却始终没能说出一个字。张着嘴的他就像是一条鱼，正在吹一个看不见的大号。首先是毛脸怪——对了，他叫南森，然后是福莱士先生。今天发生了太多不可思议的事情，此时此刻，就算复活节兔子突然蹦出来，拿个鸡蛋砸在他脸上，他也不会感到惊讶了。

"呃……谢谢！"他终于蹦出了这两个字。

"**他们在那里！各小组注意！**"另一个声音几乎同时响起。一大队清道夫从拐角处冲过来，看到了远处的他们。

"**快走吧，你们这几个丑橘子。**"福莱士先生大叫一声，这一次，他的语气听起来倒和之前差不多。说完，他转身面向清道夫，将握成拳头的一只手重重地打在另一只手的手掌心里，嘴里嘟囔着："来啊，让我看看你们到底有什么本事！"

"我们得离开这里，"墨菲着急地说道，"等摆脱了这些清道夫之后，我们再想办法去战栗之沙。"

"等一下！"玛丽说道，伸手去摸她的雨伞。大家全都齐刷刷地抓住了伞把。就在那些身穿黑衣的男人和女人跑到福莱士先生身边时,超级零蛋队的五名队员已经优雅地升到了半空中。叫声和击打声不断从下面传来。

"在上面!"一名站在运动场上的清道夫看到了他们,大叫道,"挂在一把伞上!"

"返回直升机,"另一个人立即下令,"准备空战。快!行动!"

"他们跑不远。"他们五个人听到第三个声音传来。可惜,他错了。这一次,超级零蛋队打算出趟远门。

清道夫还没登上直升机,空中就传来了嗒嗒嗒的轰鸣声,玛丽立刻握紧了手中的伞,以免它被这股不知从何而来的大风给吹翻了。

墨菲眯起眼睛,向身后望去。只见不远处有一辆乌黑发亮的小汽车,凭着车身两侧飞速旋转的银色旋翼叶片产生的动力,整辆车稳稳地飘浮在空中。不知为何,在看到这辆车的一瞬间,他立刻就想起了女妖。只不过,女妖是灰蓝色的,这辆车小一点儿,全身乌黑,但是两辆车圆润的流线型造型和酷炫的感觉却是一样的。

车门开了,超级零蛋队的队员们惊讶地看到贾斯珀爵士正笑盈盈地望着他们。

"你们需要搭个便车吗,小伙子和小姑娘们?"他操

着他那上流社会的口音大声问道。

朋友之间无须多言。玛丽立刻掉头向那辆飘浮的汽车飞去,紧接着,他们以最快的速度,一个接一个地钻进了车里。

"人齐了?"贾斯珀爵士问道。他轻轻扳了一下头上方的一个按钮,车门合上了,将呼啸的风声和喧闹的乱局隔离在了车门之外。

"好车。"墨菲有气无力地说道。话音刚落,他整个人就瘫倒在地板上。这时,他看到贾斯珀的轮椅就卡在汽车驾驶室的控制台上。

"我叫它格蒂。"贾斯珀饱含深情地说道,同时驾驶着这辆神奇飞车升到高空,将正手忙脚乱奔向直升机的清道夫远远地抛在了身后。

"你叫它什么?"希尔达大声问道。

"格蒂,有问题吗?格蒂这个名字有什么不好吗?"贾斯珀反问道,听得出来,希尔达的质疑让他有点儿伤心。

"哦,没有。"希尔达随口答道,"这辆车真的太酷了,简直了!所以我还以为它的名字也很酷炫。比如说,我想想啊,天空之豹?"

"**或者,空中猛兽也行。**"墨菲说出了他的想法。

"**黑色复仇女神!**"玛丽补充道。

"**要不叫愤怒之刃也行啊。**"比利说。

内莉默默地竖起了拇指。很显然,她觉得最后这个最好。

"'格蒂'这个名字听起来就像是卡通片里的一头牛的名字。"希尔达替车鸣不平。

"好吧,很抱歉打断你们,你们起的名字都挺好。"贾斯珀爵士瞪大眼睛,笑眯眯地继续说道,"不过,如果你们说完了,我想我们是不是该考虑一下怎么去救我们的朋友了?"

所有人都觉得他这个建议太睿智了。

"小墨菲,我该开着我的这辆老格蒂去哪儿呢?"贾斯珀爵士问道。

"战栗之沙!"墨菲干脆利落地答道,"越快越好。"

这一次,轮到贾斯珀爵士面露惊讶了。在他的驾驶下,格蒂飞快地升上云层,消失在了视线之中。

19
派对时间到

芙洛拉和卡尔缓缓走进电梯。这台电梯将会把他们送到关押喜鹊的水下监狱。来之前，他们一直以为必须毫无保留地施展自己的能力——包括芙洛拉的隐身术——才能走到这里。然而，他们一路上没遇到一个守卫和清道夫，当他们找到通向主塔楼的路之后，所有大门的安保系统都被禁用，使他们得以长驱直入，这不得不让人起疑。

"我想我们可以很肯定地说，他已经知道我们来了。"卡尔说。就在这时，另一扇门在他们没有给出任何指令或密码的情况下，再次自动开启。金属地板上传来了响亮的脚步回音。

"可我并不喜欢这样。"芙洛拉沉着脸答道，"这会让人觉得是个陷阱。"

"噢，这当然是个陷阱。"卡尔说着，一把抓过她的手，轻轻地捏了捏，似乎是想宽慰她，"不过，你也知道面对陷阱该怎么做，嗯，亲爱的？"

"我们先发制人。"芙洛拉微微一笑，答道，"然后背水一战。"

"就是这样。"卡尔说道，他很努力让自己听起来信心满满。如果可以让安吉尔回来，只要有一丝一毫的可能性，他们也会拼尽全力抓住它，哪怕这意味着他们必须遵守其他人的游戏规则。

深海之下，喜鹊静静地等待着。听到电梯开始下降后，满怀期待的他兴奋地舔了舔嘴唇："你们这些蠢家伙，我当然知道你们要来。现在，让我们确保没有任何人能跟着你们下来。最后一道安防……"

他再次掏出了哈罗机，用手指在屏幕上划拉了几下。屏幕上出现了监狱塔楼的平面图，喜鹊集中精神，不一会儿，屏幕上就弹出了"**安保系统已禁用**"几个字。

位于海面上方的监狱里，随着一声小得不易察觉的咔嗒声，所有牢房的大门都开了。

"这样一来，剩下的那些守卫应该就没有时间来打扰我们。要是关我的牢房这么容易逃出去，我早就逃之夭夭了。"想到这儿，喜鹊有些沮丧，"不过没关系，我很快就能心想事成了。"

想到那么多被关在战栗之沙的盗匪马上就会走出牢门，呼吸自由的空气，喜鹊的嘴角边浮现出一抹微笑。如果一切顺利，他很快就能加入他们。

这时，电梯门缓缓弹开，喜鹊眯起了眼睛。芙洛拉和卡尔从电梯里走出来，走进了他这座黑暗的巢穴之中。

没错，他很快就要自由了。

从他们迈出电梯的一瞬间开始，卡尔和芙洛拉就提高了警惕。看到他们到来后，喜鹊似乎兴奋得有些不太正常。

"欢迎，欢迎！"喜鹊的声音听起来十分欢快，"**快请进，别客气，就像在自己家一样。我一直都对我们的再次见面充满期待，说起来，我们真是好久好久没见了。**"说着说着，他脸上的表情渐渐扭曲，变了形。"你们一定收到我发给你们的消息了，对吧？我就知道那个男孩一定靠得住。我就知道他撑不了多久，他一定会向身边那些有能力的朋友求助。一切都在我的预料之中。"

"是的，你很聪明，干得不错。"卡尔硬邦邦地说道，面对这个大坏蛋，他可不想表现出任何胆怯，"墨菲给我们看了那张字条。干得漂亮。现在，别浪费时间了，把你知道的都告诉我们吧。"

"我被困在这儿已经三十年了，把我送到这儿来的是你的妻子和她那群英雄同伙，不是你。"喜鹊咬牙切齿地说道，他的话语深沉而缓慢。"所以现在，我要找的说话对象是历史上最伟大的英雄，传奇人物蓝色幽灵，"他用一种鄙夷的口吻说道，"而不是她那个毫无超能力的司机。**管住你的嘴巴，你这个没用的傻瓜，好好听听真正有本事的人怎么说话。**"

卡尔气得满脸通红，向前冲去，却被芙洛拉一把拉住。"别这样。你知道这个牢房的奥妙之处。一旦你越过下面的那条线，我们就全完了。别让他得逞。"她紧紧握住他的手说道。说完，她转过身，对喜鹊说出了下来后的第一句话。

"你活该永远待在这个暗无天日的牢房里。"芙洛拉竭力让自己保持平静，可是她的声音背叛了她，"你在斯卡斯代尔的所作所为根本不值得被原谅。即使将这世上所有刑罚都加在你身上，也不足以抵消你犯下的罪恶。"

"嘘，嘘，嘘，"喜鹊边说边委屈地冲他们摆了摆手，"你根本没必要这么生气。而且不管怎样，过去的事情就让它过去吧，我们应该关注的是眼下。我想和你做笔交易。"

喜鹊快步向着那条白线走去，他的脚底板踩在冰冷的石头地板上，啪啪作响。他拖着长长的黑色外套，走到最底层的石头台阶旁。

他张开双臂，一字一顿地说道："我有你想要的东西。""你——"他指着芙洛拉，"有我想要的东西。"

"快说，别废话。"芙洛拉决绝地说道，"说出你想要什么。"

"你一直以为斯卡斯代尔发生大爆炸时，安吉尔也在那里，但这只是你单方面的想法，并且为此痛苦了那么多年。当时的她那么年轻——一心只想成为拯救世界的英雄，所以她跟在英雄们身后，希望能助他们一臂之力，最终却死在了那里。嗯……其实事情是有反转的……"

说到这儿，他突然降低音调，还装模作样地看了看四周，就好像生怕有人偷听一样，然后，他用手遮住嘴巴，仿佛在说一个天大的秘密。

"**她没有死。**"喜鹊瞪大眼睛，极尽夸张地倒吸一口冷气，然后又微微笑起来，"其实，我前一天就抓住她了，在另一个地方。当时她正在执行秘密任务，她想尽自己的力量，帮助自己亲爱的英雄父母，逮住我。当然，她发现了不少有意思的情报——就在这时，我发现了她。她很安全，一直活到了现在。"

芙洛拉膝盖一软，卡尔立刻冲上去扶住她。"你说谎！"他大叫。

"**他没撒谎。**"一个尖尖的声音从他们背后传来。

他俩一惊,猛地转身,看到一个身材矮小、穿着破破烂烂的男人从电梯里走了出来。

"噢,对了!你来得正是时候!蓝色幽灵,司机先生,请允许我向你们介绍我的一位朋友。"喜鹊说,"不过,也许用不着我来介绍了吧……"

"德伦彻?"当芙洛拉终于看清楚那个臭烘烘的小个子是谁后,她简直不敢相信自己的眼睛,"你是怎么回事?"

"德伦彻?德伦彻?这里可没人叫这个名字。"那个小个子男人幸灾乐祸地边蹦边叫道,"叫德伦彻的那个是个可怜的小跟班,可是我不是。我是超级随从。**我是厄运黄鼠狼!哈哈哈!**"

卡尔和芙洛拉都一脸茫然。他们也的确应该如此。

"我是厄运黄鼠狼,这是我的随从,老鼠普丁。"德伦彻先生接着说道。他指了指自己的口袋,一个长着胡须的棕色小脑袋趴在袋口上,左看右看。

"吱吱。"老鼠普丁叫了几声。

"听到这种邪恶的声音,就连你都兴奋了吧!"它的主人咯咯笑起来。

有那么几秒钟,谁都没有说话。卡尔和芙洛拉需要消化的信息太多,根本无暇顾及德伦彻先生,更顾不上为何眼前的他就跟完全变了一个人一样。于是,芙洛拉只得将注意力集中在她能听懂的那句话上。

"你说喜鹊没有撒谎是什么意思?"她说,"你知道什么?"

"当时,我就在那里。"厄运黄鼠狼抚摸着他的老鼠普丁,答道,"我见过她。"

"你见过安吉尔?!"卡尔问道。

"我见过她。她被困住了,但她还活着!"

芙洛拉扭头望向喜鹊:"这怎么可能?"

"我会跟你解释,"喜鹊答道,"等你把我想要的给我后,我就告诉你。"说完,他对厄运黄鼠狼说:"给他们看看那个东西。"

厄运黄鼠狼从他口袋里掏出一个金属立方体——那东西很小,小到完全可以一把握住。那东西正闪着红光。

"那个,"喜鹊告诉他们,"是我发明的一个小玩意儿,我管它叫雷管。它和一座秘密实验室里的炸药相连,而安吉尔就被……安置在那里。只要它离得不远,她就是安全的。不过,不幸的是……"

"**我拿走了它!**"厄运黄鼠狼兴高采烈地叫道,"**我把它拿走了!**"

喜鹊微微一笑:"是的,几天前,我让你们的前同事拿走了雷管。如果二十四小时内没有人替换它,炸药恐怕就会爆炸……而你们的女儿恐怕也就回不来了。"

说完,他伸出了他那苍白的手,厄运黄鼠狼立刻抛出了手中的金属立方体。一切发生得太快,快得连向来反应神速的芙洛拉都没反应过来,那个小金属方块就已经飞向了石头剧场的底部。

喜鹊稳稳地接住了它,放到了口袋里。

"所以,"他恶狠狠地说道,"就像我刚刚说过的,我有你们想要的东西:拯救你们女儿的唯一机会。不过,你们得先让我从这个牢房里出去,我才能替换雷管。"

"我们怎么可能做得到?"卡尔怒吼道,"只要发现你想离开下面那个圆圈,安保系统就会立刻炸掉整个牢房……"说到这儿,他突然想明白了喜鹊的诡计,声音顿时变小许多。

芙洛拉发出了惊叫,但声音不大。

"是的,你们终于想明白了。"喜鹊自鸣得意地说道,双手抱胸,"蓝色幽灵,我需要你能隐身的超能力。作为交换,我会回到我的实验室里,阻止它爆炸。"

说完,他张开双臂,皱巴巴的脸上露出一抹胜利者的笑容:"**蓝色幽灵,由你来选!你想要什么?你的超能力……还是你女儿?**"

和内部空间狭小的女妖相比,格蒂的车厢就显得宽敞多了。贾斯珀的轮椅卡在驾驶室里那个半圆形的主控制平台前面,驾驶座后面有两排长长的皮质软座椅。当汽车带着他们飞离学校的时候,如释重负的超级零蛋队队员们便一屁股坐在了软乎乎的座椅上,他们靠在靠背上,大口大口地喘着粗气,恢复体力。刚刚过去的这个早晨消耗了他们太多的能量,不是在百米冲刺,就是在解决谜团,在经历了一场打斗后才被解救出来。哦,对了,还有人试着演奏了一下巴松管。

墨菲意识到他们做了那么多事,偏偏没有任何一件与吃有关,就在这时,他的肚子发出一阵响亮的咕噜咕噜声。

"我做了三明治,有人想吃吗?"贾斯珀爵士侧过头说道，随后指了指放在车厢后面地板上的一个柳条编的老式野餐篮，"千万不要饿着肚子去拯救世界。"

超级零蛋队的五名队员顿时像到了饭点的塘鹅看到了前方的早餐一般，一窝蜂地扑了过去。很快，整个车厢都安静了，只剩下格蒂的旋翼叶片转动时发出的嗒嗒声和咀嚼黄瓜三明治时发出的嘎吱声。

过了一会儿，透过飞机下方云层不时闪现的绿色斑块，渐渐变成了泛着灰白色泡沫的大海。希尔达开口了："好了，贾斯珀爵士，你今天怎么会出现在那里？求你了，爵士，你一定得告诉我们。"

贾斯珀侧过头。"**我还正想问你们呢，你们几个小盗匪到底是怎么回事？**"他指着他面前的一个大屏幕，那上面显示的内容和墨菲的哈罗机上显示的一模一样：他们五个人的大头照外加"逮捕归案"四个大字。"也许，我已经不再是英雄了，不过你们也知道，在我心里，我仍然以英雄自居。"说到这儿，他略显羞涩，"几年前，卡尔帮我把这个修好了。今天，它跟发了疯似的，发来一堆行动指令。首先是芙洛拉被宣布为盗匪。呵呵，我知道这根本就是胡说八道，所以我就开了这辆'老姑娘车'过来看看到底是怎么回事。紧接着，你们几个的照片也出现在这台老哈罗机上。然后，这些凶巴巴的清道夫就坐着黑色直升机呼啦一下都来了。接下来,你们就像一大捆气球那样出现在我面前。现在,我带着你们躲避联盟的追剿,我想我应该也成盗匪了。真够刺激的,是不是?当然,理论上来说我不算是英雄。"最后这句他似乎是在自言自语:"很久以前就不是喽。"

墨菲眯着眼睛向窗外望去,依稀能看到上次来时看到的那一排排白色的风力涡轮机的轮廓,它们后方的那一连串黑色小点就是战栗之沙。

"我们最好飞低一点儿,才能避开他们的雷达。"贾斯珀沉着地说道,"所有人,做好准备,我们要直线下降了!"说完,他抓了个棕色的纸袋,从肩膀上向后递,五个小伙伴各自从里面掏了颗糖,含在嘴里。"好了,我们下降了!"他大叫一声,同时拉动操纵杆。随着格蒂俯冲直下,所有人都感受到了胃里传来的那股翻江倒海的冲击感。

降低高度后,车厢开始颤抖。

"在这个高度上,风有点儿大,抱歉啦!"飞行员说道。

此刻,风力涡轮机近在咫尺,看着有点儿吓人,巨大的白色叶片正以令人目眩的速度旋转着。超级零蛋队队员们警惕地对视了一眼,只有内莉一双眼睛始终死死地盯着窗外。

随着他们越来越靠近风力涡轮机,那种让人晕机的晃动感逐渐减弱。没多久,他们就惊讶地发现,那些大叶片的旋转速度越来越慢,最后终于停止了转动,在轻柔的海风中懒洋洋地微微晃动着。

"**哎呀，谢天谢地，总算不转了。**"贾斯珀抹了把额头，说道。

"事实上，我想我们都应该感谢内莉。"玛丽纠正他说，说完，她还在内莉的膝盖上感激地捏了一把。内莉轻声哼了一下，就扯了扯贾斯珀的右边袖子，指向前方。

"往右走。"他表示赞同，将操纵杆向右扳，"谢啦，内莉。"

他们缓缓向战栗之沙靠近，所有人都趴在窗口向外张望。"看，就在那儿！"墨菲一眼就瞄到了女妖发出的那抹熟悉的蓝光。它就停在外围塔楼的一个狭窄的平台边缘处。"我们是对的——他们在这里。"现在，他也不知道是该为找到朋友而长舒一口气，还是该为他们在监狱里可能遭遇的事情而担忧。

"南边的停机坪，我看到了。可是，情况有点儿不对劲。"贾斯珀一针见血地指出，"这里太安静了。为什么没有人发现我们？"

当他们飞近时，墨菲看到格蒂的降落指示灯在闪烁。他隐约还能听到时断时续的警报声。

"一定发生了什么事情。"墨菲同意贾斯珀的观点，"我们得马上下去。"

"收到。"贾斯珀答道。他缓缓地推动操纵杆。格蒂平稳降落,优雅地停靠在女妖旁。

"你们下吧,英雄们!"门开了,他对他们说道,"时间不多了!"零蛋队队员们全都目瞪口呆地望着他。

"你不跟我们一起?"比利轻声说道。

"哎呀,不啦!"贾斯珀爵士一咧嘴,露出一抹不太自然的微笑。"我这个行动不便的残疾老头就不去给你们添麻烦了,这样你们行动还能快点儿。"他略微有些尴尬地咳了几声,"这是给英雄的任务,不是给退休老头的。而且,我还得看着格蒂和女妖。再说了,你们肯定已经想好计划怎么救你们的朋友了,对不对?"

听得出来,贾斯珀爵士似乎有所保留,墨菲怀疑他是不是知道些什么。不管怎么样,在没有超能力傍身的情况下,贾斯珀爵士似乎没有信心和他们一起去执行任务。不过,现在也不是给人打气、鼓舞斗志的时候。就在他们五个人的脚接触到停机坪的金属地板的一瞬间,他们立刻就意识到这里的形势已经相当严峻。

除了急促闪烁的红灯,还有个吵闹的电子喇叭每隔几秒钟就会发出一个冷冰冰的机械声音:"**紧急封闭。紧急封闭。紧急封闭**……"就这么几个字,来来回回地重复。

"这声音太烦人了。"希尔达被这无休无止的声音惹烦了,大叫道。

"我想它的目的大概已经达到了。"墨菲说。

"你说,遇上紧急情况本来就够烦的了,现在还得一路上都听着这个。听得我头疼!"

"快走,说不定下面能安静点儿。"就连墨菲自己都觉得这话没什么说服力。

说起来他们其实并没想好怎么进监狱去救朋友,不过,等他们走到入口处时,他们意识到自己可能不需要详细的计划。大门旁的电子屏幕正闪烁着绿光,给人一种不祥的预感,他们凑近一看,屏幕上写着"**安保系统已禁用**"。墨菲伸出一根手指,有点儿忐忑地在屏幕上按了一下,门一下子就弹开了。他在心中暗想,这可不是一座戒备森严的监狱该有的样子。

一定是出问题了,很严重的问题。

此时此刻,战栗之沙内部恐怕只能用乱成一团外加鬼哭狼嚎来形容。上一次,墨菲和弗林特小姐来这儿的时候,这里很安静,一切井井有条。今天,这里看上去就像是有人点着了一只猫,然后把它扔进了制造烟花的工厂。(我们向你保证,在我们写下最后这句话的时候,绝对没有一只猫受到伤害。)

超级零蛋队的队员们走到一个房间里，这里之前应该是个餐厅，但现在，所有桌子和椅子都被撞得东倒西歪，地面上还洒满了食物。如果比尔·伯顿看到这一幕一定会大发雷霆。一名守卫软趴趴地歪倒在墙边，完全不省人事，黑色的制服上沾满了类似奶油一样的白色斑点，脸上沾着一团可能是蛋奶馅饼的白色面糊。

"他怎么了？"比利小声问道。

"哦哦哦，他就是玩得太嗨了！"对面走廊里传来一个巨大的声音。

在顺着声音传来的方向望过去之前，墨菲已经猜到来者是谁，心里不免一阵恶心。赫然出现在他们面前的正是那个身形庞大、邋里邋遢的派对狂，此刻，他正瞪着一双大眼睛，凝视着他们。上次见到他，墨菲不过是透过牢房栏杆匆匆一瞥，并没见到他的全貌。现在，他整个人都毫无保留地呈现在他们面前，坦白说，这画面一点儿都不好看。

派对狂又高又胖，穿了一件镶边T恤和一条宽条纹长裤，脚上套了双大得吓人、走起路来咚咚直响的大鞋子。他顶着一头无比蓬乱的鲜红色卷发，那张煞白煞白的大饼脸上挂着一副神经病才有的怪异表情。

"你们几个也想参加派对吗？"这个坏蛋冲着他们尖叫道。

"坦白说，"墨菲决定如实相告，"不太想。"

"我对派对也不太感兴趣。"玛丽附和道。

"噢，你们误会我了。"派对狂大叫一声，"我可不是在征求你们的意见。**这不是你们的派对，这是我的派对。是我的派对，所以我说了算，如果我要你们来参加，你们就死定了。**"

在用尽全力丢出这句他最爱的口头禅后，这位派对狂爆发出一阵歇斯底里的狂笑，笑了足足一分钟，不过，这笑声听起来似乎比一分钟长多了。突然，他的笑声戛然而止，静静地望着他们，这一下又看了整整十秒钟，只不过，这次的凝视比之前的笑声更显诡异。

"好吧，我们得走了。"墨菲轻快地说道，"很高兴能再次见到你。"

"别走。"那个身高两米四的小丑说道，"我正打算给你们几个气球玩玩呢。你们想要吗？"

"呃。"比利开口了，但他很快就意识到，要想礼貌地拒绝对方赠送气球实在是有点儿难。

"不！不要，我们不想要！我们讨厌气球！"玛丽大叫一声，很显然，思维敏捷的她充分理解了那句口头禅中"死定了"这三个字的含义，但一切都晚了。

派对狂把手伸进了上衣口袋里，抓出一把鲜红色的气球。他用食指和拇指捏住一个，只用一口气就把它吹得鼓鼓的，然后手指一松，气球便带着刺耳的嘎嘎声向他们飞去。

"**快躲开！**"玛丽大叫道。

"听起来是有点儿像鸭子叫。"比利还没说完，就被拽倒，趴在了地上。

零蛋队队员们飞快地向两侧闪去，气球从他们中间飞过，撞在墙壁上，爆炸了，墙上的石膏板被炸出一个大洞。

"**现在，我们要开个大派对！**"派对狂大笑道，"再来个气球，怎么样？气球来喽！"

他们立刻闪到旁边的一张餐桌后面，刚好躲过了小丑的第二颗炮弹。气球穿过大门，飞进了隔壁的厨房，最后想必是落在了一锅烤豆子里，因为随着爆炸声响起，一股温暖的豆汁如天女散花般，洒落在超级零蛋队队员们的身上。现在谁都没时间为弄脏的衣服担心，更没时间去找面包蘸着豆汁尝尝味道。伴随着一阵又一阵刺耳的声音，越来越多的气球在房间里乱窜。派对狂已经发现了他们的藏身处，从各个方向对他们展开了进攻，他一边吹气球，一边疯狂地哈哈大笑。一个气球在距离他们藏身之处很近的地方爆炸了，队员们不得不四散开来。

墨菲和玛丽躲到了另一张桌子后面。

"我们得想办法干掉这个疯子。"墨菲说话的口气有

砰！

些沮丧,"要想去喜鹊的牢房,就必须从他那边走。"

"好,想办法。"玛丽像是在自言自语,"这个小丑的弱点是什么?"

"呃,靠不住的老爷车?"墨菲答道。

"什么?"玛丽反问。

"就是小丑们开的那种车。"墨菲答道,"车门随时会掉下来,然后,一堆东西都撒出来。这种车一定很难上保险。"

"这是我在战斗中听到过的最没用的建议。"玛丽责备他,"你再想想。现在有什么……能帮我们打败那个派对狂……他的弱点是什么?"

"鞋子!那双鞋真的是又大又笨重。"躲在桌子另一侧的希尔达说。

"没错!"墨菲说,"比利在哪儿?比利!"

"我在这儿。"一个沉闷的声音响起,"我不喜欢这个派对,所以我跑到厨房里来了。"

写到这儿,我们想插播一堂很有用的生活课。如果你生来就不喜欢派对,遇到派对时,你大可以直接奔向厨房。虽然原因不明,但厨房会让你感到更舒服,更有安全感,而且厨房里的所有人都和你有同感。

然而,不幸的是,故事里比利所在的这个厨房可一点儿都不安全。就在刚刚,一个气球飞进来,撞在一个盛满奶油的锅上,爆炸了,溅了他一身奶油。比利吓得不轻,一双耳朵立刻直挺挺地鼓了起来。此刻的他看上去像极了孩子们最爱的奶油兔子。

这只奶油兔子惊慌失措地从厨房里跑出来。躲在墨菲藏身的桌子后面。墨菲伸手压下他的大耳朵,以免被对方发现。

"你刚才说什么?"奶油兔——抱歉,是比利问道。

"鞋子。"墨菲告诉他,随口舔了一把手上的奶油,赞许地点点头,"小丑的弱点是鞋子。瞄准鞋子。"

比利从眼睛上抹下一块奶油,摇身一变,从奶油兔子变成了另一个小朋友们喜闻乐见的角色——奶油忍者,然后就从桌子后面扑了出来。派对狂的鞋子瞬间膨胀了好几倍——别忘了,这可是个身高两米四的巨人小丑,他的鞋原本就不小,现在更是大得不可思议。

派对狂终于停止了轮番进攻,他想把腿抬起来,却仿佛被钉在地板上一样,根本动弹不了。

"是谁?是谁想破坏我的派对?" 他咆哮道,"想要让我收手,这可远远不够!"

说罢,他又开始扔气球,同时从袖套上扯下五颜六色的彩带,将它们抛向比利。色彩斑斓的彩带网横在比利面前,使他动弹不得。

"下一个是谁?"他扫了一眼房间,叫嚣道,只不过,他依然动弹不得。

"下一个就是你,"比利说,"我刚刚又想起小丑的一个弱点。"

派对狂的大红鼻头眼看着越来越大,眨眼间就变得足足有之前的两倍,不,至少三倍大!此时,小丑的头不见了,身子也不见了,双腿之上只剩下一个巨大的鼻子。"**我拒不回晃过你们!**"小丑恶狠狠地咆哮道,只可惜此刻的他口齿不清,根本听不清他在说什么。他拼命挣扎着想挪动那双膨胀的双脚,但异常沉重的大鼻子让他彻底失去了平衡,猝不及防地,他那庞大的身躯向后一仰,跌倒在地上。

"派对结束。"比利微微一笑,说道。他扒拉开那些彩带,重新回到朋友们身边。

"我想从现在开始,你应该可以照顾好这位派对狂了,比利?"希尔达从她藏身的地方走出来。

"你什么意思?"他问道。

"我的意思是——"她冲其他人扬起了眉毛,"你的奶油还挺管用。"

大家沉默了一秒钟。紧接着,又是一秒钟。

最后,墨菲紧张地咳了几声,打破沉默说道:"好了,我们走吧。我们必须赶紧找到芙洛拉和卡尔,不然就来不及了。"

超级零蛋队的五名队员向监狱深处走去。希尔达的那个笑话仿佛一朵并不滑稽的云,笼罩在仍在苦苦挣扎的小丑上方。

20
一段痛苦的回忆

在监狱的负一层，芙洛拉面露微笑。

"只有你们这种超级大恶人才会为这个问题感到困扰。"她冷冷地对喜鹊说，"你的优先选择永远都是错的。究竟是保留我的超能力，还是找回我女儿？这是我做过的最容易的选择题。"

"你的优先选择才是错的。"喜鹊不屑地说道，"不过，这是因为你低估了超能力的本质。"

"如果你连使用超能力的理由都找不到，你还要超能力干吗？如果你没有想保护的人，也找不到想为之战斗的事情，你要超能力做什么？"芙洛拉反问道。

卡尔什么也没说。他只是轻轻地捏了捏芙洛拉的手，眼泪在他的眼眶里打转。

黄金时代的最后一位英雄抬起头，闭上双眼，举起双手。"动手吧！"芙洛拉站在最高一层的台阶上，准备迎接喜鹊的紫色闪电，"你要就拿走！"

之后便是静默，长时间的静默。什么也没发生。

最后，喜鹊抱歉似的咳了几声。"哦，很抱歉。"他微微一咧嘴，笑着说，"我忘了说一件事，一件很小的小事。我不会在你站在那上面的时候拿走你的超能力。**首先，你得下来，走到这个圆圈里来。**"

"**什么？**"卡尔发出一声怒吼，"一旦你拿走芙洛拉的超能力……她就再也出不来了。她会永远被困在那下面！"

听到对方将自己的计划说了出来，喜鹊嘴边的微笑渐渐凝固成一抹轻蔑的冷笑。"是的，你和你的英雄朋友们把我关在这下面。现在，就让你代替我。"他越说越大声，"蓝色幽灵，超能力的意义就在于此，而绝不是你说的故事书上的那些让人恶心的废话！超能力意味着你能做你想做的任何事情。它意味着你可以让你的敌人跪地求饶。**现在，就按我说的去做。不然，你女儿就死定了！**"

在上层的牢房里，超级零蛋队的队员们还在快步向这边走来。透过不断闪烁的红色应急灯灯光，他们看到四周一片狼藉，烟尘滚滚。

"我一直都很讨厌小丑。"比利说着，轻轻用手摸了摸自己的耳朵。它们正在逐渐缩小至正常大小，只不过仍然像兔耳朵那样有个小尖角。

"快走吧,别再想他了。我们得快点儿蹦跶了。"墨菲说道。除了玛丽,其余三个人似乎并没听出他这句话是在影射兔子。于是,玛丽飞快地冲他竖起拇指,然后又缩了回去。

"终有一天,你会成为一个好爸爸,你知道吗?就凭你刚才说的那个笑话。"玛丽对他说。墨菲扬起一条眉毛,以示反对。

他们向着那台直通负一层的电梯跑去,但这条路一点儿都不好走。看起来这座监狱的所有囚犯似乎都被释放了。每个牢房门口都闪烁着同一条信息:"**安保系统已禁用。**"那些牢房里不是空空如也,就是被毁了——家具被砸得稀巴烂,扔在走廊上。

时不时地,他们也会看到有人顺着走道往下跑,一边跑一边冲着旁边的人大喊大叫,只不过,他们似乎都有心事,所以想要不被发现倒也不难。

零蛋队队员们听到一阵急促的脚步声向这边走来,便闪进了旁边的一间空牢房。

"走廊安全。快走!弗林特到底去哪儿了?"一名清道夫冲着快步跑过的一群人喊道。

等他们消失后,五个小伙伴回到了烟雾弥漫的走廊上。走廊上很安静,只有从楼上传来的隐隐约约的当当声和撞击声。突然，他们意识到自己的脚步声正在走廊上回荡着。

希尔达一把抓住比利的手，结果把比利吓了一跳，那只手顿时胀大了许多，反过来又把希尔达吓得尖叫起来。

"**嘘！伙计们，冷静点儿！**"墨菲说，"电梯就在前面不远——"

玛丽把手伸到他跟前，让他噤声。

"那是什么声音？"她小声说。

所有人都停下脚步，摆出了最为经典的聆听姿势：脖子微微向前探，眉头拧成一团，同时眯起眼睛。

传入他们耳朵里的是一阵急促的嘟囔声，随之而来的还有让人毛骨悚然的嘎吱声，而且这声音越来越近。

"不管是什么，我们只能面对。"墨菲有点儿紧张地说，"电梯就在下一个拐角处——我们现在也不可能回头了。我们已经走得太远了。"

一个高大的黑影从拐角处踱出来，缓缓地朝他们走来。那个影子推着一个看起来像是医院里的病床一样的东西。那张床的一个方向轮松了，一边滚一边不断地发出烦人的嘎吱、嘎吱、嘎吱的声音。

"**不是这里，你这个没长脑子的笨蛋。**"床上传来一个沙哑刺耳的声音，"这条路我们已经走过三次了。"

"真的吗，老伙计？我怎么不记得来过这里。"另一个声音答道，这个声音听起来很沉着，也很沉闷。

零蛋队队员们站在原地，面面相觑，心中充满了疑惑。

"噢，你什么都不记得！**掉头！掉头！**"

然而，就在他们向后转的时候，躺在床上的那个人发现了站在不远处的超级零蛋队。

"停下！往前走！"他大叫道，"看看我们发现了什么。"

随着那张嘎吱响的床越来越靠近，躺在床上的那个人的样子渐渐清晰起来。他从头到脚都绑着绷带，一条腿还搭在脚蹬上，可即便如此，他们还是一眼就认出了他。

"**内克达？**"希尔达大叫一声，没错，躺在床上向他们靠近的正是那个疯狂的黄蜂人。

"哦，不会吧？"墨菲叹了一口气。

"是你！"内克达两眼冒火，怒气冲冲地盯着普通小子，"是你，没错吧？我的……野餐！不，不是野餐。"内克达一半是黄蜂，一半是人，所以他对野餐有种执念，而这往往会让他说的话听起来不知所云。"**啊啊！到底是怎么说的来着？！**"

"冤家路窄？"希尔达提醒道。

"**对！冤家路窄！**"内克达大叫道，"**我那冤家路窄的野餐！**就是你们几个该死的小鬼，坏了我的好事。嗡嗡嗡，是时候把你们都做成我的烧烤大餐了！"

"你想怎么样？"玛丽愤愤地问道，"坐在那张世界上最慢的床上来追杀我们？"

内克达绝不会因为玛丽的蔑视就停止他前进的步伐。他朝背后那个推他的人点点头，自豪地说："请允许我向你们介绍我的好朋友，同时也是跟我一起做坏事的新搭档！"

内克达的新搭档长相格外奇特。他的脑袋又薄又尖，眼睛就像两个球，乌黑发亮，两边脸颊上各镶一个。他肩膀宽宽的，上身套了一件有点儿闪的橙色外套。

"他是这个世界上最邪恶的犯罪分子之一。"内克达接着说道，"有了他的帮助，我的野餐大计一定会成功，我要狠狠地报复你们！"

"复仇大计？"希尔达再次提醒。

"没错，就是这个意思。复仇大计！" 内克达尖叫道。

"有了这个犯罪天才的帮助，这将会是一次非常非常非常可怕的野餐。因为他就是……金鱼！"说完，他高举双臂，仿佛是想说"嘿，瞧一瞧，看一看啦"，可是，坦白说，他全身都绑着绷带，动弹不了，他的手只是微微抬高了那么一丁点儿，顶多就算说了个"嘿"。

"金鱼？"玛丽说，"一个超级大恶人怎么取了这么个搞笑的名字？"

"抱歉打扰一下，这位年轻的小姐。"金鱼不紧不慢地说道，"不过，正如，呃，这家伙刚才说的，我，嗯，很坏很邪恶，让人害怕的那种。只是我现在有点儿想不起来了……嗯……"

"他什么都想不起来。"墨菲忽然意识到，"就像真的金鱼。我第一次来这儿时听说过他。当然，他肯定也想不起来了。"

很显然，内克达已经不想再跟他们废话了。

"安静！金鱼，让我给你介绍一下这几个等会儿我们就要对付的家伙。首先，就是这几个没长眼的家伙让我现在只能躺在这该死的病床上。这其中……让我想一下，这其中有个拿伞的小姑娘、会自我膨胀的奇怪小子，还有个不怎么说话的和召唤小马的,当然……还有你,我最亲爱的儿子,马丁。你最近过得好吗,孩子?"

墨菲冲他翻了个白眼,其余几个人则哈哈大笑起来。

"他才不是你儿子呢,内克达!上次,我们打败了你!"玛丽恼怒地说道。

"**安静!我知道是怎么回事。我是马克的野餐篮!啊,不,不是野餐篮。是爸爸!我是马克的爸爸。**"

"等一下,那如果是这样的话,谁是马丁的爸爸?"玛丽立刻问道,不给他任何思考的时间。

"**够了!**"内克达被激怒了,大吼道,"**金鱼,进攻!**"只不过,他的声音听起来一点儿都不吓人。

无论金鱼打算采取何种进攻方式,零蛋队队员们都已经做好了准备。只不过,他们似乎有点儿小题大做——除非他们自己是一团鱼食。

"好的。抱歉,嗯……我为什么又要攻击这些小孩,内克达先生?"金鱼平静地问道。

"三秒钟前,我不是刚说过吗?你真是个废物!他们毁了一切!那天,我本来玩得正开心,结果,他们闯进我的老窝,她还用马把我踢下了阳台!"说着,他伸出一根绑着绷带的手指,指向希尔达。小女孩立刻摆好战斗姿势,只不过,一想起自己那两匹小马最引以为傲的巅峰时刻,她又忍不住笑了起来。

"骑马的就是她？"金鱼问道，"这位年轻的小姐可真厉害。"

"不，她不骑马，你这个漂在水里的榆木疙瘩。她有宠物，会突然变大的那种。"内克达气急败坏地解释说。

"**哦，天哪，太神奇了。**"金鱼赞叹道，"我喜欢马。你知道的，我也喜欢那些哗啦啦飞过去的鸟群。可问题是我永远想不起来我选的是哪匹马。"

"野餐垫！三明治！噢，野餐！"内克达扯着嗓子叫道。暴怒之下的他已经变得语无伦次。他本以为找了个十恶不赦的帮手，谁知这家伙却像个和蔼的邻家大叔。"**去……抓住他们！**"他气得在床上猛烈地颤抖着，像极了被关在罐子里的大黄蜂，最后，他好不容易才憋出这句话。

"好的，老伙计，别把你的绷带弄乱了。我就好奇地问一句，你为什么要全身绑满绷带呢？"

"**抓住他们！**"

"好的。"金鱼说完，就丢下内克达，直奔超级零蛋队而去。

"我们不能在这儿浪费时间。"墨菲心想，"比利，准备。"

"收到，队长。"

"准备好了吗，希尔达？"

"一切就绪。"

"动手！"墨菲大喊一声。

希尔达伸出手，她的那两位白色的小朋友出现在手掌中。

"哦，太美了！马，就是有点儿小！"金鱼发出一声惊叹，完全忘记了自己的任务。

"不！"内克达一边大叫，一边在床上拼命地扭动，"不要因为那些马分散注意力——我再说一遍，不要因为那些马分散注意力！它们会变大！"

"**什么？**"

"**它们会变大！**"

"就是现在，比利！"墨菲一声令下。

"不！啊！香肠卷！停止！"激动不已的内克达拼尽全力叫道，只可惜已经晚了。比利已经用自己的超能力让希尔达的两匹马瞬间膨胀。

金鱼面前出现了两匹正常大小的骏马，它们踢踏着地面，随时都有可能冲过来。金鱼见状吓得连连后退，躲到了床后面。

"啊！它们变大了！你为什么不早说它们会变大？"他用颤抖的声音说道。

"我说了，你这个大……大笨蛋！餐巾纸！别管了……

带我离开这儿!"

希尔达的两匹马扬起前腿,冲着那两个畏畏缩缩的大坏蛋放声嘶鸣。

金鱼一把抓住内克达的床尾,飞快地掉了个头,黄蜂人那只被高高吊起的脚哐当一下,重重地撞在墙上。

"哎哟喂!哎呀!猪肉馅饼!你小心一点儿!"内克达大叫,金鱼推着病床没命地跑远了。一路上,那只松动的方向轮来回摇摆,连带着病床也剧烈地摇晃着。

"干得漂亮,希尔达。比利,你也是。"墨菲说。

可是,他脸上的笑容很快就消失了。内克达再次逍遥法外并不是他们现在要担心的事情。通往负一层的路就在

眼前，电梯就在下一个拐角处。他只希望这台电梯能带着他们及时赶到，助芙洛拉和卡尔一臂之力。

他招呼着小伙伴们继续往前，然后带着他们走进了电梯。

挤在狭小的电梯里，他们谁也没说话。电梯门关上时，那张斗牛海报再次出现在墨菲的脑海里，但墨菲很快就按压住了内心的恐慌，海报转眼就消失了。

你猜，当电梯将他们送入海底，再次打开门的时候，他们会看到什么？

21
蓝色幽灵背水一战

当电梯门开启，他们走出电梯，踏上负一层的石头地面时，墨菲简直不敢相信自己的眼睛。喜鹊仍然被困在那座石头剧场的底部，但墨菲悬着的一颗心并没有因此而落地。因为还有另一个人和他一起，站在下面那个白色的圆圈里。

那个人就是芙洛拉。

卡尔站得离电梯不远，就在顶部台阶的边缘处。这个老头目不转睛地望着下面，一脸难以置信的表情。他们立刻跑过去，站在他旁边。

看得出来，卡尔十分痛苦，他甚至都顾不上问他们怎么来了。"我拦不住她。"他用颤抖的声音说道。

"她是怎么做到的？她怎么可以走进那个圆圈却不被摄像头拍到？"墨菲着急地问道。

"她隐形了。"卡尔说。墨菲一脸震惊，同时也看到卡尔的眼睛里含满了泪水。"但现在，这都不重要了。她会永远被困在那下面,再也出不来了。这是唯一能救安吉尔的方法。我们……我们的女儿。她接受了。"

眼下,他们什么都做不了,谁也没办法。他们只能眼睁睁地看着喜鹊朝蓝色幽灵伸出双手,所有人都惊恐万状。一簇簇紫色的电火花渐渐将她包围,她缓缓地飘了起来。

"不!"希尔达大叫,可是卡尔拦住了她。

"她知道她在做什么。"他悲伤地说。

喜鹊周围散发出一种蓝色的光芒,他的嘴角开始上扬,露出一种奇怪而阴险的笑容。突然,闪电消失了,芙洛拉重重地落在地上。

喜鹊头也不回地走向地上的白色圆圈,上面的摄像头不断调整,一路跟着他。

"三十年了,我被监视了整整三十年。"他望着他们,柔声说道,"三十年啊。"

下一秒,他就消失了。

"他去哪儿了?"玛丽着急地大叫,同时瞪大眼睛四处搜寻。

"他无处不在!提高警惕!别让他偷走你们的超能力!"墨菲大叫。

"**他成功了!他自由了!**"他们背后传来一个声音,就在电梯附近,"联盟被打败了!"

墨菲扭过头，看到一个邋里邋遢的小个子男人正兴奋地跑来跑去。"那是……德伦彻先生吗？"他疑惑不解地嘟囔了一句。今天发生的怪事太多了。

这时，喜鹊突然出现在电梯口，手里拿着一个闪着红光的金属小方块。

"别担心，"他大声对卡尔说，"我是个言而有信的人。我会信守承诺，置换雷管。安吉尔不会被炸飞的。"

德伦彻先生和他一起走进了电梯。

"此外，我忘了跟你说，我已经为她设计了一个更加可怕的计划。"就在电梯门即将关闭的一瞬间，喜鹊又补充了一句。

电梯门关上了，关门铃声在这间海底牢房里回荡着，没有人说话。就在这时，剧院底部传来了芙洛拉虚弱的呻吟声，玛丽闻声立刻沿着石头台阶快步向下跑去。

"站住！"墨菲大叫，"别靠近她！不要越过那条白线！"

玛丽猛地一个急刹车，停在距离底部只有几级台阶的石阶上，懊恼地望着躺在地上的芙洛拉。

"那我们怎么办？"玛丽绝望地扭过头望着墨菲，大喊，"我们不能丢下她不管！不能让她永远被困在这里！绝对不行！"

墨菲站在最高一级的台阶上,心中犹豫不决。他们进退两难,而且这个问题似乎根本没有解决之道。他们必须尽全力追上喜鹊,这样才有可能救出安吉尔。可如果这么做,他们就只能任由芙洛拉被监禁在战栗之沙。

"也就是说,只要摄像头拍到任何人跨越白线去帮她,这个地方就会爆炸。"希尔达走到他身边,总结说道,"现在,芙洛拉失去了超能力,只要她离开那个圆圈——"

"这里就会爆炸。"墨菲接着她的话说道。

"我们根本没的选。"比利插嘴说。

"下来。"墨菲一边说,一边跳下石阶,向下走去,他站到玛丽身边,招呼其他人也下来,"卡尔,你也下来。芙洛拉卡在陷阱里。我们该怎么办呢?"

"能解除陷阱吗?"卡尔不确定地说道。他们六个一起,站在距离那条白线不太远的地方。

"我们能解除陷阱。"普通小子肯定地说道。

"可是……这个地方会被水淹没。"希尔达很小声地说道,"我们逃不出去。"

"我们既然是一起来的,"墨菲对她说,"就要一起走,所有人一起。大家觉得呢?"

希尔达点头。墨菲扫了一眼朋友们的脸,他发现惊慌的表情渐渐消失了,取而代之的是一张张坚毅的面孔。

"好，"希尔达果断说道，"一起走。"

"一起走。"比利答道。

"一起走。"玛丽说完，拍了拍墨菲的肩膀。

"一起走。"一个温柔的声音从内莉厚厚的头发帘后面飘了出来。

卡尔望着身边这五个年轻的朋友，眼睛又湿润了。他骄傲地点点头。"像真正的英雄那样，"他对他们说，"我们一起！一起走！"

"**行动！**"墨菲大叫一声，他们几个一起向昏倒的蓝色幽灵跑去，整齐得仿佛是一个人。

"**越界。后退。**"警告声自动响起。

他们并没有停下来。

"**越界。后退。**"

大家还在跑。他们一起跨过白线，奔向芙洛拉。

"**违规。危险。引爆。违规。危险。引爆。**"

紧接着，一连串震耳欲聋的爆炸声响起。第一声爆炸来自电梯井，眨眼间，小小的电梯井就化为一圈火帘，彻底切断了逃跑的退路。之后，红色的盒子一个接一个爆炸，在厚厚的玻璃墙上炸出一连串大窟窿。海水开始往里灌。

卡尔从地上抱起芙洛拉，轻轻地拍了拍她的脸颊，似乎完全忘了正在发生的一切。他按住她的脖子，检查脉搏。芙

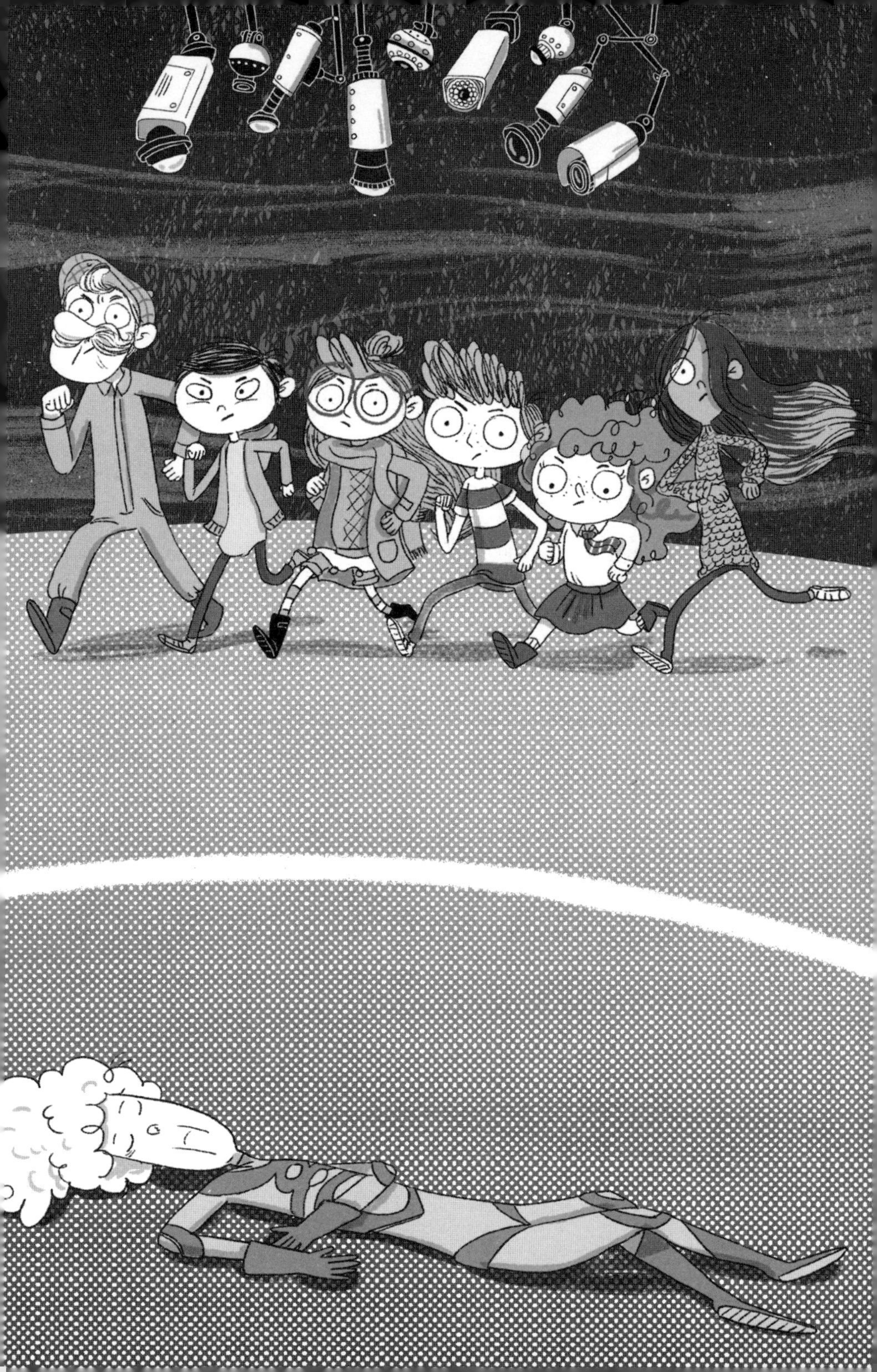

洛拉的嗓子里发出了微弱的呻吟，卡尔的脸上浮现出一抹淡淡的笑容。"坚持住，芙洛拉，"他柔声对她说道，"我们很快就会带你离开这儿。"

"对，我们带你离开这儿。"比利回过头，紧张地说道。冰冷的海水顺着石头台阶哗啦啦地流下来，不一会儿，剧场底部的水就已经齐膝深了。

"我们得到高处去。"墨菲对玛丽说。玛丽点点头。

"抓紧了。"玛丽对所有人说道，同时从口袋里掏出伞，"卡尔，把芙洛拉抱到这儿来，抓住这个。"

卡尔以抢救背负的姿势，将芙洛拉扛起来，海水冷得刺骨，他不禁倒吸一口气。玛丽按下按钮，打开伞。

因为多了两名成年人，一向轻松的飞行也变得不那么容易了，而且要想让所有人都抓住伞把手也着实费劲。他们摇摇晃晃地飞了起来，海水越涨越高，海浪不断拍打在他们身上，似乎在向他们发出警报。

"**我不知道我能不能撑得住！**"玛丽尖叫道。比利的双脚因为害怕迅速肿大，却帮了倒忙。

玛丽不顾一切地带着他们向电梯飞去。他们飞得并不高。中途，墨菲的脚还撞到了顶层的石阶，冰冷的海水飞溅而起，这时他才猛然惊觉剧场下面已经完全被淹没了。更糟糕的是，他们发现整个电梯井已经毁了。

"老婆子,这一次我们怎么才能脱身呢?"卡尔轻声问芙洛拉。她睁眼了。

"噢,办法总是会自己跳出来的。"她喃喃道。

听到芙洛拉的声音后,大家全都舒了一口气,心情也不由得好了一点点。就在这时,两道看似车头灯发出的明亮光束,穿透昏暗的海水在他们眼前晃荡。紧接着,一阵轰鸣声和啪啪的水声传来,一辆灰蓝色的轿车从玻璃墙上的一个大窟窿里钻进来,然后咕嘟一下浮到水面上,如同一只可爱的海豚,出现在众人面前。

在玛丽的引导下,他们一行人稳稳地落在汽车的顶篷上。这时,他们透过天窗,再次看到了贾斯珀爵士那张笑眯眯的脸。

"贾斯珀!"卡尔大叫一声,"你怎么在这儿?"

"来救你啊,老朋友。"就在贾斯珀说话的时候,车门开了,"我听到了爆炸声,心想这通常意味着有人需要我的帮助。需要搭便车吗?"

"老朋友,我从没觉得你的脸看起来像现在这么亲切。"卡尔的声音有些颤抖,大家纷纷上车,"现在,带我们离开这里吧。我再也不想看见这个地方了。"

"这么说来,"等所有人都挤进来后,墨菲轻声对卡尔说,"女妖可以在水下行驶,是吗?"

"哦，是的。"卡尔答道，"我上次没告诉你们吗？我做了许多特殊的改进。"他的眼睛里再次闪现出那种狡黠的光芒。

女妖掉了个头，飞快地冲出负一层，向着战栗之沙那些生锈的塔楼驶去，只留下了一连串蓝色的水泡。

故事发展到这里，就连天气都跟着起哄。当女妖冲上海面的时候，他们发现迎接自己的不仅有倾盆大雨，还有一阵强过一阵的狂风。贾斯珀爵士用双手死死地握紧操纵杆，却依旧无法阻止他们的小车被吹得东摇西晃；他想驾车飞离水面，却一次又一次地被海浪拍了回来。不过，在度过了惊心动魄的几分钟后，贾斯珀爵士终于成功地带着他们飞向了停机坪，将女妖停在了格蒂旁边。

"首先，第一件事，所有人都没事吧？"贾斯珀爵士松开了紧握操纵杆的手，回过头来问道。零蛋队的队员们点点头，然后飞快地钻出狭小的车厢，躺在停机坪上，大口大口地喘气。

卡尔仍然抱着芙洛拉坐在后排，他抬起她的头，柔声问道："你感觉怎么样？"

芙洛拉没有睁眼，不过就在她开口说话的时候，她脸上似乎闪过一丝微笑："还好，我觉得……还好。不过，事情有点儿不对劲。"

墨菲完全笼罩在悲伤之中。蓝色幽灵是黄金时代所剩无几的最后几位英雄之一,现在,拜他所赐,她成了喜鹊最新的受害者。

然而,现在可没时间后悔——他可以把后悔的情绪先保留着。现在,他们还有任务。墨菲决心化悲痛为力量,一定要让喜鹊受到应有的惩罚。

"我们不能再浪费时间了。"他对朋友们说,"时间是我们手上唯一的筹码。"

"你有什么计划吗?"比利问道,他脱下湿漉漉的鞋子,开始拧袜子上的水,"我们刚才差点儿就被淹死了。"

"是的,可是我们没死,"墨菲微微一笑,"这就是我们的优势。喜鹊一定以为我们为了救芙洛拉全都被淹死了。他绝对想不到我们会去找他。"

"去哪儿?"希尔达一脸茫然地问道。

"**当然是去救安吉尔!**"普通小子答道,"你们都听到了喜鹊说的话,他要害她。**我们必须找到她,然后把她送回家。**"

坐在女妖里的卡尔什么也没说,只是伸出一只手,紧紧地抓住墨菲的肩膀。虚弱的芙洛拉勉强睁开双眼,有气无力地说:"你永远都不会放弃,对不对,小墨菲?"她望着他，眼神中充满了骄傲之情，墨菲被她看得只觉心中一暖，哪怕此刻海风吹在湿衣服上，依旧冷得让人止不住发抖。

就在这时，他们头顶突然闪过一抹紫色的光。墨菲抬头望向天空，只见一架黑色的联盟大型直升机缓缓升起，墨菲能够看得出飞机外层闪烁着一圈可怕的紫色小火花。

"是他！"墨菲冷静地说，"看那些小火花。他正在用自己的远程控制力操控那架飞机。卡尔，你能跟踪它吗？"

"当然可以。"卡尔说。说完，他身体前倾，在女妖的控制面板上按了几个按钮。那架直升机很快就消失在了阴沉的天空中，与此同时，显示屏上出现了一个闪烁的红点。"就让他们先飞一会儿，很快我们就会知道他带着他的那位小朋友去哪儿了。"

"德伦彻先生，"玛丽说，"等有时间了，我们一定要和他好好聊聊，到底是怎么回事。"

"那是必须的，"墨菲说，"但现在还不是时候。"

"我们是不是该先离开这儿了？"贾斯珀爵士问道，"我去发动那个老姑娘，我会跟着你们一起回内陆——你们也该出发去救人了。"他转动轮椅，往后退，向车厢的坡道滑去。

"你不和我们一起去吗？"墨菲轻声问道。

轮椅停住了。"我跟你们说过了，像我这样行动不便的老头子只会拖你们的后腿。"贾斯珀爵士说道。然而，在墨菲听来，他这么说反而有点儿欲盖弥彰。"你们都知道，我已经退休了，是时候坐下来喝杯茶，好好休息一下了。"说完，他转动轮椅，滚下了坡道。

"是你带我们来救人的。"墨菲跟上去，对他说，"是你不顾自己的安危，驾驶女妖冲进了爆炸的水下监狱。是你救了我们所有人。对我来说，你就是英雄。"

贾斯珀爵士咳嗽了几声："嗯，真的很谢谢你，小伙子。你对老人真是太友善了。可是，没有了超能力……我能干什么？"

"我也没有超能力！"墨菲反驳说，"我从一开始就没有！现在，芙洛拉也没有了。"

卡尔打断了他们的对话，轻声说："你做得已经够多了，贾斯珀。剩下的就交给我们吧。你回家吧。"说完，他将目光转向墨菲，而贾斯珀爵士则回到了格蒂里，准备起飞。

"再会啦！"贾斯珀爵士侧过头，大喊道。

墨菲回到女妖里。他明白卡尔望他那一眼的深意。说服贾斯珀爵士去追踪曾经给他造成巨大伤害的坏人，这不公平。他有自己想走的路。只不过，墨菲仍然觉得很沮丧。

"好了。"卡尔展开贾斯珀爵士折叠起来的驾驶员座位，坐了上去，"我们起飞吧。你们几个坐后面，帮我照顾好芙洛拉。内莉——你到前面来，坐芙洛拉以前的位置。你可以吗？"

内莉兴奋不已，虽然声音不大，但仍然忍不住叫出了声，立刻起身坐到了副驾驶的座位上。卡尔终于兑现了他的承诺。

"系好安全带，"卡尔对她说，"外面的天气可不太好。"他在控制面板上扳动了几个开关，启动女妖。

当女妖迎着瓢泼大雨飞向空中的时候，一束阳光透过厚重的云层直射海面，在波涛汹涌的海面上画出一道亮丽的彩虹。

"太美了！"卡尔赞叹道。就在这时，停在战栗之沙上的格蒂也启动了，旋翼叶片突突地旋转起来，声波通过金属地板，从他们的后方传了过来。

一蓝一黑两辆小汽车从金属塔楼上腾空而起。

卡尔将注意力转回了前方的路线上。"小内莉，可以出发了吗？"他问道。

内莉点点头。

"发动机旋转九十度，我们起飞。"

卡尔驾驶着女妖擦着海面向前飞去，当他们穿过彩虹桥时，一个浪花扑过来，正好打在女妖车身上，在他们身后留下了一道特别的蓝色印记。

墨菲回过头，从后窗里最后一次凝视战栗之沙，眼看着那些金属塔楼越来越小。

临近海岸线时，卡尔选了一个人迹罕至的海岬登陆，同时提升了飞行高度。

"我们先观望一下。"说罢，他按了几个按钮，"喜鹊飞向了南部。你是对的，墨菲，他根本就没想到会有人跟踪他。"他露出了一个灿烂的笑容，紧接着，他开始呼叫贾斯珀："好了，我的朋友，我们就在这儿道别吧。"

"收到，老伙计，"贾斯珀爵士答道，"稍后老地方见。我会烧好茶水等着你们。祝你们好运，超级零蛋队！"

超级零蛋队的五个小伙伴一起伸长脖子，透过后窗，跟他挥手道别，墨菲的脸直接被他们紧紧地按在了车窗玻璃上。坐在驾驶室里的贾斯珀爵士挥手，在额前冲他们打了个手势，然后就驾驶着格蒂飞远了。

"**一路平安！**"卡尔加了一句，"谢谢你为我们做的一切。"

"老朋友，乐意为你效劳，"对讲机中传来了贾斯珀爵士的声音，"一直如此。"

就这样，女妖独自继续向前飞去，屏幕上那个闪烁的红点将会带着他们找到敌人，杀他个措手不及。

22
瀑布之后

在卡尔的操控下,女妖不断提升高度,很快就飞进了云层之中。

"内莉,保持这个高度,继续飞行,"卡尔说,"这样我们才不会被人发现。"

墨菲眯起眼睛,盯着显示屏:"卡尔,快看!追踪器停了!我想喜鹊肯定是降落了。"

玛丽也向前凑去,伸着脖子从卡尔的肩膀上注视着显示屏上的地图:"看起来他们好像进山了。这附近没有任何建筑或房子。"

"喜鹊的秘密基地。"希尔达小声说道。

"肯定是。我们一直都怀疑除了斯卡斯代尔,喜鹊还有另一个基地。"卡尔说,"他在那儿做各种实验。他一定是在那儿抓住了我们的安吉尔。可是她又是怎么找到这个地方的呢?"

"现在，多亏了墨菲，我们才终于在三十年后找到了这个地方。"芙洛拉激动地说道。墨菲转过头，向窗外望去，不想让别人看到自己脸红了。

卡尔驾驶着女妖一路向下飞去，直到降到几乎与树顶齐平的高度。

"看来他就在这个山谷里。"说完，他就带着他们飞入一道两侧悬崖耸立的峡谷之中。下方，一条小溪沿着峡谷蜿蜒流淌。墨菲看到峡谷里有几只羊，它们听到女妖引擎的轰鸣声后受到惊吓，一路跑上山坡。

他们沿着狭窄的山谷向前飞去，山谷内弯道多且曲折，幸好卡尔和内莉驾驶技术娴熟，一路上倒也有惊无险。当他们飞入一段较为平直的路线后，卡尔将座椅转向后方，对超级零蛋队的队员们说："出其不意是我们的优势，所以喜鹊肯定不会刻意聆听外面的动静。"

他接着说道："我们不妨这样——从现在开始，我们的首要任务就是保持安静。"

"水——水——水——坝！！！"墨菲突然用尽全身力气大叫一声。

"墨菲，注意你的音量。"卡尔被打断后，稍有不悦，"尤其是在我刚刚说了要……"

"不，我不是有意的。"墨菲指着挡风玻璃，尖叫道，

"水——水——水——坝！巨大的水——水——水——坝！！看前面！！！"

他们刚刚拐过一道河湾，一堵巨大的灰色水泥墙矗立在他们正前方的不远处，截断了整个山谷——那是一座巨大的水坝。水坝两侧，河水奔流而下，形成两块巨大的水幕，水幕直插谷底，在大坝下方汇聚成一个深不见底的大池塘。此刻，女妖眼看就要撞上那座大坝了。

"雷达上没有显示这里有大坝啊。"卡尔嘀咕了一句，"地图上也没有标记……"

"**当心！**"比利绝望地大叫道，几乎就在同一时间，他的两只脚再度膨胀起来，"**我们要撞——上——上——上——啦！**"

"这时候提升高度已经来不及了。"卡尔手忙脚乱地扳动操纵杆。

内莉伸出一只手拦住了卡尔。她眯起眼睛，透过驾驶室的窗户，死死地盯着左侧的瀑布。

"太好了！"卡尔倒吸一口气说道，"我看到了！你眼睛可真尖，小内莉！"

内莉将操纵杆向左拉，驾驶着女妖径直飞向垂直落下的瀑布。墨菲看到水帘后似乎有道光闪过——是金属反射的亮光。

"那里面有东西！"他猛然意识到，与此同时，卡尔大叫道，"抓稳了，照顾好芙洛拉！我们要冲进去啦！"

女妖直挺挺地向水墙撞去。内莉瞪大双眼，死死地望着前方，两个眼珠仿佛随时都有可能会从眼眶里蹦出来。她的手紧紧握着操纵杆，指关节因为用力过猛都变成了白色，就在他们穿过水帘的一瞬间，她猛地将操纵杆向右推去。

这辆飞行的汽车几乎是擦着边飞进了位于水坝旁一个类似于机库的空间里，这里很宽敞，但不高，他们差一点儿就车毁人亡。

"**我们要迫降啦！**"卡尔大叫。

伴随着刺耳的摩擦声，女妖撞向了机库的地面，超级零蛋队的队员们被震得东倒西歪。幸好比利把自己的身体变成了一个超级大气球，挡住了大家，不然，所有人都会从车里被甩出去。

"**我是人肉安全气囊！**"当所有人都撞向他的时候，比利兴奋地大叫道。

女妖最终在距离一架黑色大型直升机只有几厘米的地方停住了。

"就是这里了！"他们着陆后的很长一段时间里，大家都大口大口地喘着气，谁也没说话。最后还是墨菲打破了沉默，说道："我们找到了喜鹊的秘密基地！内莉，这都是你的功劳！"

内莉轻轻甩了一下头，头发遮住了她的脸庞，却没能完全遮住她脸上的微笑。

"只不过，他可能已经发现我们了，我们失去了出其不意的先机。"卡尔神情阴郁地说道，"刚才进来时闹出的动静可不小。"

"那我们就更不能再浪费时间了。"墨菲说道，"超级零蛋队，听令——我们冲进去，把安吉尔救出来。"

玛丽拿出她的伞："金丝雀玛丽随时待命。"

"希尔达？"

"队长，阿泰克斯和埃博纳已准备好。"

"比利？"

"我们可能会死在这儿，但是，气球仔已启动。"

"内莉？"

内莉抬起手，冲他做了个手势，同时用一个不大的声音做出回应。

"卡尔？"

"随时随地。"

"芙洛拉？"

芙洛拉挣扎着，似乎想要坐起来，可是卡尔将手轻轻地搭在她的肩膀上。

"你留在这儿,亲爱的。你还太虚弱。"他说,"我们会把她带回来的。"

她朝他点点头:"我知道你会的。"

随后,卡尔扭头望向墨菲:"你呢,普通小子?你准备好了吗?"

墨菲挺了挺肩膀,卡尔轻轻扳动了一个小开关,女妖的侧门开了。"准备好了。"墨菲简短地答道。

卡尔和超级零蛋队一起走下女妖,穿过机库,向对面走去。地面是用灰色的水泥铺成的——和外面的水坝一模一样。瀑布发出的哗哗水声有些吵,且不时有水雾飘进来。直升机的坡道已经放下,他们很快就确认了,直升机里没有人。

"在那儿,你们看。"墨菲指着一扇嵌在墙上的金属小门说。其他人马上凑到他身边。"看来那里就是唯一的入口。"

"我不担心接下来会发生什么。"比利说,"只要那扇门不像恐怖电影里那样,会自己弹开就行。要是有这种门,我就一定会被吓死。"

谁知,那扇门真的像恐怖电影里那样,莫名其妙地自己弹开了。只不过,这大概是一部预算充足的高科技恐怖电影,因为门开时并没有发出那种令人毛骨悚然的吱呀声,而是平滑流畅地滑向一侧，几乎没发出任何声音。

但比利还是被吓了一跳，惊恐之下，他的脑袋瞬间变成了一个大气球。与此同时，一个又尖又细的声音在机库里回荡着。

"**扎斯个先进！**"他嘟着突然变大的香肠嘴唇喊道。

"比利，这不是陷阱，是电梯。"希尔达好意提醒他。

"它门怎么灰子冬摊开！"

"门不是自动弹开的，"希尔达答道，"是我按了一个按钮。"

"你怎么听得懂他在说什么？你是怎么做到的？"玛丽好奇地问。

"**为什么话弗拉沃嘛？**"比利又补充了一句，但这一次谁都没听懂。

他们走进电梯。电梯内部很宽敞，还泛着银光，门缓缓地关上了。

"太好了，"墨菲嘀咕道，"又是电梯。"

"你们说这里是什么地方？"玛丽问道，"军事防空洞，还是什么？"

（既然你是我们最钟爱的读者，那我们就直说了吧，玛丽猜对了。这里的确是一个军事掩体，很多年前，人们为了备战，在大坝旁修建了这个掩体，但战争并未发生。后来，军队离开了，喜鹊将这个废弃的军事掩体占为己有。这些和文中的故事无关，而且知道这些的人可不多哦，你大可以暗自得意一下，只不过，不要告诉别人，好吗？这是我们之间的一个小秘密。也别告诉别的读者，我们和他们的关系不像跟你那么好。你要说了，他们就知道了。）

不一会儿，电梯停了。英雄们纷纷挺直了腰板。就是这儿。这么多年来，无论喜鹊有什么秘密，他一定都藏在这里。这里是他所有计划的核心。

电梯门开了。电梯外是一个光线十分昏暗的大房间，墙壁上镶嵌着许多控制面板和屏幕。成排堆放的仪器不断发出低沉的嗡鸣声，距离他们最近的仪表盘连续闪烁着，发出的光不仅诡异，而且颇惹人烦。

"为什么大坏蛋们都喜欢在这种黑乎乎、什么都看不清的地方活动？"玛丽不解地问道。

"现在，最无关紧要的可能就是这里的照明问题。"墨菲一边眯着眼打量四周，一边紧张地和她分析眼下的形势。

在房间正中央离地面很高的地方，有一团红色的光，那团光看上去很奇怪，而且一直在有规律地闪烁着。他们小心翼翼地朝那个神秘的光源靠近。

天花板上吊着一个巨大的玻璃制品，红光就是从那里面发出来的。它的玻璃外壳看起来像口大钟,里面烟雾缭绕,一团紫红色的光围着大钟正中央一个看不清轮廓的东西不停旋转。天花板上嵌着许多金属面板,密密麻麻的电线从面板上延伸出来,插进了围绕在大钟四周的各式插孔里。

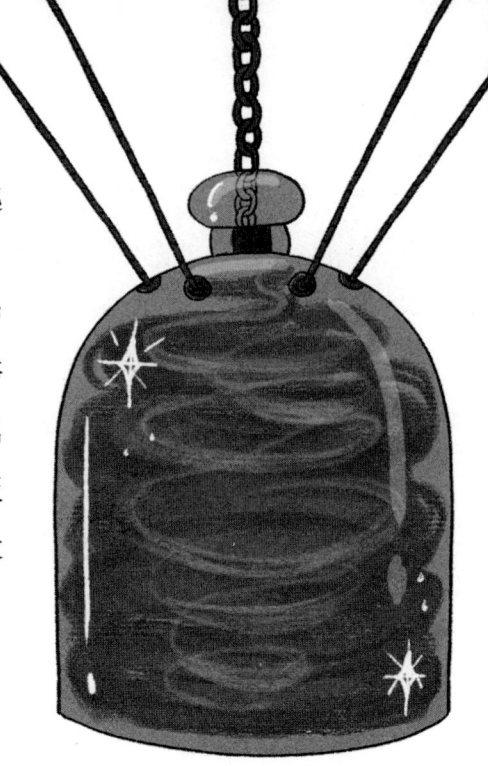

"这东西看着像个鸟笼。"墨菲发出一句感叹,慢慢走过去。在距离那个玻璃罩几米远的地方,矗立着一个巨大的控制台。

控制台上镶嵌着显示屏和刻度盘,看起来十分复杂,其中有一个绿色的小刻度盘上写着:**静止温度**。

控制台顶部有一块黄铜匾牌,上面刻着三只黑白相间的小鸟,小鸟的线条简单而流畅,小鸟下方刻着"**冬季工程**"四个字。

"喜鹊,"墨菲小声说道,"三只喜鹊!"

"**一是悲伤。**"比利开口说道。

"**二是快乐。**"希尔达接了下去。

"**三……是女孩?**"玛丽试探性地问道。

她的话被一阵急促的脚步声打断了。卡尔快步从他们旁边跑过,向着那个玻璃罩跑去。

他们紧随其后。

卡尔站在那个玻璃罩的正下方,伸长了脖子向上张望。因为中间夹了层发光的烟气,玻璃罩中央依旧一片模糊,但这一次他们能够看得出悬在玻璃罩正中央的是一个女孩。她在起跳的一瞬间被冰封,所以一条腿向前伸展,两只手握成拳头,保持着战斗的姿态,一头长发在她身后飞扬着。

"太不可思议了。"卡尔自言自语道,"真的是她,安吉尔，她就在这儿。"

"天哪，多么富有戏剧性的时刻啊！"昏暗的房间里响起一个冷酷的笑声，"真是太感人了，只可惜接下来就只剩悲剧场面了。"

23

冬季工程

所有人几乎同时转身，搜寻喜鹊的身影。哪儿都找不到他，但墨菲觉得他的声音是从房间尽头处一个硕大的金属基座那儿传来的。就在他凝视着那个方向的时候，一个不知从哪儿冒出来的闪着红灯的小金属块突然出现在那个基座的上方。伴随着一个轻微的咔嗒声，小金属块被卡在了基座上。

"**快看！那里！**"他大叫。

卡尔也发现了小金属块。"那是雷管。"他轻声说，"他暂停了炸弹计时。谢天谢地。"

"**我跟你说过，我会信守承诺。**"是喜鹊的声音，那声音仿佛近在咫尺。他来得悄无声息，而且隐身了。

卡尔警觉地转过身："**现身吧！你这个胆小鬼！**"

"大家都竖起耳朵听好了。"墨菲对其他小伙伴说道，与此同时，他们也开始向后退，渐渐形成一个背靠背的圆圈，"他可能会出现在任何地方，留心他的闪电。"

"司机,你很厉害嘛,居然找到了我的研究基地。"喜鹊接着说道。这一次,他揶揄卡尔的话语是从实验室的另一端传过来的。等他再开口的时候,声音又飘到了困住安吉尔的玻璃罩附近:"果然是有其父必有其女啊!你发现女儿还活着,你想救她,却发现自己无能为力,只能求助于一帮孩子。说说看,你现在心里是什么滋味?"

"我们不怕你!"墨菲大叫一声。

"**也许吧。不过,那也只有一个原因:因为你们蠢!**"喜鹊就在附近,非常近——他正冲着墨菲的耳朵窃窃私语。

"现在,我先拿哪种超能力呢?"喜鹊得意地说道,"小马那个?"他冲着希尔达低声说,后者顿时吓得一脸煞白。"还是风暴呢?"一阵看不见的微风扫过内莉的长发。"或者是……飞翔?没错,飞行的体验真是太美妙了。多年前,你们给我取了'喜鹊'这个名字,现在我终于能做一只名副其实的喜鹊了。"

听到他的这番话后,所有人都下意识地向玛丽靠拢,将她围在中间,保护起来。"你休想!除非你先干掉我们!"卡尔大叫。

"乐意之至!"喜鹊说道。话音刚落,他们头顶就出现了一团巨大的紫色闪电——预警的信号。所有人不约而同地开始躲闪，然而就在他们行动的一瞬间，喜鹊从他们的后方再次出击，将他们全都击倒在地。

"没想到隐身竟然这么好玩！" 喜鹊哈哈大笑，"我可以这样玩上一整天，看着你们站起来，然后摔倒，就像一群手无缚鸡之力的废物。不过，做正经事的时间到了。等我再次出手时，就有人要受伤了。"

墨菲也许的确看不见喜鹊，但是他知道这个大坏蛋正望着自己。他能够感到空气中再次传来了那种奇怪的感觉，就是那种无数薄薄的金属小翅膀撩拨他皮肤的感觉。

"超级零蛋队队员们，准备！他要动真格的了！"墨菲拼尽全力大声喊道，"超能力准备！"

比利鼓起一个拳头，算是测试。当其他小伙伴不顾一切地想弄清楚喜鹊接下来的攻击目标是谁的时候，内莉闭上了眼睛。希尔达摆出了她一贯的作战姿势。她看起来似乎有些痛苦，但与此同时，伴随着马蹄声和嘶鸣声，她的那两匹小马渐渐显现出来。只要一想到它们会落入喜鹊的手里，她就心痛得不能自已。

然而，这两匹小马并没有像往常一样，留在希尔达身边，等待她的指令，它们一出现就向左跑去，一边跑还一边摇晃着鬃毛，嘶鸣不已。

"它们要干吗？"惶恐的希尔达不解地问道，"阿泰克斯，埃博纳，到我这儿来！"可是那两匹马并没有停下来，它们目标明确地奔向房间的一角，然后突然停下来，扬起前蹄，在空中撕咬起来。

"离我远点儿！"喜鹊的声音响起。

"它们可以看见他！"墨菲喜出望外地叫道，"小马可以看见他！**现在，你再也不是隐形人了！**"墨菲欢呼道，所有人都转过身，面朝着希尔达的两匹小马锁定的敌人所在之处，准备开始一场更公平的较量。

没错，喜鹊那佝偻的身影渐渐出现在他们面前。他的两只手依旧背在身后，脸上浮现出一抹嘲弄的笑容。

"**这的确让人叹为观止，**"他用一种讽刺的口吻说道，"**闻所未闻。**不过，这毫无意义，因为你们都太在乎朋友，太信任朋友了。这将会让你们再次功亏一篑。"

在他身后，电梯门开了，厄运黄鼠狼从电梯里走了出来，不过他不是一个人，他手里还拽着一个正百般挣扎的人——芙洛拉。她的双手被紧紧地绑在身后，她的嘴里被塞了东西，一张脸因为愤怒而涨得通红。当她看到被冰封在红光之中的安吉尔时，顿时惊讶得睁大了双眼。

"好了，"喜鹊接着说，"我希望你们能乖乖地排好队，一个接一个地把你们的超能力交给我。不然，这位曾经的幽灵英雄的下场恐怕会很糟糕。"

未完待续……

大家放松一下,先来看看这则关于小猫的故事

插播故事
小兔阿兰和三只小猫

很久很久以前,有三只毛茸茸的小猫。他们分别是喵喵喵、毛线团和绒绒球。他们仨住在树林边一棵高大的梧桐树下,最喜欢做的事就是追蝴蝶、晒太阳,以及哼几句硬核的说唱歌曲。

在一个夏日的午后,小兔阿兰求妈妈让他出去骑单车玩,波丽安娜太太同意了。

"听好了,"她对儿子说,"你可以沿着车道骑,也可以骑到小树丛那边去摘黑莓,但是绝对不能到麦克杜格尔先生家的花园里去。你爸爸就是在那儿出事的。"

"可怜的爸爸怎么了?"阿兰好

奇地问道。

"他掉进了一个装满酸液的大缸里。"他妈妈笑着说,"好了,别啰唆了,去玩吧。我给你准备了点儿吃的。"说完,她递给阿兰一个野餐篮,篮子里装的全是她的拿手菜:甘蓝干草三明治、萝卜甜菜豆泥、裹着巧克力的胡萝卜棒,还有三个苏格兰蛋。

"苏格兰蛋是那天晚上泡泡糖先生来的时候吃剩下的。那天晚上,他胃口特别好。"波丽安娜太太说道。泡泡糖先生是只有点儿不着调的獾,也是兔子一家的老朋友。和大多数獾一样,他最爱吃苏格兰蛋。

就这样,小兔阿兰开始了他的冒险之旅。一小时后,他骑车来到了树林边。这时,他决定停下来休息一下他的小兔子腿,于是,他把车停在一棵长得特别茂密的梧桐树下。

他打开野餐篮,准备享用美味的食物。就在这时,三只小猫出现了。

"你们好!"小兔阿兰说。

"咝咝,喵喵?"其中一只小猫说,"我们是三只小猫。我是喵喵喵,这是毛线团,那个叫绒绒球。我们可爱又美丽,而且从不会犯错。我们不说也不听废话。"

"哦,那是当然。见到你们很高兴。我是小兔阿兰。"阿兰答道。

"你喜欢音乐吗,小兔阿兰?"毛线团问。

"喜欢,我当然喜欢啦。我爱音乐,也爱唱歌。"

"好极了,我们也是!我们最喜欢吹拉弹唱了。你想听我们演奏吗?"

"好啊,来吧!"小兔阿兰说。说完,他就举起甘蓝干草三明治,咬了一大口。

"伙计们,来吧。"喵喵喵说,"让我们给阿兰露一手,先来段我们的拿手好戏吧。"

"低音部出场。"毛线团说。

"抓紧喽!"绒绒球补充了一句。

小兔阿兰听了,立刻抱紧了自己的野餐篮,以防万一。

小猫们开始表演他们的说唱歌曲。无论你现在多大,都请亮开你的大嗓门,和他们一起唱:

小猫说唱
演唱者:三只小猫

沐浴着阳光,我们来啦。

翻来滚去,玩得多舒爽。

我们住在大树上,因为大树不收费。

我们是一家人,这里就是我们的家。

我们可爱又美丽,我们还会说唱。

我们个头小,千万别把我们当大猫。

这是小猫在说唱,

这是小猫在说唱。

我们来啦,我们跟着潮流走。

冲着未来挥挥手,

小猫也能念说唱。

你说我们酷不酷?

答案你知我也知,

我们真的太酷了,

我们都是好兄弟。

一分钱都不用给,

只要伸出手或脚,

给我们来点儿好吃的,

最好再来个鸡蛋。

这是小猫在说唱,

这是小猫在说唱。

唱完第二段后,三只小猫全都停了下来,勾起手臂,彼此依偎,一动不动,仿佛被冻住了一样。

"唱得真好。"阿兰说,他一口咬住三明治,好腾出双手来给他们鼓掌。

"谢啦,兄弟。"喵喵喵说。

"你们刚才是不是说了你们喜欢鸡蛋?"阿兰问。

"没错。"这次搭话的是毛线团,"人们一说鸡蛋就会想起獾,其实小猫也爱吃鸡蛋。"

"这样的话,你们今天运气不错!"阿兰兴高采烈地举起三个苏格兰蛋,对他们说。就这样,他们四个围坐在一起,边吃边聊天,时不时念上几句说唱,别提多开心了。

小兔阿兰交到了几个新朋友。

这个故事很好听吧?现在,我们说到哪儿了?啊,对了,喜鹊的防空洞。你一定会很喜欢接下来的这一章,因为接下来的故事精彩绝伦。

24
冰与闪电

"好了。"喜鹊接着说,"我希望你们能乖乖地排好队,一个接一个地把你们的超能力交给我。不然,这位曾经的幽灵英雄的下场恐怕会很糟糕。"

超级零蛋队谁都没有动。厄运黄鼠狼将芙洛拉按在地上,用脚踩住了她的背,想让她不再挣扎。

"来呀。"喜鹊向他们示意,"你们已经被我将军了,**这是盘死棋**。是时候缴械投降了。"

"决不。"墨菲毫不示弱地说,"我们可能是被困住了,但你只有一个人,寡不敌众。"

"寡不敌众?就凭你们?"喜鹊不屑地质问道,"五个小毛孩,外加一个老头?还是你们一直期望无所不能的英雄联盟会及时赶到,救你们出去?我向你们保证,他们现在忙得很,根本无暇分身,因为我们在战栗之沙给他们制造了一点儿小麻烦。"

"**我们杀了他们一个措手不及！**"德伦彻先生尖着嗓子叫道，"我们把所有犯人都放了！联盟被我们打败了！"说完，他就手舞足蹈地跳了起来，原本踩住芙洛拉的脚也挪开了。"胜利！胜利！他们将会感受到厄运黄鼠狼的愤怒！"

趁德伦彻先生不注意，芙洛拉停止了挣扎，悄悄地向卡尔和超级零蛋队那边挪动。

"**安静！你这个没用的家伙！**"喜鹊再也受不了德伦彻先生那语无伦次的废话了，忍不住冲着他喊道，"干好你的活儿，看好你的犯人。"

德伦彻先生不再晃来晃去。他跑过去，追上芙洛拉，粗暴地将她拖了回去，一边拖还一边念念有词。看得出，他有点儿伤心。

"看到了吧？"墨菲勇敢地向着喜鹊迈出一步，"你和历史上那些大坏蛋都一样，不是吗？也许，你可以强迫别人来帮你，但那不过是因为他们怕你，或是对你有所求，就像德伦彻先生。可一旦你遇到困难，就只能靠自己了。"

"我需要为此而担心吗？"喜鹊叫道，"我每进攻一次，都会变得更强大。我的危险程度超乎你的想象！我根本不需要那些可怜巴巴的废物来帮我！仅仅一个星期之内，我就偷到了两种新能力——它们分别来自你的好朋友蓝色幽灵以及英雄联盟的首领！你休想阻止我！"

超级零蛋队的其余四名队员纷纷向前迈了一步，站到队长身边，所有人一起毫无畏惧地望着喜鹊。

"墨菲说得对，"玛丽说，"你只有一个人。这也是你在斯卡斯代尔被打败的原因——寡不敌众。我们是一个团队。"

"**团队？**"喜鹊歇斯底里地大叫一声，话语中充满了轻蔑和不屑，"**一个可悲的概念。**无非是一群手无缚鸡之力的弱者抱成一团，相互安慰罢了，就像一群吓坏了的小虫子。所有团队都是建立在恐惧之上的。"

"不，"墨菲纠正他，"团队是建立在信任的基础之上的。他们是我的朋友，我相信他们……"

"我们也相信他。"玛丽打断他的话，同时斜着眼睛望了他一眼，并冲他扬了扬眉毛，以示支持，"所以，你动手吧，如果你想，你可以拿走我们的超能力。但是，我们会想尽一切办法对抗你，直到最后打败你。我们一起。"

她的这番友谊宣言似乎刺痛了对手。喜鹊看起来非常生气。他举起双手，紫色的火花从他紧握的拳头上刺啦一声向四周蔓延开来。然而，就在他准备发动进攻的一瞬间，房间一侧传来了一个新的声音。

"**我们一起。**"

喜鹊猛地一转身。

电梯门再次打开，电梯里，贾斯珀·朗特里爵士和前超能力委员会的其他成员并排而站。双子姐妹和重铅头都穿上了他们以前的英雄制服。乍看之下，大家差点儿没认出穿了制服的重铅头。

贾斯珀爵士扬起下巴，面露不屑，带着自己的团队走进了实验室。

"你不是说回家喝茶吗?"卡尔平静地问。

"嗯,我是这么说的。"贾斯珀爵士讪讪地答道,"可是,小墨菲说的那些话始终在我脑海中回荡着。他说得对,这个世界很大,足以容纳各种英雄。这个道理我早就该想明白了。"

"所以,尽管我们已经退休,但我们还是来了!"双子姐妹中的一个说道。

"更何况,"实验室里传来了重铅头那低沉的嗓音,"当你面对的是这个人的时候,难道还有比我们这些毫无超能力的英雄更合适的人选吗?"说着,他指了指喜鹊。眼看着自己以前的死对头偷偷溜进这里,喜鹊很震惊,一时间不知该说什么,准备采取行动的双手暂时停了下来。震惊之余,听着他们的对话,他的脸渐渐因为愤怒而变得越来越红。

贾斯珀爵士转过身,面对敌人:"菜鸟,你说呢?做好和我们再次交战的准备了吗?这一次,我们无所畏惧,因为我们什么都不会失去了!"

喜鹊重新振作精神。"噢,科技骑士,看看你都老成什么样了。"他对着贾斯珀爵士一脸不屑地说道。

"**老是老了,但一巴掌拍倒你的力气还是有的。**"贾斯珀爵士大吼一声。紧接着,他的轮椅突然腾空而起,径直飞向喜鹊。重铅头和双子姐妹紧随其后。趁着贾斯珀爵士从高空逼近，吸引喜鹊注意力的同时，重铅头举起手杖向喜鹊的双腿发出了重重的一击。

"快，"墨菲对超级零蛋队队员们说，"趁德伦彻先生不注意，先把他拿下！希尔达，再次召唤你的小马。如果喜鹊又想隐身，贾斯珀爵士可能会需要你的帮助。卡尔，你趁机把芙洛拉救出来。其他人，跟我来！"

墨菲、玛丽、比利和内莉一起跑向德伦彻先生所在的实验室一侧，而芙洛拉正躺在地上。他们迅速包围了这个他们曾经的老师，却被一股扑面而来的臭味呛得连连后退。

"**你们不可能胜利！**"厄运黄鼠狼冲他们嚷嚷道。

"**这是什么味道？**"玛丽大喊一声，她的眼泪都快被熏出来了。她侧过头，看了厄运黄鼠狼一眼，看到他身上湿乎乎的，问道："你是不是……在垃圾堆里泡过？"

"你之前是不是一直住在战栗之沙的垃圾桶里？"墨菲又补问了一句，同时用手捂住鼻子和嘴巴，充当临时毒气面罩。

"我一直潜伏着，为了取得伟大的胜利而做准备。"厄运黄鼠狼来回交换双脚，单脚蹦跶起来，说话也变得有些语无伦次。

"潜伏在……垃圾桶里？"墨菲纠正他。

"呃……是的。"厄运黄鼠狼承认了，"但这是值得的，为了得到最高奖赏！"

"你最需要的奖赏就是好好冲个澡。"玛丽毫不留情地说道，"你觉得喜鹊会给你什么样的奖赏？在他心里，你就是个白痴，你难道没听到他是怎么说你的吗？你就是个小跟班。"

"**我不——是——跟班！**"德伦彻先生被激怒了，挥舞着双臂冲向他们。虽然他是有点儿疯疯癫癫的，个子也不高，一副弱不禁风的样子，但是此时此刻，多年来的隐忍和失望已经完全化为炽热的怒火，再加上"垃圾香水"的强大威力，这四个小伙伴只能落荒而逃。不过，芙洛拉也因此落单，卡尔立刻抓住机会跑上去，将她带到了安全地带。

超级零蛋队躲到一堆机器后，准备展开反攻。就在这时，墨菲和内莉发现自己身后的机器可以控制安吉尔所在的那个大玻璃罩。"**冬季工程**"，墨菲再次默念了一遍这个词，抬头瞟了一眼那个被迷雾包围的女孩，这才将注意力重新集中在眼下的任务上。

在另一侧，比利跳了出来，举起他那硕大无比的拳头，准备迎接一路狂奔而来的厄运黄鼠狼。与此同时，玛丽内心那位强悍的老奶奶再次现身，挥舞着雨伞猛戳德伦彻先生，将他往比利那边赶。比利拳无虚发，干净利落地将这个小个子男人撂倒在地上。

然而，在不远处进行的那场战斗似乎就没这么顺利了。从惊讶中回过神来的喜鹊开始反击。他先是运用无形的能量场直接将双子姐妹甩到实验室的另一边，紧接着，他一转手腕，一张巨大的桌子立刻腾空而起，撞向重铅头，将这个老头撞倒在地上。现在，站在他面前的只剩下贾斯珀爵士了。

贾斯珀爵士悬在空中，但轮椅的控制面板突然失去了控制——是喜鹊用他的超能力控制了它。墨菲只能眼睁睁地看着贾斯珀爵士的轮椅渐渐被紫色的电火花包围，忽然，它猛地坠向地面，然后又飞快地撞向电梯，力度大得把电梯门都撞得变了形，电梯顶板哗啦啦地砸落在贾斯珀的头上。

解决完这几个老对手后，喜鹊转过身，怒气冲冲地望着那几个新对手。

"小心！"墨菲向同伴们发出了警告，并召唤他们躲到安吉尔的控制台后，"贾斯珀爵士不行了，他接下来就要对付我们了！"

喜鹊正凝神静气。紫色的小火花爬上了他那件破破烂烂的外套，上下滚动着、跳跃着，一股冷得刺骨的白色迷雾从他身上弥漫开来，白色的冰霜以他的双脚为圆心，开始向外蔓延。

"他……在变大吗？"希尔达紧张地退回到墨菲身边，不安地问道。

"他马上就要使用另一种超能力了。"卡尔扶着芙洛拉，向他们走来，同时对他们发出了警告，"等一下——他刚才是不是说他偷了弗林特小姐的超能力？"

"是的。"墨菲答道。

"怎么了？弗林特小姐的超能力很可怕吗？"比利喃喃道。

"可以这么说。"

喜鹊的头发变得有些奇怪。随着从他身上飘散出来的冷气越来越足，他的头发也渐渐凝固，变成了一团冰碴儿。他的身体也开始变形，胳膊和腿上出现了灰白色的冰晶，并迅速向四周蔓延。

"她可以变身，"卡尔接着说道，"变成一种……我也不知道该怎么形容她变身后的样子。"

转眼间，含胸驼背的喜鹊已经变成了一个身材魁梧、浑身亮晶晶的怪物。

"巨型冰怪！"玛丽倒吸一口冷气，说道。

"是的，一种体形巨大的冰块怪物。"卡尔说道，"你取的这个名字倒很贴切。"

"冰——冰——冰——怪——怪——怪？"比利结结巴巴地说。

"哇——啊——啊——啊——啦——啦——啦！"

冰怪打断了他们的话，拖着沉重的步子扑向他们。

勇敢的希尔达从控制台后面跳出来，张开双臂迎了上去。"比利！"随着她的两匹小马渐渐成形，她大叫一声，"把它们变大！"

比利冲过去想帮助希尔达，结果脚一滑跪倒在地上，就这么滑到她身边——这一幕看上去很酷，但也很疼。不过，比利忍住了，一声没吭，集中精神运用他的超能力。等到那两匹小马跑到冰怪跟前的时候，它们已经变成了两匹身形健硕的骏马。只听两声嘶鸣，它们冲着怪物扬起了前蹄，然后用强健有力的前腿拼命蹬踹怪物。

"嗷——呜！"冰怪恼怒地咆哮道，随即举起他那两只透明的冰胳膊，铆足了劲儿朝两匹马挥去。谁知一只胳膊在挥舞的过程中钩住了一张金属控制台，桌子立刻被掀翻在地上，撞碎了台面上的显示屏，玻璃碴儿撒了一地。

"哇——啊——呀！"冰怪再次发出怒吼，意料之外的破坏行为似乎进一步激怒了他。获得巨大蛮力的代价是牺牲精准度，而买单的就是他的实验室。

冰怪使劲地跺脚，扒拉地面，像极了一头愤怒的公牛——只不过这是头冰做的公牛，而且只用后脚着地。他冲向超级零蛋队，一匹马成功地踢到了他，可这一脚只是让怪物稍稍放缓了脚步。比利和希尔达见状，立刻向两边闪开,那怪物便径直冲向了墨菲和内莉。

那个浑身冒着白汽的怪物步步进逼,这时,玛丽从上方飘了过来,大叫道:"抓住我!"

就在那个宛如冰冻列车一般发疯似的冲过来的怪物要抓住他们的时候,三个小伙伴冉冉升起。怪物扑了个空,撞到墙壁上,金属墙面上顿时出现了一个巨大的凹槽。他转过身,张牙舞爪地再次扑向他们。

"他抓住我的脚了!"墨菲惊叫道,声音又尖又大,连他自己听了都觉得有些不好意思。冰怪猛地向下一拽,玛丽的雨伞立刻被掀翻,他们仨一起摔向地面。玛丽成功地减缓了他们下降的速度,但三个人还是重重地落在地面上。

撞击的反作用力使怪物松开了抓着墨菲的那只手,他们三个连滚带爬地站起来,立刻向后退。希尔达和比利也赶紧冲上来支援同伴。

"我想,冰怪大概不会像小丑那样,有那么多弱点吧?"当超级零蛋队所有队员在实验室中央重新集结完毕后,墨菲咧着嘴,小声对同伴们说道。

"看起来希望不大。"玛丽一脸严肃地回答道。

"哇——啦——啦——啦!"冰怪似乎也表示同意。他半跪在地上,举起两个拳头砸向地面,随时准备发动下一次进攻。

"我们让屋子变得暖和点儿,你们觉得如何?"墨菲突然心生一计,"火能克冰,对不对?"

"这很冒险,"玛丽有些犹豫,"但值得一试。"

"内莉,你能让这些电器短路吗?"墨菲着急地问道,"如果可以,我们就不愁没有火了……"

内莉点点头,随即皱起眉头,开始发力。空气中的静电越积越多,隆隆的雷声响起,声音大得让人以为屋子里在打雷。

冰怪咆哮着,四下张望,寻找声音的源头。一直凝视着敌人的墨菲紧张得瞪大了眼睛。"**加油,加油。**"他默念道。将闪电从空中引下来是一回事,将它引到这么深的秘密防空洞里又是另一回事了。因为用力,内莉整个人都在颤抖。

就在冰怪酝酿好力量,准备再次发动进攻的时候,风暴终于出现了。内莉引来的闪电在实验室上空画了一个巨大的"之"字,白色的光芒晃得人几乎睁不开眼。刺啦啦的闪电沿着金属墙壁窜上窜下,不时弹射出火花,噼啪声不绝于耳。闪电爬上天花板,跳跃到电梯附近,最终,它出现在内莉张开的手掌心里。闪电越积越多,渐渐形成一个跳跃的蓝色小火球。

内莉一个反手,将小火球抛进了身边的电路里——冬季项目控制台。火球瞬间爆炸,无数

白色的火花如烟火般四溅开来。

控制台着火了,实验室里到处都是小火堆,可是温度还不够高,不能阻止那个冰怪。突然,屋子里响起了一个让人头皮发麻的声音,就像是冰块被生生割裂一样。原来是冰怪,他嗖的一声跳起来,张开双臂,挥舞着晶莹剔透的拳头向超级零蛋队扑来。

超级零蛋队的全体队员都做好了应战准备。

墨菲两脚抓地,稳稳地站住了,决心与这个怪物决一死战。

玛丽掏出了她的雨伞。

希尔达双膝微微弯曲,摆出了功夫的架势。

内莉握紧了仍然泛着白色光芒的拳头。

比利像兔子一样竖起了一对大耳朵。

然而,他们等待的猛攻一直没出现。就在冰怪横冲直撞地奔向他们的时候,两个耀眼的光球从他们头上飞过,正中冰怪前胸。光球的力道相当大,撞得冰怪向后翻倒。他一连在空中翻了好几个跟头,每翻一个跟头就缩小一点点。等到他落地的时候,已经变回了那个身材佝偻,穿着一身破烂衣服的喜鹊。

喜鹊落地时发出了一阵令人愉悦的撞击声,然后就躺在地上,一动不动,身边撒了一圈冰霜。

接下来的四秒钟,房间里安静得掉根针在地上都听得见。整整四秒钟。

超级零蛋队的队员们慢慢地转过身。

玻璃罩碎了。过去三十年来一直被关在玻璃罩里的那个女孩,此时正以战斗姿势蹲在满地的玻璃碴儿上。那是一名留着一头银色长发的少女,她怒目圆睁,抻着两只胳膊。毫无疑问,那两束光就是她发出来的。

"我不喜欢冬天。"女孩说道,听得出来她似乎很满意这个结果。她拍了拍手上的灰,瞟了一眼地上那个冷冰冰的怪兽:"我一直更喜欢春天。"

"**安吉尔!**"墨菲轻声叫了一句。

"**墨菲,闭上你的嘴巴。**"玛丽对他说。

房间里突然传来了脚踩在玻璃碴儿上奔跑的声音。卡尔和芙洛拉正以他们最快的速度跑向安吉尔,虽然两人都有些行动不便,但他们并没有因此而放缓脚步。两人几乎同时跑到了女儿身边,给了她一个大大的熊抱。

"妈妈!爸爸!你们找到我了!"安吉尔大叫道。

"好啦,好啦,没事了,放轻松。"她接着说道,但搂着她的胳膊根本没有要松开的意思,"才几天而已。你们这样会让别人觉得我们好多年没见了!"

芙洛拉哭了。

安吉尔不再说话，伸出手轻轻抚摸着妈妈的脸颊："妈妈，您怎么了？您……怎么看起来这么老？"

站在一旁的墨菲心想，从现在开始，安吉尔随时随地都可能会被实情吓得崩溃。

"喜鹊！他站起来啦！"贾斯珀爵士转动轮椅向他们这边走来，边走边大叫着向他们发出警告。他的轮椅已经恢复正常，他和前超能力委员会正以最快的速度重新集结。

超级零蛋队的五个人几乎是同时转过身，朝喜鹊摔倒的地方望去。他已经站了起来，正望着安吉尔，脸上带着一种说不出的奇怪表情。他察觉到墨菲正望着自己，就瞟了他一眼，嘴唇微微上扬，露出一丝轻蔑的冷笑，但紧接着他的目光就重新落到安吉尔身上，仿佛她身上有磁铁吸引他一般。

他害怕了，这个想法让墨菲有些激动。他怕她。

突然，喜鹊转身就跑。

"**拦住他！**"墨菲大叫，但已经晚了。喜鹊拽起仍然昏迷不醒的厄运黄鼠狼，健步如飞地朝着实验室黑乎乎的一角跑去。他边跑边把手从口袋里拿了出来，伸出手一把抓住放在基座上的雷管。只听到一阵丁零当啷的金属撞击声，他们俩就消失不见了。

"逃生舱！"不远处的重铅头刚刚从地上爬起来，喊道，"他跑进去了，这个该死的胆小鬼！"说完，他伸手去拉门，未果后又用拳头砸了几下门："锁死了！"

"不能让他赶在我们之前逃离。"贾斯珀爵士说，"回车上。"

双子姐妹站在电梯旁。"这条路被堵死了。"她们中的一个按了按电梯按钮，指着变形的门说道。贾斯珀的重力撞击，加上内莉的电力破坏让电梯不堪重负，此时已经彻底瘫痪。"这条狡猾的蛇，竟然从我们眼皮子底下溜走了。"

"别这么垂头丧气！"希尔达高兴地说，"他被我们打败了！夹着尾巴灰溜溜地逃跑了！我们救出了安吉尔！"说完，她就带着胜利者的喜悦，兴奋地扭动身体，跳起舞来。可是几秒钟后，她的动作就慢了下来，因为她发现大家并没有要加入她的意思。"没人想和我一起跳个舞庆祝一下吗？"她小声问道，"怎么了？"

除她以外的所有人都在看那个原本盛放雷管的基座。基座亮了，闪着红光。

"这是什么意思？是我想的那样吗？"希尔达问道，她脑海里那个刚刚还在为胜利翩翩起舞的芭蕾舞演员，此刻早已逃得无影无踪。

"他激活了炸弹。"卡尔大踏步地走向基座，看了看那上面的屏幕，脸色阴沉地说道，"三分钟后会自动爆炸。"

"我就想问一下，我们今天难道就不能找个不会爆炸的建筑待会儿吗？"比利嘟囔了一句，"你们会不会觉得我这么说很过分？"

"看来，这是喜鹊的一贯风格。"墨菲分析道。"好了，"他朝着大伙儿说道，"所有人注意了，寻找逃生通道，在它爆炸前离开这里。"

"遵命！"贾斯珀爵士说。

"那好，前超能力委员会，你们再试试看，能不能把电梯门打开！快，零蛋队的队员们，寻找其他逃生方式！"

超级零蛋队开始不顾一切地寻找各种可能的逃生途径，这时，安吉尔走过来。"嗯，所以这儿到底发生了什么事情？"她问道，"你们是什么人？你们的装备，呃，有点儿意思。"

"我是……墨菲。"墨菲稍稍清了清嗓子，红着脸答道，"墨菲，叫我墨菲就行。呵呵。"

"等一会儿再做自我介绍，行不行？"玛丽有点儿没好气地说道。说话间，她举起一个灭火器朝着喜鹊逃走的那个舱口狠狠地砸去，可舱门纹丝不动。

"还有两分钟！"卡尔发出警报。

前超能力委员会的成员们个个累得气喘吁吁，他们使出了全身力气想把电梯门掰开。

"**我们快死了——**"比尔悲叹，"**防空洞马上就要爆**

炸了。"

"光说不动……可救不了你……"玛丽说。

"一分二十秒!"卡尔大喊道,同时伸出胳膊搂住了芙洛拉。

"这里还凉风飕飕的。"比利抱怨道,"我们就要死在一个冷冰冰、凉飕飕的防空洞里了。"

墨菲停住了:"等一下!你刚才说什么?"

"我们就要死——"

"不,再往后一点儿……"

"凉飕飕的?"

"就是这个,比利!"墨菲说着,快步冲到比利旁边,抬头向上望去,"你救了我们!"

"哦,太好了!"比利开心地说。

"所有人,到这儿来——马上!"墨菲大叫道。说完,他立刻指向比利头上那个巨大的圆形通风管道。管道位于天花板正中央,正好就是之前关押安吉尔的那个玻璃罩子的悬挂点。"我们可以从这儿出去。玛丽,拿出你的伞。比利,随时做好准备。其他人抓紧贾斯珀的轮椅。贾斯珀爵士,准备好带我们上去——快!"

墨菲解下皮带,轻轻一甩,将玛丽的伞和轮椅靠背捆在一起,然后松开手。

"抓稳了，准备好，带我们一起飞出去！"墨菲对玛丽说，"用尽全部力量，往上飞！"

所有人都在轮椅上找到了自己的位置。重铅头坠在椅背上以保持平衡，双子姐妹一边一个，分别抓住轮椅两侧的扶手。卡尔、芙洛拉和安吉尔横着趴在贾斯珀爵士的大腿上，姿势稍微有点儿不舒服。超级零蛋队的几个小伙伴各自想办法抓住伞把的一部分。这种方式的确有违物理学原理，也的确很不舒服，但管用。

"好了。比利，"墨菲发号施令，"**让伞变大！**"

比利全神贯注。只听到一声巨大的咔嚓声，玛丽手中的伞立刻胀大了好几倍。

"**贾斯珀爵士，即刻起飞！**"墨菲大喊一声。贾斯珀爵士的轮椅缓缓升起，因为负重过大，轮椅下方的叶片转得格外费力，发出了吱扭吱扭的抱怨声。随着玛丽飞行伞的加入，向上的力量逐渐增强，轮椅上升的速度渐渐加快，越来越快。

轮椅成功地冲破了通风管道上的格栅，像香槟酒塞那样，带着所有人嗖的一声冲进了通风井。

"好险，差一点儿就逃不出来了。"贾斯珀的脸色十分阴沉。

"谁也不想这样。"卡尔被芙洛拉的手肘卡得不能动弹，她抬起头，一脸坏笑地望着老朋友。

巨伞冲破了通风井顶部的格栅，带着所有人来到防空洞的顶层，喜鹊开来的那架联盟直升机就停在这一层，女妖和格蒂就停在直升机旁边。

"快！快！快！快上车！"墨菲大喊道。所有人都跳了下来，奔向那两辆汽车。炸弹马上就要爆炸了。

就在这时，他们脚下传来了一个巨大的声音，整个地板都随之颤抖起来。一簇火苗从通风井里蹿了上来。

超级零蛋队终于爬上了女妖，只不过因为芙洛拉依旧很虚弱，大大减缓了众人的速度。刚一爬上车，芙洛拉就瘫倒在后排，卡尔迅速坐到了驾驶员的位置上，内莉也飞快地跳上了副驾驶座位。墨菲透过窗户看到巨大的火球接连不断地从通风井里蹿出来。

"快起飞，你还磨蹭什么？！"对讲机里传来贾斯珀爵士沙哑的声音。墨菲眼前闪过一抹黑色的光，是格蒂穿过瀑布水帘，冲了出去。随着引擎声响起，女妖起飞的速度有点儿慢，略显笨重。待他们掉过头来时，出口已经几乎被滚滚火苗和浓浓黑烟封住了。

"我们逃不出去了！"希尔达一脸惊恐地望着窗外，尖叫道。防空洞开始崩塌。大块小块的水泥哗啦啦地坠落，他们眼看着那架黑色的大型直升机被无数碎片砸中，顷刻间便葬身火海。

"理论上来说，我们能够活着逃离这里的概率只有百万分之一。"比利喃喃道。

"我从不相信什么概率。"卡尔答道。

为了躲避落下的水泥碎片和四处飞蹿的火苗，女妖像颗弹珠一样左躲右闪，向出口飞去。一根从屋顶坠落的金属房梁正好砸在女妖的喷气式引擎上，将引擎砸得转了好几圈。

"小内莉，尽量让它保持稳定。"卡尔咬着牙说道，"最大动力！"说完，他推动着一根操纵杆向前，驾驶着女妖冲进了如地狱一般的出口。

防空洞里充斥着巨大的爆炸声，巨大的热量在瀑布水帘上炸出一团白色的蒸气，灰蓝色的女妖从火口中一跃而出，仿佛被对蛋白质过敏的火龙吐出来的小餐包一样，回到了水帘外的世界。

墨菲再次扭过头，向后窗望去，正好看到水库的一部分彻底坍塌。随着下方水泥坝的倒塌，大水从水坝上方倾泻而下，浇灭了从防空洞口吐出的火舌。在女妖拐过河湾之前，他最后回望了一眼，只见整座大坝已经坍塌，只剩下一堆碎石和水泥块，还有一团灰色的烟雾。

"**这就对了！**"坐在他身边的安吉尔大声说道。

此刻，墨菲唯一能做的就是长长地舒一口气。

25
飞行员

一周后

"在一艘装满垃圾的船上?"芙洛拉强忍住笑,第三次问道。

"是的。"墨菲答道,"他们发现弗林特小姐被塞在一个垃圾桶里,很显然,她已经在海上很长时间了。她自己也记不清了。"

"不过,她现在已经回联盟工作了吧?"卡尔抿了口茶,问道。

"应该是。"墨菲说,"哈罗系统被喜鹊黑了之后就彻底没用了。不过,弗林特小姐已经将所有清道夫都召回战栗之沙,准备下一步行动。"

"大多数囚犯越狱后都成功逃脱了。"玛丽接着说,"一些靠的是剩下的直升机,还有一些强行征用了附近的船只。他们觉得金鱼直接游走了，当然，这个猜测的前提条件是他们认为他还记得怎么游泳。所以到目前为止，联盟所有的工作都仍处于停滞状态。"

"我们也是。"墨菲一字一顿地说，"所有人，所有英雄都被告知随时待命。哦，对了，芙洛拉，弗林特小姐让我们转告你们，宣称你们为盗匪的指令已经撤回。"

"嗯，很好。"蓝色幽灵笑着说。

超级零蛋队来到了芙洛拉和卡尔位于城郊的小屋，此刻，他们都躺在花园里的帆布躺椅上。小屋周围是一片金灿灿的麦田，放眼望去，墨菲看到不远处有一条银色的丝带在阳光下闪着银光，那是从灌木丛中流过的护城运河。过了今天，今年怕是再也找不出阳光如此明媚的下午了。太阳低低地垂在空中，映照着已经染上浓烈秋日色彩的大树，还有那停在不远处草地上的女妖，银光闪闪。

"安吉尔适应吗？"墨菲向小屋的窗户瞟了一眼，问卡尔。

"她还好。"卡尔说，"不管怎样，喜鹊研制的那项技术似乎冻结了时光。她对过去的那些年没有任何记忆。当她冲破那个罩子的时候，她以为自己不过是被喜鹊困住了一小会儿。她很高兴能回家——不过，她的确还有许多事情需要适应。"

"这么说来，她就像是穿越时空，突然来到了三十年后的未来？"比利惊呼，"这也太酷了！她是不是以为现在大家都可以开车在天上飞？"

"当她还是个小婴儿的时候，就已经有一辆会飞的汽车了。"玛丽提醒比利，奚落之情溢于言表，"现在，我们最不需要担心的就是她。别忘了，喜鹊依然逍遥法外。而且拜他所赐，监狱里的那些大坏蛋也开始为祸人间了。"

"听起来，这个世界比以往任何时刻都需要英雄来拯救啊。"希尔达自豪地说。

"这个嘛，"芙洛拉说，"无论将来会遭遇什么样的战斗，我们都将始终与你们并肩作战。就像玛丽说的，危险迫在眉睫。蓝色幽灵将与你们同在。"

"真的吗？"墨菲问道，他的心跳也随之加速，"可是，我一直以为你已经退休了。"

"没错。从我失去安吉尔的那天起，我就退休了。我很自责，你们懂的。但现在我觉得那是个错误的决定。我要把失去的那些时间都弥补回来。尽管丧失了超能力，但是为了帮我们，前超能力委员会都重新出动。而且看起来同样失去了超能力的弗林特小姐也会继续领导联盟打击坏人。所以，我决定重出江湖。因为，普通小子，是你给我上了一课，"她揉了揉墨菲的头发，"超能力并不是成为英雄的必要条件。"

一时间,大家都不知该说些什么,只得低下头反复搓脚。

就在这时,安吉尔从小屋的后门走了出来。"嘿,大家好!"她看到了超级零蛋队,"哦,下午茶,吃蛋糕?难吃!"

"什么难吃?"希尔达不解地问道。

"不是的,我的意思是'它们难吃吗?',就是问你们蛋糕和茶好吃吗?"

希尔达一脸茫然。

"看来是我们需要时间来适应她的表达方式。"玛丽有点儿没好气地说道。墨菲站起来把自己的躺椅让给安吉尔的一幕,似乎让她有些不悦。

"哦,我知道了!"卡尔的发声打破了略显紧张的氛围,"说起即将到来的战斗,我有样东西要给你们。我想它应该可以帮到你们。"戴着花格子帽的他眨了眨亮晶晶的眼睛,扬起眉毛,头微微侧向停在超级零蛋队身后的那辆飞车。

"是……女妖里有什么东西吗?"墨菲问道。

卡尔瞪着一双眼睛,望着他们,等待有人说出答案。

"你……**你是打算把它送给我们吗?**"玛丽一脸惊愕地问道,"**你要把女妖送给我们?**"

"你们刚才也说了,你们现在需要随时待命,准备执行任务。超级零蛋队需要一个能快速将队员们送达目的地的交通工具。"卡尔说道,听得出他很开心,但他的眼睛却有些湿润,"我知道你们一定会替我照顾好我的这个'老姑娘',对不对?"

"当然!"墨菲说,"可是,谁来开呢?"

"这还用问吗?"卡尔指了指内莉,"你们不是有个现成的前途无量的飞行员吗?"

内莉望着他,似乎有千言万语想说,但最后她只是点了点头。卡尔也冲她点了点头,微微一笑。

"那你们还等什么?去吧!"他对他们说,"你们不是要回家吗?你们可以把它停在我的车间里,记得走的时候要锁好门。"说完,他从口袋里掏出一串钥匙,扔给内莉,后者一抬手,接住了它们。

超级零蛋队钻进了女妖里。墨菲仔仔细细地打量了一番车厢内部,仿佛第一次见到它一样,然后深吸一口气,被太阳晒得暖暖的金属的味道伴着汽油味涌入鼻腔。最后,他伸出手抚摸着仪表盘上那些已经磨旧了的开关。他仍然觉得有些难以置信——这辆神奇的汽车现在属于他们了。

内莉坐到了驾驶员的座位上,她先是拂开了挡在自己面前的墨菲的手,接着,她开始自信满满地扳动仪表盘上的那些开关。引擎发出了低沉的嗡鸣声,车厢内的灯也亮了。

卡尔、芙洛拉站在小木屋的车道上，安吉尔也转过身来，三个人一起朝他们挥手道别。

"大家都坐好了吗？"内莉柔声问道。

墨菲看了看朋友们。"**普通小子就位。**"他肯定地答道。

"**金丝雀玛丽就位。**"

"**气球仔比利就位，**不过，你能别开那么快吗？"

"**小马妞希尔达就位，飞行员。**"

在逐一与朋友交换过眼神后，内莉的表情渐渐变得严肃起来。"**雨影就位。**"她说道。随后，她的脸上突然绽放出一抹很难察觉但很灿烂的笑容，仿佛一束穿透云层射向大地的金色阳光。"坐稳了！"她对朋友们说完后，眯起眼睛，紧紧握住一根操纵杆，缓缓向后拉去。

女妖立刻焕发生机，腾空而起。它在阳光普照的花园上空只盘旋了大约一秒钟，而后就飞过小屋屋顶，向远方飞去，只在空中留下一道与众不同的蓝色飞行印记。

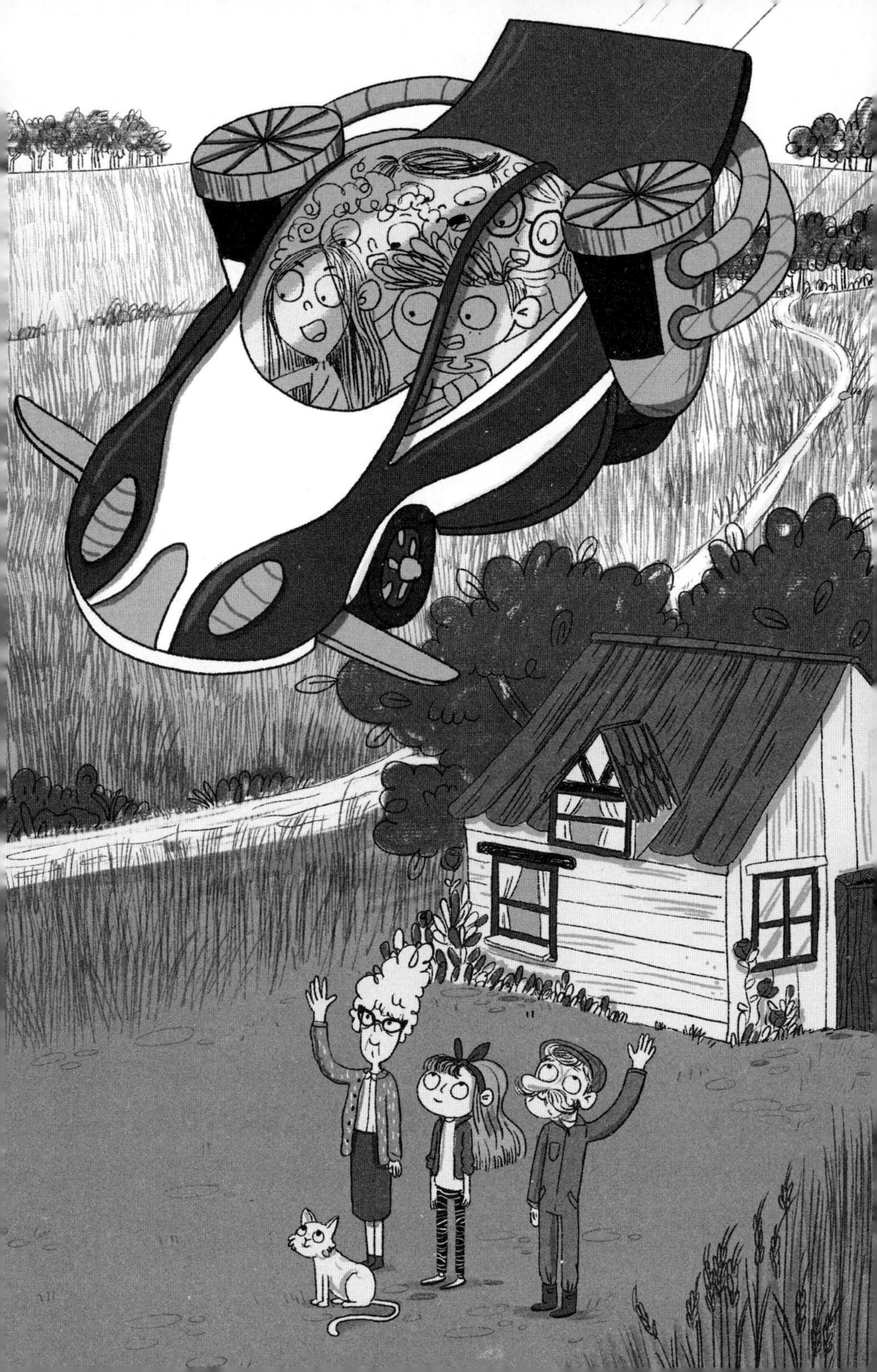

致　谢

首先，谢谢你从头到尾读完这个故事。现在，你也可以拿起笔，写出自己的故事！

我们还要给无与伦比的斯蒂芬妮·思韦茨写一封超长的感谢信，并向出类拔萃的汉娜·桑德福致以满满一大桶的崇高敬意。无限的爱意和吃不完的巧克力椰丝方块蛋糕当然要送给来自布鲁姆斯伯里出版社的朋友们，尤其是丽贝卡、伊恩、爱玛、夏洛特、安德里亚，还有前台的那个家伙。

我们想给艾丽卡和她的神奇铅笔一个巨大而热情的拥抱。是她让墨菲的世界栩栩如生，她太棒了。

当然，我们也一定要把爱和宁静送给播客家族。

还有，我们要感谢迈克尔·帕林，谢谢他就是迈克尔·帕林。

格雷格可能还想说：

你们好！谢谢我的朋友和家人，感谢你们一直以来支持我，为我摇旗呐喊。能和你们一起踏上这趟非同寻常的冒险之旅是我人生中最好的安排。

拥有无上天赋和极具创造力的广播一台团队，我想衷心地向你们说声"谢谢"，感谢你们一如既往地鼓励我尽情做一个傻子。

最后是贝拉，谢谢你持之以恒地让每天的生活都比它原本的样子要好至少一百倍。我爱你。

来自克里斯的话：

首先，我要感谢詹妮和LJ。没有你们，一切都是浪费时间。还有谢谢我身边所有的朋友，感谢大英图书馆、樱草山社区图书馆以及所有图书馆。